KB036409

너와 나의 여름이 닿을 때

너와 나의 여름이 닿을 때

펴 낸 날 | 2023년 8월 15일 초판 2쇄

지은이 | 봄비눈
펴 낸 이 | 이태권

책임편집 | 윤주영
북디자인 | 고현정

펴 낸 곳 | 소담출판사
서울특별시 성북구 성북로5길 12 소담빌딩 301호 (우)02880
전화 | 02-745-8566   팩스 | 02-747-3238
등록번호 | 1979년 11월 14일 제2-42호
e-mail | sodambooks@naver.com
홈페이지 | www.dreamsodam.co.kr

ISBN   979-11-6027-309-0 03810

너와 나의 여름이 ─ 닿을 때

봄비눈 지음

차
례

프롤로그

"니체는 지금 살고 있는 이 인생을 영원히 반복한다고 말하죠. 오직 한 번뿐인 이 삶을 후회하는 삶으로 만들 것인가, 다시 살고 싶은 삶으로 만들 것인가는 여러분의 선택에 달려 있습니다. 또다시 살아도 괜찮을 만큼 충분히 만족스러운 삶을 사세요. 이번 학기 수업은 오늘이 마지막이네요. 겨울 방학 잘 보내세요."

"수고하셨습니다, 교수님."

종강 소식에 들뜬 학생들은 쾌활한 목소리로 인사했다.

평소엔 바로 강의실을 나서지만, 오늘은 강단에 서서 짐을 챙기는 학생들을 지그시 바라보았다. 새로 임용된 신 교수님도 현대철학 전공이라 강사인 나는 더 이상 설 자리가 없었다. 3년간 강의한 301호 강의실을 떠나려니 그동안의 일들이 머릿속을 스쳐 지나갔다.

크리스마스 이야기를 하며 우르르 몰려 나가는 본과 학생들 뒤로 몇 안 되는 타과 학생들이 발걸음을 옮겼다. 마지막으로 강의실을 나서는 건 건축학과 커플이었다. 전공이 완전히 다른데도 철학과 수업을 두 학기 연속 듣는 모습이 기특해서 기억에 남았다. 검은 단발머리를 한 아담한 여학생은 옆 의자에 걸어 놓은 빨간 목도리를 목에 둘렀다. 남학생은 태블릿을 가방에 넣은 뒤, 손가락으로 핸드폰을 두드리더니 여학생에게 보여 주었다. 여학생이 웃으며 고개를 끄덕이자 남학생은 하얀 무선 이어폰 한쪽을 여학생에게 건넸다. 그들은 자연스럽게 이어폰을 한쪽씩 나눠 끼고 외투 지퍼를 올렸다.

그들이 부담스럽지 않게 보고 있지 않았던 척, 노트북을 만지작거렸다.

"저… 백여름 교수님, 저희 다음 학기에도 교수님 수업 신청하려고요. 저는 교수님처럼 사는 게 꿈이에요."

여학생이 이어폰을 빼며 떨리는 목소리로 말했다. 나를 동경하는 듯한 그녀의 눈빛에 난 그저 겨울 방학 잘 보내라는 형식적인 인사를 건넬 수밖에 없었다. 여학생은 니체와 나를 동일시하는 듯했다. 삶을 긍정하라는 니체의 철학을 가르치고 있지만, 정작 내 삶은 후회투성이었다. 그렇다고 지금과는 다르게 살 용기조차 없는 최악의 상태. 그녀의 말에 오랜만에 내 민낯을 마주하게 되어 얼굴이 뜨거워졌다.

짐을 챙겨 복도로 나오자 엘리베이터 앞에는 아직 학생들이 삼삼오오 모여 종강 파티 이야기를 하고 있었다. 그들 옆에 있으면 괜히 흥을 깰 듯해 가벼운 인사를 나누고 계단으로 내려갔다.

1층에는 학과장님과 새로 임용된 신 교수님이 이야기를 나누고 계셨다.

"백 박사, 마침 잘 왔네. 이쪽은 신 교수. 서로 안면이 있나?"

"네. 신 교수님 니체 강의 유명하죠. 학생들도 더 많이 배울 거예요."

내 말에 신 교수님이 살짝 고개를 숙여 소리 없이 인사하셨다.

"다음에 또 좋은 자리가 날 거야. 다음에 보세, 백 박사."

"감사합니다, 학과장님. 새해 복 많이 받으십시오."

서운한 마음을 뒤로하고 하얀 치아까지 내보이며 웃었다. 학과장님이 자리를 뜨자 신 교수님이 말씀하셨다.

"백 교수님, 다음 학회에서 봬요. 밖에 눈이 와서 미끄러우니 운전 조심하시고요."

나를 존중해 주는 그가 고마운 동시에 이제 진짜 끝이구나 싶어 허탈했다.

출입문을 열자 매서운 바람이 검은색 코트 사이로 들어와 온몸에 한기가 돌았다. 추적추적 내리는 눈을 손으로 털어냈지만, 코트 자락이 벌써 축축해졌다. 추운 건 싫은데. 게다가 벌써 이렇게 어두워지다니 겨울은 겨울인가. 깊은 한숨을 내쉬고 옷깃을 여몄다.

곧장 집으로 가서 뜨거운 물로 샤워하고 싶었지만, 태형 씨와 웨딩드레스를 고르기로 한 날이라 마음을 다잡았다. 주말에도 바쁜 그와 겨우 시간 맞춰 예약한 날인데 고작 눈 때문에 약속을 미룰 순 없었다. 시계를 보니 6시 18분, 7시 예약 시간에 맞추려면 바삐 움직여야 했다.

산 중턱에 위치한 철학관에서 주차장을 가려면 한참 내려가야 했다. 맑은 날엔 운동이라 생각하며 위안 삼았지만, 비나 눈이 내리는 날은 이 언덕이 유난히 더 싫었다. 바닥에 닿아 질펀해진 검은 눈이 스타킹에 튀었다. 스타킹에 묻은 눈을 훑으며 그에게 전화를 걸었다.

"태형 씨, 출발했어? 난 지금 마쳤어."

"출발? 아, 그게 오늘이었나? 깜빡했네. 회의 있어서 못 갈 것 같은데 그냥 혼자 다녀올래? 드레스 뭐 별거 있나, 뭘 입어도 어울릴 텐데."

"그러자, 태형 씨. 혼자 보면 나도 편하지 뭐. 일 봐요."

나보다는 일이 더 소중한 그였기에, 남들처럼 오순도순 드레스를 고를 거란 기대는 하지 않았다. 그래도 드레스를 혼자 고르러 갈 줄은 몰랐는데. 뭐 상관없나. 드레스 입은 나를 보고도 감흥 없는 그 눈빛을 마주하는 것보다는 혼자 가는 게 덜 외로울 것 같기도 하다. 둘이 있을 때 외로움을 느끼는 것보다 더 비참한 일은 없으니까. 아무 반응 없는 예비 신랑 때문에 눈치 보는 직원에게 "부끄러운가 봐요."라고 애써 변명하지 않아도 되고. 다들 하는 결혼, 다들 입는 드레스. 그게 뭐 별거라고.

다른 사람들은 결혼 준비하면서 많이 다툰다던데, 우리는 그런 것도 없었다. 서로에 대한 애정과 기대가 없어서일까, 그저 무료한 일들의 연속이었다.

태형 씨는 1년 전, 소개팅으로 만났다. 서로가 없으면 안 될 것 같은 젊은 날의 열정은 없었지만, 그렇다고 만나지 않을 모난 점도 없었다. 무난한 만남을 이어 가다가 그가 마흔이 된 올해, 당연하다는 듯 양가 부모님께 인사를 드렸다.

첫 키스를 할 땐 귓가에 종소리가 울리고, 결혼할 상대를 만나면 '이 사람이다.' 싶다고 하던데. 나는 둘 다 느끼지 못했다. 하지만 나는 그가 건넨 동그란 반지 안에 네 번째 손가락을 넣었다. 어떻게든 다수에 속하고 싶었으니까. 무리에서 벗어나지 않는 평범함에서 얻는 안정감이 무엇보다 중요했다.

핸드폰을 쥐고 있는 손끝이 시려 코트 주머니에 손을 푹 찔러 넣었다. 주머니에 손을 넣은 채 걸어 내려가는데 뒤에서 타이어가 끌리는 날카로운 소리가 들렸다. 고개를 돌리니 눈을 뜰 수 없을 정도의 밝은 불빛에 눈이 시렸다. 곧이어 머리가 뜨거워졌다.

"어…? 어떻게 된 거지?"

커피 향이 코끝에 감돌아 눈을 떴다. 나는 푹신한 소파에 앉아 주위를 둘러보았다. 전체적인 골조가 목재로 되어 있어 싱그럽고 편안한 분위기의 카페 안이었다. 나무로 된 탁자와 짙은 녹색 소파 사이마다 키가 큰 식물들이 있었다. 나무에 가려 잘 보이진 않았지만, 사람들이 꽤 많은 것 같았다. 그런데도 이상하리만큼 고요했다.

내가 앉은 자리는 아주 큰 창문 옆이었다. 유리창 너머로 넓은 연둣빛 잔디밭이 보였다. 살짝 열린 창문 사이로 따뜻한 햇살과 바람이 들어왔다. 분명 겨울이었는데…. 고요한 적막과 따스한 바람에 이곳이 평범한 카페가 아님을 직감적으로 알 수 있었다. 우선 카운터로 가서 이곳이 어디인지, 오늘이 며칠인지부터 물어봐야겠다.

"사장님! 사장님?"

"안녕하십니까."

카운터 안쪽에서 70대로 보이는 여인이 나오며 말했다.

"사장님, 이상하게 들리실 수도 있지만… 여기가 어딘가요? 혹시 지금 며칠이죠?"

"천천히 설명 드리겠습니다. 자리에 앉아 계시지요."

그녀의 목소리는 낮고 차분했다. 그녀가 주는 왠지 모를 위압감에 더 이상 말을 잇지 못하고 돌아섰다. 소파에 앉아서 이게 어떻게 된 일인지 찬찬히 돌이키고 있는데 여인이 걸어왔다. 그녀는 흰머리가 은발로 보일 정도로 매력적인 머리칼을 가지고 있었고 걸음걸이는 우아했다. 발목까지 오는 짙은 녹색 원피스를 입은 그녀가 내 앞에 멈춰 섰다.

"어서 오십시오, 백여름 님."

나를 어떻게 아느냐고 물으려는 순간 백발의 여인이 고개를 숙이며 말을 이었다.

"먼저, 조의를 표합니다. 백여름 님은 금일, 교통사고로 사망하셨습니다. 이 카페는 이승에서 죽은 사람들이 완전한 죽음의 세계,

저승으로 가기 전 머무는 공간입니다."

"네?"

너무 당황한 나머지 다른 말이 나오지 않았다. 그녀의 얼굴을 멍하게 바라보니 그녀는 익숙한 듯 말을 이었다.

"이곳은 BCD 카페 4호점입니다. 혹시 '인생은 B와 D 사이 C이다.'라는 말을 들어 보셨나요?"

갑작스러운 질문에 당황스러웠다. 그녀가 하는 모든 말이 비현실적으로 느껴져서 아무 말도 할 수 없었다.

"이승에서는 BCD를 인생은 탄생Birth과 죽음Death 사이의 선택Choice이라고 해석한다고 들었습니다. 하지만 잘못된 해석입니다. C는 'Choice'가 아니라 'Chance'입니다. 우리에겐 삶이 끝나고 죽음으로 가는 사이, 단 한 번의 기회가 있습니다."

"잠시만요, 그럼 제가 죽지 않는단 말인가요?"

"죽음을 돌이킬 순 없습니다. 다만, 과거의 삶을 1년간 살 수 있는 기회가 주어집니다."

"무슨 말인지 이해가 안 돼요. 머리가 지끈거리네요."

"네. 혼란스러운 게 당연합니다. 제가 따뜻한 차를 한 잔 가져오겠습니다."

여인은 별일 아니라는 듯 담담하게 말하며 카운터로 걸어갔다.

'내가 죽었다고? 그럴 리 없잖아. 눈이 와서 길이 미끄럽긴 했지만, 겨우 이런 일로 죽을 리 없어. 저 카페 주인도 의심스러워. 다른 사람한테 물어보는 게 좋겠어.'

"저기요, 저기요! 뭐 좀 여쭤볼게요!"

잎이 무성한 키 큰 식물을 손으로 살짝 잡고서 옆 테이블에 앉은 젊은 남자에게 말을 걸었다. 하지만 그는 눈을 감은 채 대답이 없었다. 묘하게 오싹한 기분이 들어 어깨가 움츠러들었다. 긴장된 마음으로 주위를 둘러보니 다들 가지각색의 자세로 소파에 기대서 눈을 감고 있었다. 온몸에 소름이 돋았다. 이곳을 빠져나가야 했다.

출입구를 향해 달려가자 여인이 내게 뭐라고 말하는 소리가 희미하게 들렸다. 나가야 한다는 확신이 들었기에 그 말을 무시한 채 출입문을 열고 잔디밭을 가로질러 달렸다. 그러나 곧 외마디 비명을 지르며 주저앉고 말았다. 잔디밭 아래는 낭떠러지였다. 비행기를 탄 것처럼 모든 건물과 산이 아주 조그맣게 보였고 구름이 손에 잡힐 듯 가까웠다. 등에 식은땀이 흐르고 맥박이 빠르게 뛰었다. 비틀거리다 떨어질 것만 같아 안전한 곳까지 기어 왔다. 절벽을 바라보고 앉으니 숨이 턱 막혔다. 그때 여인이 내게 다가와서 손을 내밀었다.

"괜찮으십니까? 죽음을 받아들이는 것은 쉽지 않은 일입니다. 안에 들어와서 차를 마시며 안정을 취하십시오."

의심스러웠지만 이곳에 기댈 사람은 그녀 하나밖에 없었기에 그 손을 잡고 몸을 일으켜 세웠다. 다리에 힘이 풀려 비틀거리며 자리로 돌아갔다.

"이곳은 대체… 다른 사람들은 왜 눈을 감고 있죠? 그리고 당신은… 누구죠?"

"고인은 마지막으로 자신이 살고 싶은 시절로 돌아가서 1년간 지내는 기회를 얻게 됩니다. 고인의 혼이 그 시절로 돌아가는 동안, 현재의 육체는 이곳 BCD 카페에 잠들어 있습니다. 그리고 저는 고인에게 기회를 사용하는 방법을 알려 드리는 BCD 카페의 직원입니다."

여인은 차분한 목소리로 말했다.

"…분명 오늘은 겨울이었어요. 그런데 여긴 왜 따뜻한 낮이죠?"

"이곳은 여러 사람이 과거와 현재를 이동하는 공간입니다. 이승과는 다른 세계이지요. 고인들이 돌아오는 시간이 모두 다르기에 이곳은 항상 지금과 같은 모습입니다."

여인이 하는 비현실적인 말이, 눈으로 보고 있는 현실과 일치했다. 그제야 내가 죽었다는 사실이 실감 나서 눈물이 차올랐다.

"왜 수많은 사람 중에 제게 이런 일이 일어났나요? 제가 뭘 잘못해서 이렇게 일찍 죽어야 하죠? 내가 대체 뭘… 왜 나한테……."

눈물이 멈추지 않았다.

"백여름 님, 죽음은 누구나 겪는 당연하고 자연스러운 과정입니다. 다만 이승 사람들은 그것을 알면서도 아주 먼 미래의 일이라고 생각하더군요. 참 어리석죠. 여름 님이 무언가를 잘못해서 죽은 건 아닙니다. 태어났으니 당연히 죽는 것이지요. 모든 건 정해진 대로 이뤄졌을 뿐입니다."

"제가 만약 그 길을 지나지 않았다면 죽지 않았을까요? 조금 더 천천히 걸었다면 살았을까요? 제가 만약……."

코가 막혀서 말을 이을 수 없었다. 모든 행동이 후회됐다. 다르게 행동했다면 죽음을 피할 수 있지 않았을까.

"아닙니다. 어떤 행동을 했어도 죽음을 맞이했을 거예요. 운명은 바꿀 수 없습니다."

그녀는 말없이 홍차를 건넸다. 향긋한 향이 나는 적당한 온도의 홍차가 목을 타고 내려오자 마음이 한결 편안해졌다. 그제야 나는 눈물을 닦고 여인을 응시했다. 그녀는 미소를 띠고 있긴 했지만,

고객을 대하는 사무직 직원처럼 딱딱하고 정갈한 말투를 사용해서 위압감이 느껴졌다.

"진정이 되신 것 같군요. 차를 한 모금 더 마시고 눈을 감으면 여름 님이 살아온 인생이 주마등처럼 스쳐 지나갈 겁니다. 재생 시간은 5분이며 영상이 끝난 후 돌아가고 싶은 시점을 선택하시면 됩니다."

여인이 홍차 안에 검은 가루를 넣으며 말했다. 남은 홍차를 천천히 마시니 첫입에는 느끼지 못했던 묵직한 커피 향이 감돌았다. 빈 찻잔을 바라보며 크게 심호흡을 하고 지그시 눈을 감았다.

영상은 시간 순서대로 진행되었다. 4살쯤 되었을까. 어린이 대공원에서 솜사탕을 먹으며 해맑게 웃는 내가 보였다. 젊은 시절의 아빠는 솜사탕으로 수염을 만들어 붙이고선 우스꽝스러운 표정을 지었다. 그 모습을 보고 배시시 웃는 나를 안으며 사랑한다고 속삭였다. 난 내 몸 하나 건사하기도 힘든데 비슷한 나이의 아빠는 어린 생명을 책임지고 있었다.

뒤이어 엄마와 낮은 책상에 앉아 받아쓰기를 공부하는 모습이 보였다. 나는 같은 질문을 계속했지만, 엄마는 싫은 내색 없이 웃으며 다시 알려 주었다. 며칠 전 쌀이 없다며 인터넷 주문 방법을 묻는 엄마에게, 몇 번이나 알려 줘야 하냐며 한숨 쉰 것이 떠올랐다. 주문 방법을 적어 줬으면 얼마나 좋았을까. 앞으로 시장에서 무겁게 쌀을 짊어지고 오실 엄마 생각에 눈물이 앞을 가렸다. 엄마 아빠가 내 장례를 치르며 슬퍼할 생각을 하니 정신이 몽롱해졌다.

친한 친구와 다른 중학교에 가게 되어 우는 모습, 고등학생 때 코피 흘리며 공부하던 모습이 연달아 나왔다. 수능을 치고 난 뒤 친구들과 함께 머리를 염색하고 서툰 화장을 하는 모습엔 웃음이 났다. 대학에 입학해서 주량도 모른 채 선배들이 주는 술을 마시며 취한 모습도 우스웠다. 친구들의 얼굴이 지나가다가 어떤 이의 모습이 나온 순간 너무 놀라서 두 눈을 번쩍 뜨고 말았다. 그 순간 영상도 끊겼다.

안유현. 나의 첫사랑.

분명 그 사람이었다. 그는 15년이 넘는 시간 동안 내 마음속 한 부분을 차지했던, 다른 사람과 연애하면서도 순간순간 떠오르는 그런 사람이었다. 만날 수 없지만 늘 마음에 품고 있는 사람.

21살에 만난 그와의 추억은 시간이 오래 지난 지금도 생생하다.

그리운 얼굴을 보니 그때의 감정이 되살아났다.

"여름 님, 눈을 감으셔야 합니다."

여인의 말에 마음을 가다듬은 뒤 다시 눈을 감았다. 오랜 대학원 공부를 마치고 처음으로 강단에 선 날, 말을 더듬으며 강의하는 서툰 모습의 내가 보였다. 뒤이어, 태형 씨와 연애하는 모습이 나왔다. 영상 속의 우리는 무감한 표정으로 서로 다른 곳을 바라보고 있었다. 한 번뿐인 인생인데, 이렇게 짧은 삶을 사랑하지 않는 사람과 보냈다는 사실에 한숨이 나왔다. 30대의 연애는 20대의 연애처럼 뜨거울 순 없는 것이 당연할지도 모른다. 연애 외에도 책임져야 할 것이 많기 때문이다.

하지만, 유현이라면 어땠을까. 사랑스러워 어쩔 줄 모르겠다는 표정으로 날 바라보던 그와 함께했다면, 내 삶은 더 반짝였을까.

내 머릿속은 이미 유현이로 가득해서 태형 씨가 나오는 영상에 집중이 되지 않았다. 유현이와 함께 보낸 시간은 고작 두 달이었지만, 그 시절은 내 인생에서 가장 빛나는 순간이었다.

유현이를 처음 만난 날이 떠올랐다.

너를 만난 여름

21살 여름 방학이 끝나갈 무렵, 햇볕이 강하게 내리쬐는 8월이 었다.

학과 대표였던 나는 2학기 MT 장소를 물색하기 위해 금요일마다 가까운 관광지에 답사를 다녔다. 보통 총무인 혜지와 함께 가지만, 그날은 혜지가 아파서 혼자 벽화 마을로 향했다.

벽화 마을은 지상철을 20분 탄 뒤, 버스로 30분을 더 가야 하는 외진 곳에 있었다. 버스 정류장은 벽화 마을에 가는 사람만 이용하는 곳이라 평일엔 아주 한적했다. 눈앞에서 버스를 놓친 나는 정류장 의자에 앉았다. 뜨거운 햇살에 이마에 땀방울이 맺혀 머리를 묶으려다 멈칫했다. 답사를 다녀온 후 남자 친구와 저녁 식사를 하기로 했기 때문이다. 남자 친구는 내 갈색 단발머리를 쓰다듬는 걸 좋아했다. 머리를 묶은 뒤 풀면 자국이 남을 것 같아서 손으로 머리칼을 움직여 바람을 일으키는 것에 만족하기로 했다. 이마에 한 줄기 땀이 흐르는 걸 느낀 순간 누군가 말을 걸었다.

"말씀 좀 여쭙겠습니다. 벽화 마을 가려면, 51번 버스 타면 되나요?"

고개를 들어 보니 나와 비슷한 나이의 남자였다. 이마를 덮은 검은 머리에 빛나는 눈을 가진 그는 입꼬리가 올라가 있어서 무표정도 미소 짓는 것처럼 보였다.

"네, 맞아요."

더워서 귀찮았지만 예의 있게 대답했다.

"감사합니다. 혹시 벽화 마을 가 보셨어요?"

"아뇨, 이번이 처음이에요."

"혹시 대학교 MT 답사 가시는 거예요? 나이가 비슷해 보여서요."

이 더운 날 뭐가 그리 궁금하고 즐거운지 웃는 얼굴로 물었다.

"네, 맞아요."

처음 보는 사람에게 개인적인 질문을 하는 것이 불편했지만, 웃는 얼굴로 말하는 그를 모르는 척할 수 없었다.

"와! 저도 답사 가요! 어쩐지 관광하는 느낌이 아니었어요. 동지를 만나니 반가운걸요? 저는 해선대학교 약학과 06학번이에요. 실례가 안 된다면 무슨 학교인지 물어봐도 될까요?"

같은 학교라는 이유로 불쾌감이 반가움으로 바뀌는 걸 보면 학연, 지연을 무시 못 한다는 말이 맞는 듯하다.

"저도 해선대 철학과 07학번이에요."

"21살이세요? 전 22살이에요. 오늘 날이 참 덥네요. 답사 날을 잘못 잡은 듯해요."

손으로 부채질을 하며 그가 말했다.

"그러게요. 51번 버스 배차 간격이 30분인데, 버스 방금 지나가서 꽤 기다려야 될 거예요."

"오는 길에 보니 작은 슈퍼가 있던데, 거기서 음료수라도 마실까요? 제가 살게요."

심심하고 더웠던지라 그의 말에 응했다.

"아직 통성명도 안 했네요. 제 이름은 유현이에요. 안유현. 혹시 벽화 마을에 있는 괜찮은 숙소 아세요?"

그가 과일주스를 양손에 들고 슈퍼 앞 간이 의자에 앉으며 말했다.

"잘 마실게요. 저는 백여름이에요. 선배가 하나 민박 추천해 줘서 가 보려 해요."

"네. 저도 덕분에 헛걸음 덜하겠네요. 이름이 여름이에요? 봄, 여름 할 때 여름이요?"

"특이하죠? 남들이 기억을 잘해서 불편해요."

"특별한 이름이네요. 잘 어울려요. 저도 기억에 남을 것 같아요."

그의 칭찬에 멋쩍게 웃었다. MT 장소를 서로 추천하다 보니 버스 시간이 되어 다시 정류장으로 향했다. 51번 버스가 멀리서 오고 있는 것이 보였다. 버스가 정차하고, 뒤에 선 그가 의식되어 노란 치맛자락을 살짝 잡은 채 버스에 올랐다. 어디 앉을지 좌석을 살피며 교통 카드를 단말기에 댄 순간, 예상치 못했던 기계음이 들렸다.

"잔액이 부족하니 충전한 뒤 이용해 주세요."

아뿔싸, 교통 카드 충전을 까먹었다. 현금을 찾으려 가방을 뒤적이는데 지갑이 보이지 않았다. 당황해서 허둥대는 내 옷깃을 살짝 잡으며 그가 말했다.

"제가 낼게요. 기사님, 성인 한 명 더 결제해 주세요."

"교통 카드 충전하는 걸 깜빡했네요. 고마워요. 저 현금 있어요, 잠시만요."

버스 뒷좌석에 나란히 앉으며 말했다.

"마음 쓸 거 없어요. 뭐 별거라고요."

그는 한사코 버스비를 받지 않겠다며 거절했다.

"주스도 사 주셨는데, 제가 너무 신세를 지네요."

"신세는요. 여름 씨는 어쩌다 과대표 맡게 됐어요?"

그가 창문을 살짝 열며 물었다.

"철학과는 몇 명 없어서 대표라고 하기도 민망해요. 한 학번에 15명인데 절반은 군대 가거나 휴학해서 8명밖에 없거든요. 유현 씨는요?"

"정말 소수네요. 저는 입학하고 바로 휴학해서 아는 사람이 별로 없어요. 그래서 과 사람들이랑 친해지려고 과대표 지원했어요."

"유현 씨는 사람들이랑 시간 보내는 거 좋아하실 것 같았어요. 약학과라고 하셨죠? 약대 건물은 어디 있어요?"

"약대는 서문 쪽이요. 철학과는 동문 쪽에 있죠? 정반대네요."

"네, 서문 쪽으론 한 번도 가 본 적 없어요."

"그럼 서문 맛집 안 가 보셨겠네요? 맛있고 저렴한 곳 많은데! 칼국수 좋아해요? 3천 원인데 3만 원 줘도 아깝지 않은 맛이에요."

그는 맛있는 음식을 상상하는 것만으로도 즐거워 보였다.

"궁금하네요."

"다음에 같이 가요. 깜짝 놀랄 거라 장담해요."

"네, 그래요."

그냥 예의상 하는 말이었다. 그와 개인적으로 만날 일은 없을 것이다. 나는 1년 반 동안 만난 남자 친구가 있기 때문이다.

30분 정도 이야기를 나누니 벽화 마을에 도착했다는 버스 안내음이 나왔다. 대화가 즐거워서 긴 시간이 지겹지 않았다. 언덕 위에 있는 벽화 마을은 감각적인 벽화가 많아서 눈이 즐거웠다. 관광지로 인기가 많은지 골목마다 포토 존과 기념 도장이 있었다.

"잠시만 기다려 줄래요? 도장 좀 찍고 올게요."

내가 가방에서 연두색 일기장을 꺼내며 말했다.

"일기 써요?"

"네. 거의 매일 써요. 몇 년 뒤에 보면 재밌더라고요. 제 인생은 제가 기억하고 기록해야죠."

"멋지네요. 전 일기는 안 쓰지만 '일기'라는 노래는 자주 들어요. 이걸로 퉁쳐도 될진 모르겠지만."

그가 웃으며 말했다.

"제인 노래요? 저도 좋아해요."

"여름 씨는 철학과 졸업하면 뭐 하고 싶어요?"

"저는 아이들이랑 함께하는 직업을 가지고 싶어요. 논술 강사나 윤리 교사 쪽 생각하고 있어요."

"여름 씨가 선생님 되면 학생들이 너무 좋아할 것 같은데요? 저 학교 다닐 때 여름 씨 같은 선생님 계셨으면 공부 더 열심히 했을 것 같아요."

"아이, 뭐예요. 그런 마음에도 없는 칭찬을…. 유현 씨는 왜 약학 과 왔어요?"

부끄러워서 말을 돌렸다.

"비밀이에요. 다음에 만나면 알려 줄게요."

"네? 비밀이라니 괜히 더 궁금하네요."

"글쎄요……. 어, 저기 하나 민박 보여요!"

언덕 중턱에 있는 민박집은 시설도 깔끔하고 가격도 저렴했다. 나는 바로 예약했지만 그는 바닷가 민박집을 한 곳 더 가 본 뒤 결 정하기로 했다. 그의 과 MT엔 교수님도 오시는데 교수님께서 오 르막 오르는 것을 힘겨워하실 수도 있을 것 같다는 이유였다. 많이 가파르진 않았지만, 그의 배려심에 작게 감탄했다.

마지막 골목에 들어서자 물고기 벽화와 길거리 사진기가 보였다.

"어, 여기 길거리 사진기가 있네요?"

"그게 뭐예요? 전 처음 봐요."

그는 어리둥절한 표정으로 물었다.

"이 기계로 사진 찍어서 메일로 보낼 수 있어요. 화질은 안 좋지만, 재밌잖아요. 무료이기도 하고."

들뜬 목소리로 길거리 사진기 버튼을 누르며 말했다.

"그럼 같이 한 장 찍을까요?"

"네, 그렇게 해요. 모르는 사람이랑 사진 찍는 건 처음이네요. 나중에 보면 재밌겠어요."

"두 시간 봤으면 이제 아는 사람 아니에요?"

그가 웃으며 말했다. 우리는 조금은 경직된 자세로 서서 사진을 남겼다.

"제 메일로 사진 보냈어요. 메일 주소 적어 주시면 집에 가서 보내 드릴게요."

일기장 맨 뒷장을 펼쳐서 그에게 주며 말했다.

그때 핸드폰 문자 수신음이 울렸다.

　[여름아, 오늘 못 볼 것 같은데 어쩌지? 취업 스터디가 늦게 끝날

것 같아. 시험이 3달밖에 안 남아서… 미안해. 스터디 끝나고 밤

에 연락할게. 사랑해.]

남자 친구의 연락이었다.

답사를 마치고 버스 정류장에 오니 6시였다. 저녁 시간이지만

여름이라 여전히 밝았다. 더워서인지, 남자 친구와의 약속이 취소

되어서인지, 입맛이 없었다. 버스를 기다리며 그가 말했다.

"덥네요. 버스 기다리면서 맥주 마실래요?"

그의 제안이 반가웠다. 자고로 여름엔 길에서 마시는 맥주가 최

고 아니겠는가.

"좋죠, 맥주는 제가 살게요."

우리는 버스 정류장 옆 슈퍼로 들어갔다. 그는 하이트, 나는 맥

스. 맥주 두 캔을 산 후, 아무도 없는 버스 정류장 의자에 앉았다.

지난 MT에서 학과 동기들이랑 있었던 이야기를 시작으로 고등학

교 때 수능 공부하던 이야기, 중학교 때 선생님께 혼난 이야기도

나눴다.

"왠지 여름 씨에겐 부끄러운 기억도 다 말해도 될 것 같아요."

술기운 때문인지 그의 얼굴에 붉은빛이 돌았다.

"어떤 이야기는 오래 알던 지인보다 처음 만난 사람에게 더 말하기 쉽죠."

"네, 비웃지 말아요. 저는 초등학교 3학년 때 반에서 오줌 싼 적이 있어요. 너무 부끄러워서 실내화 신은 채로 그냥 집으로 뛰어갔어요. 다음 날 학교에 가고 싶지 않았죠."

"귀여워요. 아직 어린데 실수할 수도 있죠. 부모님은 별말씀 없으셨어요?"

"할머니께서 '괜찮아, 우리 똥강아지'라며 다독여 주셨던 품이 아직 생각나요. 부모님이 바쁘셔서 할머니랑 같이 살았거든요."

"따뜻한 분이시네요. 유현 씨 이야기 들으니 저도 8살 때 생각이 나네요. 좋아하던 남자아이에게 고백하는 편지를 적었어요. 분홍색 봉투에 넣고 하트 모양 스티커도 붙였죠."

"벌써 귀여워요."

그가 흥미롭다는 표정을 지었다.

"그 편지를 전해 주려고 남자아이 집에 갔어요. 같은 아파트였거든요. 그 아이는 없고 아주머니만 계셔서 전해 달라고 부탁드렸어요. 그런데 다음 날 온 동네에 제가 그 아이를 좋아한다고 소문이 난 거예요. 알고 보니 아주머니께서 제 편지를 동네 아주머니들이랑 돌려 보신 거였죠."

"아이고, 부끄러웠겠네요. 아주머니는 그 편지가 너무 귀엽고 재밌으셨나 봐요."

"네, 맞아요. 지금 초등학생이 고백하는 거 보면 그저 귀여울 것 같은데, 그땐 진심이었거든요. 너무 속상하고 민망해서 많이 울었죠. 그 아이도 부끄러운지 이후로 사이도 어색해졌어요."

말을 마치자 버스가 도착했다.

"맥주 남았는데… 다음 버스 탈까요?"

그의 물음에 좋다고 대답했다. 한적한 버스 정류장 앞, 맥주 마시며 대화하는 시간이 즐거웠다. 처음 봤고 앞으로 보지 않을 것이기에 더 편하게 말을 주고받을 수 있었다.

"유현 씨는 쉴 때 뭐 해요? 취미가 뭔지 궁금해요."

"음악 듣는 거 좋아해요. 요즘은 제인 노래 좋아해요. 여름 씨는요?"

"저는 연극 보는 거 좋아해요. 한 달에 한 번씩은 꼭 보러 가요."

"우와, 연극은 한 번도 본 적 없는데. 영화보다 재밌어요?"

"그럼요. 영화는 여러 번 볼 수 있지만, 연극은 딱 한 번밖에 못 본다는 게 매력이에요."

너를 만난 여름

"같은 연극을 다시 볼 수 있지 않아요?"

"그렇죠. 그런데 같은 연극을 봐도 매번 느낌이 달라요. 배우의 컨디션과 관객의 호응에 따라 느낌이 달라지거든요. 소극장은 무대랑 객석 사이가 가까워서 가끔 배우랑 눈이 마주치는데, 그 순간 저도 무대에 서 있는 기분이 들어서 좋아요."

"그럼 진짜 무대에 서면 더 좋겠네요?"

"그렇겠죠. 사실… 꿈이에요. 이룰 수 없는. 제가 무대에 선다니, 말도 안 되잖아요."

연극이 재미있는 이유에 대해 열띤 설명을 하다 보니 다음 버스가 도착했다. 우리는 기분 좋게 술기운이 오른 채로 버스에 타서 스무고개 게임을 했다. 스무고개가 뭐가 그리 재밌는지 끊임없이 웃음이 나왔다. 너무 큰 소리로 웃음이 나올 때면 흠칫 놀라 기사님의 눈치를 봤다. 그와 나 둘 다 학교 주변에서 자취를 했기에 집에 가는 길 내내 대화를 나눴다. 처음 본 이와 반나절 만에 많이 가까워진 것이 신기했다.

저녁 8시, 학교 정문에 도착해서 내가 말을 꺼냈다.

"저는 동문 쪽에서 자취해요. 반대 방향이니 이제 인사해야겠어요. 오늘 재밌었어요."

"네, 오랜만에 대화가 잘 통하는 사람을 만나서 너무 즐거웠어요. 혹시 괜찮다면 핸드폰 번호를 물어봐도 될까요?"

그가 주저하며 말했다.

"아뇨. 다음에도 오늘처럼 우연히 만나면 더 재밌을 것 같아서요."

그가 멋쩍지 않도록 돌려서 거절했다. 그는 단정하고 예의 바르며 유쾌한 사람이었지만, 전화번호를 교환하고 싶지는 않았다. 남자 친구가 있기도 했고, 대화가 즐거웠을 뿐, 그에게 편한 사람 그 이상의 감정을 느끼지 못했기 때문이다.

"그럼, 조심히 들어가세요. 다음에도 오늘처럼 만날 수 있으면 좋겠네요."

집에 도착해서 샤워하고 나오자 핸드폰에 '선우 오빠'라는 글씨가 반짝였다. 남자 친구의 전화였다.

"여름아, 스터디 지금 끝났어. 오늘 저녁 같이 못 먹어서 미안해."

"괜찮아. 힘들었겠다."

"아냐, 너무 보고 싶었는데 아쉽다. 시험이 가까워지니 마음이 좀 조급하네. 친구들은 하나둘씩 취업하기도 하고. 그건 그렇고 오늘 답사는 어땠어? 예약했어?"

"응. 벽화 마을 예쁘더라. 민박집도 괜찮아서 예약했어. 오빠는 MT 때 안 올 거지?"

"그럼. 이제 4학년인데 어떻게 MT를 가겠어. 너희끼리 재밌게 놀다 와. 내일 5시에 연극 보는 거 알지? 알바 마치는 시간에 데리러 갈게. 사랑해."

선우 오빠의 웃음소리가 귓가에 들렸다.

"나도 사랑해 오빠. 잘 자."

나는 여중, 여고를 나와서 남자와 대화하는 법을 몰랐고 사랑이란 감정이 무엇인지 느껴 본 적 없었다. 그런 내가 대학에 입학하고 신입생 오리엔테이션에 갔을 때, 지금 남자 친구가 다가왔다.

"안녕, 여름아. 난 3학년 과대표 김선우야. 집행부끼리 상의해 봤는데, 네가 1학년 대표를 하면 잘할 것 같아. 네 생각은 어때?"

거절하기도 민망하고, 선배들에게 미움을 받고 싶지 않아 그의 제안을 수락했다. 이후 그는 학과 일을 핑계로 자주 연락했고 둘이서 밥 먹는 횟수가 늘었다. 몇 번의 식사 끝에 그는 자신의 마음을 고백했고, 나는 신입생이 된 지 2주 만에 그와 만나게 되었다.

동기들은 키 크고 멋진 선배와 연애한다며 나를 부러워했다. 그러나 정작 나는 그에게 한 번도 사랑이란 감정을 느끼지 못했다. 그저 연인과 하는 행위들이 처음이라 새롭고 신기했을 뿐이었다. 그는 괜찮은 사람이었고 나에게 잘해 줬기에 내가 사랑을 느끼지 못하는 것은 큰 문제가 되지 않았다.

*

다음 날인 토요일 오전 10시, 여느 때처럼 아르바이트를 하러 카페에 왔다. 대학로 2층에 위치한 빙수 전문 카페는 매장 규모가 크고 맛도 좋아서 여름이면 손님들로 북적거렸다. 특히 주말엔 평일 장사의 3배에 달하는 매출이 나왔다.

정신없이 바삐 움직여야 하는데 같이 일하는 아르바이트생 한 명이 급한 사정이 생겨 못 나온다는 연락을 받았다. 안절부절못하던 사장님께서는 어딘가 전화를 하시더니 안도의 한숨을 쉬며 말했다.

"얘들아, 다행히 평일에 일하는 친구 한 명이 도와주러 온대."

카페 오픈 준비를 하고 있는데 문이 열렸다. 순간 입이 벌어지며

"엇!" 하는 소리가 새어 나왔다.

안유현, 그가 들어왔다.

순간 꿈을 꾸는 듯한 착각이 들었다. 그는 사장님께 인사를 하고 유니폼으로 갈아입은 뒤, 자연스럽게 행주를 들고 탁자를 닦았다. 당황스러워서 인사할 타이밍을 놓친 채 멍하니 그를 바라보았다.

"앗, 여름 씨?"

나와 눈이 마주친 그의 눈이 커졌다. 오픈 시간이 되자마자 손님들이 몰려와서 제대로 인사를 나누지 못했다. 한차례 전쟁 같은 시간이 지나고 점심시간이 되자 손님이 조금 뜸했다. 사장님께서 여유 있을 때 얼른 점심 먹으라며 손짓하셨다.

"어제 잘 들어갔어요? 여기서 보네요."

식사로 제공된 토스트를 먹으며 그가 물었다.

"네. 들어오시는 거 보고 깜짝 놀랐어요. 평일에 일하세요?"

"네. 평일 저녁 시간에요. 친구 소개로 일한 지 한 달 정도 됐는데, 주말은 정말 바쁘네요."

"낙하산이네요? 전 여기 시급이 좋아서 치열하게 면접 보고 들어왔는데."

내가 웃으며 말했다. 알바를 하게 된 이유와 단골손님의 특징에 관한 이야기를 하는데 왜인지 계속 웃음이 나왔다.

"유현아, 여름아. 밥 먹는데 미안해. 식사 다 했으면 도와줄 수 있니? 단체 손님이 와서."

사장님의 부름에 우리는 이야기를 멈췄다. 다시금 바쁘게 몸을 움직인 후, 교대 시간인 4시가 되었다. 오후 아르바이트생에게 유니폼을 건네고 거울을 보며 머리를 정돈했다.

"여름 씨, 어디 가나 봐요?"

그가 물었다.

"네. 연극 보러 가요."

"어제 연극 자주 본다더니 진짜였네요."

그의 말에 미소로 대답하며 핸드폰을 열었다. 남자 친구에게서 부재중 전화 2통과 문자가 와 있었다.

[여름아, 어쩌지…. 오늘도 취업 스터디가 늦게 끝나서 연극 보러 못 갈 것 같아. 당일엔 연극 표 취소 안 되니까 여름이 너라도 혼자 보고 와. 정말 미안.]

이틀 연속으로 이게 뭐야. 이럴 거면 스터디 있는 날엔 데이트 약속 잡지 말지…. 공포 연극이라 혼자 보기 무서워서 고민하던 찰나, 어제 그가 연극을 한 번도 보지 않았다고 한 것이 생각났다.

"유현 씨, 혹시 오늘 시간 있어요? 같이 연극 보러 갈래요? 같이 가기로 한 친구가 약속을 취소해서요."

"엇, 정말요? 좋죠!"

그는 티 없이 즐거운 듯 웃었다.

극장은 아르바이트하는 곳에서 버스로 30분 정도 이동해야 했기에 망설일 시간 없이 바로 버스 정류장으로 향했다. 다행히 연극에 늦지 않았지만, 선착순 입장이었기에 우리는 무대 오른편 가장 뒷줄에 앉았다. 극장 안의 불이 꺼지고 핀 조명이 무대를 비추었다. 배우들이 관객 몇 명을 지목해 참여를 이끌어 내는 관객 참여형 오프닝이 시작됐다. 맨 마지막 줄이라 안심하고 있었으나 귀신 분장을 한 연극배우가 그를 지목했다.

그는 부끄러워하며 무대로 나갔다. 검은 천이 덮인 통 안의 물컹한 물체를 만지는 체험을 하는 그의 표정에는 새로운 것을 접하는 설렘이 가득했다. 상기된 표정으로 무대에 오른 그의 모습이 참 예뻐 보였다. 연극은 호러 장르답게 관객의 심장을 쫄깃하게 만드는 장치가 많았다. 움찔거리는 나와 달리, 곁눈질로 본 그는 맑게 웃고 있었다. 순간, 내 가슴이 빠르게 뛰었다. 이 심장 박동이 공포 때문인지, 차가운 에어컨 바람 때문인지, 그에 대한 감정인지 알 길이 없었다.

"와, 이게 연극의 매력이군요. 여름 씨 덕분에 좋은 경험했네요!"

연극이 끝난 뒤, 그가 한껏 상기된 표정으로 말했다.

"재밌었다니 다행이네요. 유현 씨 아까 보니 무대 체질이던데요?"

"좀 부끄럽지만 재밌었어요. 긴장 풀리니 배고프네요. 혹시 돈가스 좋아해요? 맛집 아는데 같이 가요."

그의 제안에 우리는 근처 돈가스집으로 향했다. 돈가스집은 맛있는 곳으로 유명한지 대기하는 사람이 아주 많았다.

"줄이 너무 기네요. 어떻게 하면 좋겠어요?"

그가 당황스러운 표정으로 물었다.

"사람이 많은 거 보니 맛집이 분명하네요. 기다려 볼까요?"

"좋아요. 꽤 기다려야 할 것 같으니 제가 아이스크림 사 올게요. 먹으면서 기다려요, 우리."

그는 맞은편 아이스크림 가게를 가리켰다.

"좋은 생각이네요. 그럼 제가 줄 서서 기다리고 있을게요. 전 딸기 맛이요!"

잠시 후 그가 아이스크림콘 두 개를 들고 걸어왔다.

"아이스크림콘으로 오랜만에 먹네요! 늘 컵으로만 먹었거든요."

내가 아이스크림을 받아 들며 말했다.

"혹시 콘 불편해요? 컵으로 바꿔 올까요?"

"아뇨. 컵보다 훨씬 예쁘고 좋은걸요. 어릴 땐 늘 예쁘고 맛있는 콘으로 먹는 걸 좋아했는데 언제부턴가 흘리면 안 된다는 생각에 컵으로만 먹었어요."

"다행이에요. 이제 계속 콘으로만 먹게 될걸요? 콘으로 먹으면 훨씬 기분이 좋거든요."

그가 웃으며 아이스크림을 한 입 먹었다. 아이스크림을 다 먹을 때쯤 우리 차례가 되어 돈가스 가게 안으로 들어갔다.

"와, 정말 맛있네요! 줄이 길 만한걸요? 튀김도 바삭하고 소스도 독특해요."

돈가스를 입에 넣은 채 핸드폰으로 음식 사진을 찍었다.

"그렇죠? 입맛에 맞다니 다행이네요. 음식 사진 찍는 거 좋아하나 봐요?"

"그건 아닌데 제일 친한 친구가 돈가스 맛집을 찾아다니거든요. 친구한테 보내려고 찍었어요. 그 친구랑 같이 먹었던 돈가스 보여 줄까요?"

핸드폰으로 혜지와 함께 먹은 돈가스 사진을 보여 주다 돈가스를 먹는 혜지의 사진이 나왔다.

"얘가 그 친구예요. 같은 과 총무라서 답사 갈 때 같이 다녀요. 어제는 혜지가 아파서 혼자 갔지만요."

"그래서 저랑 만날 수 있었던 거네요. 고마운 친구네요."

"뭐……."

무슨 말을 해야 할지 몰라 말을 얼버무렸다.

식사를 마치고 주변 카페로 향했다. 나는 아메리카노를, 커피를 못 마시는 그는 아이스 초코를 주문했다. 카페 안에는 내가 좋아하는 바흐 음악이 흘렀다.

"유현 씨, 너무 좋아해서 안 하는 거 있어요?"

"그게 무슨 뜻인지 모르겠어요. 좋아하는데 왜 안 해요? 저는 좋아하는 건 무조건 해요."

"저한테 피아노가 그래요. 피아노 연주를 좋아해서 어릴 적엔 피아니스트가 되고 싶었어요. 그런데 어른들을 보니 자신이 선택한 직장이면서도 출근하기 싫다, 일하기 싫다며 불평만 하는 거예요. 제가 좋아하는 피아노도 직업이 되면 싫어질까 봐 두려워서 고등학교 2학년 때 그만뒀어요. 이후로 취미로만 쳤는데, 이제 연주 안 한 지도 2년 가까이 되었네요. 자취방에 피아노가 없거든요."

이 말을 하니 조금 슬퍼졌다. 피아노가 싫어진 것도 아니고 싫어질까 봐 그만두다니. 부모님은 끝내 내 편을 들어주시긴 했지만, 여전히 피아노를 그만둔 걸 아쉬워하신다. 다른 사람에게 말하면 이해되지 않는다는 눈빛으로 바라볼 것 같아 아무한테도 솔직하게 털어놓지 못했다. 그런데 이 사람 앞에선 자연스럽게 이야기가 나왔다.

"여름 씨 말 들으니 좋아서 안 한다는 게 무슨 말인지 알 것 같아요. 너무 소중해서 변하는 게 두려운 거죠? 그래서 원래 상태 그대로 지키고 싶은 거고. 그런데 저는 그럼에도 불구하고 좋아하는 일을 계속하고 싶어요. 일이든 취미든 사람이든, 싫어질까 봐 무서워서 지금 좋아하지 못하는 건 좀 슬퍼요. 지금 즐기지 않으면 나중에 후회할 것 같아요."

"네. 유현 씨 말도 이해가 가요. 그런데 전 그게 참 어려워요. 아, 유현 씨는 왜 약대 왔어요? 궁금해요."

그는 조금 뜸을 들이다 빨대로 음료를 저으며 말을 이었다.

"이틀 연속 우연히 만난 귀한 인연이니 말해 줘야겠죠? 제가 10

살 때부터 할머니가 많이 편찮으셨어요. 아이젠멩거 증후군이라

던가. 병명도 생소하고 할머니가 곁을 떠나실까 봐 무서웠어요."

"그런 일이 있었군요."

그의 그늘진 옆모습을 보며 말했다.

"어릴 때부터 할머니 따라 병원과 약국을 오가며 아픈 사람들을

많이 만났어요. 그 사람들에게 조금이라도 도움이 되고 싶어서 약

대에 왔어요. 할머니 이야기를 하면 다들 불편해하더라고요. 자신

들이 잘못한 것도 없는데 괜히 물어봤다며 미안해하고. 그게 싫어

서 어제 말 안 했어요. 여름 씨랑은 즐거운 이야기만 하고 싶어서."

"지금은 좀 어떠세요?"

"많이 괜찮아지셨어요. 그래도 주말엔 되도록 할머니 댁에 가려

고 해요."

"이렇게 다정한 손자가 있으니, 할머니께서 든든하시겠어요."

"그렇게 말해 줘서 고마워요."

그가 조금은 무거워진 분위기를 깨며 말했다.

"우리 게임할래요? 그냥 하면 재미없으니 이기는 사람 소원 들

어주기 어때요?"

내가 동의하자 그는 예능 프로그램에 나온 게임을 알려 줬다. 비

밀번호 네 자리를 설정한 후, 질문을 통해 상대의 비밀번호를 맞히는 게임이었다.

"일의 자리 숫자가 5 이상인가요?"

그가 먼저 질문했다.

"아니요. 일의 자리 숫자가 짝수인가요?"

"네. 저는 심리전을 해야겠어요. 사람은 눈을 보면 진심을 알 수 있대요. 그러니 제 눈을 똑바로 봐요. 모든 자리 숫자의 합이 10 이상인가요?"

그의 말에 나는 그의 눈을 바라보았다. 이틀 내내 대화를 나눴지만, 눈을 정면으로 몇 초간 응시하는 건 처음이었다. 순간 또다시 가슴이 두근거렸다. 그를 의식하니 평소에 침을 어떻게 삼켰는지 기억나지 않았다. 침 삼키는 소리가 그에게 들릴까 봐 입 안에 머금은 채 그를 응시했다. 내쉬는 콧바람도 세게 느껴지고 눈 깜빡이는 횟수도 신경 쓰였다. 모든 감각이 예민해져서 헛기침하며 그의 눈을 피했다.

"와, 제가 이겼네요! 역시 게임은 심리전이죠."

그가 눈웃음을 짓자 나도 모르게 웃음이 났다.

"아쉽네요. 유현 씨 소원은 뭐예요?"

"반말 쓰기 할게요. 내가 먼저 반말할게? 너도 해."

그가 장난스러운 표정으로 말했다.

"반말? 내가 더 좋은 거 아닌가? 좋아!"

제법 친해졌기에 우리는 자연스럽게 말을 놓았다. 이후 한 번 더 게임을 했으나 이번에도 내가 지고 말았다.

"이번 소원은 보류할게. 오늘 안에만 사용하면 되지?"

그는 아이처럼 들뜬 표정으로 말했다. 게임의 승패를 떠나 어릴 적 친구와 놀듯 웃고 떠든 것이 오랜만이라 즐거웠다.

카페에서 나와 버스 정류장으로 걸어가는 길, 백화점이 보였다. 옥상 전망대에서 보는 야경이 예쁘기로 유명한 백화점이었다.

"여기 옥상에서 야경 본 적 있어? 바다 보여서 엄청 예쁘다던데."

백화점을 올려다보며 말했다.

"나도 들었는데 가 보진 않았어. 우리 어제 갔던 벽화 마을도 보이려나? 한 번 가 볼까?"

"그래. 백화점 폐점 시간 9시지?"

시계를 보니 8시 40분이었다. 우리는 서둘러 백화점 엘리베이터를 타고 옥상으로 올라갔다. 폐점 시간이 가까워서 우리와 관람객

2명, 직원 1명밖에 없었다. 늦은 시간이라 벽화 마을은 보이지 않았지만, 검고 넓은 바다와 나지막한 주택에서 흘러나온 불빛이 아름다웠다.

"와, 덕분에 연극도 보고 야경도 보네. 너무 좋다. 저긴 어디지?"

그가 불빛이 많이 반짝이는 곳을 가리키며 물었다.

"야시장이야. 포장마차에서 야식 파는 곳. 밤에만 문 연대."

"궁금하네. 여름이 넌 가 봤어?"

"아니, 나도 아직 안 가 봤어. 올해 목표 중 하나가 야시장 가서 생맥주 마시는 거야."

"4개월 남았네? 길거리 맥주에 야식이라니. 환상의 조합이네."

야경을 바라보며 예쁘다는 말을 반복하다 그가 쑥스러운 듯, 하지만 확신에 찬 표정으로 말했다.

"나 소원권 지금 사용할게. 나랑 손잡자."

그의 말을 듣는 순간 시간이 멈춘 듯했다. 백화점 직원이 우리 반대편에 있는 관람객들에게 다가가서 이야기하는 모습만 멍하니 바라보았다.

나의 욕구와 도덕성이 충돌했기에 그에게 어떤 말을 해야 할지 몰랐다. 당황스러웠지만 싫지 않았다. 실은 다시금 공포 연극을 볼 때처럼 가슴이 뛰기 시작했다. 그러나 감정에만 충실할 순 없었다. 마음속에서 두 자아가 엎치락뒤치락 싸우는 것이 느껴졌다.

한 자아는 이렇게 생각했다. 그는 네가 솔로라고 생각했기에 말한 것이지만 너 남자 친구 있잖아. 그를 실망시켜선 안 돼. 그러니 사실대로 연인이 있음을 밝히고 단호하게 거절하자.

그러나 다른 자아는 이렇게 속삭였다. 너 남자 친구 안 좋아하잖아. 1년 반이면 그만 끌려다닐 때도 됐어. 이제 새로운 사람을 만나봐. 그의 손을 잡아 봐.

둘 중 어느 편도 들어줄 수 없었다. 두 자아가 대립하는 동안 백화점 직원이 우리에게 다가와서 폐점 시간이라고 말했다. 그 소리가 우리의 적막을 깨 주었다.

"내려가자. 그리고 그건 안 될 것 같아. 못 들은 걸로 할게."

나의 말에 그는 희미하게 미소 지으며 고개를 끄덕였다. 남자 친구가 있었으니 손을 잡는 스킨십은 거절할 수밖에 없었다. 하지만 남자 친구가 있다는 사실은 말하지 않았다. 말해야 했지만 말하기 싫었다.

현재 남자 친구가 없었으면 좋았겠다고 생각하는 나 자신을 발견하고 흠칫 놀랐다. 분명 그에게 끌리고 있었다.

그 후 집에 가는 버스 안에서 대화를 나눴으나 정신이 다른 곳에 가 있었기에 무슨 말을 했는지 기억나지 않았다. 내 머릿속은 온통 이 마음의 충돌을 어떻게 해결해야 하는가, 이런 강렬한 끌림의 원인은 무엇인가에 대한 생각으로 가득했다.

버스에서 내린 후 집으로 향하는데 그가 말했다.

"데려다줘도 돼?"

"혼자 갈 수 있는데…. 고마워."

우리는 말없이 집까지 걸었다. 입 밖으로 말을 꺼내진 않았지만, 머릿속은 그 언제보다 복잡했다. 10분 정도 걸으니 주택과 원룸 건물이 즐비한 골목이 나왔다.

"나 여기 살아. 데려다줘서 고마워."

내 말에 그가 심호흡을 한 번 하더니 내 눈을 바라보고 말했다. 자신감 넘치는 그답지 않게 떨리는 목소리였다.

"여름아, 나 네가 많이 좋아. 버스 정류장에서 만난 순간 첫눈에 반했어. 너무 성급한 거 아는데 말하지 않으면 버티지 못할 것 같아서…. 어떤 관계를 요구하는 건 아냐. 그냥 내 마음을 전하지 않으면 안 될 것 같았어."

그 말에 적잖이 놀랐다. 나 역시 그에게 강렬한 끌림을 느끼고 있었으나 그는 나보다 더 빠른 속도로 다가오고 있었다.

남자 친구에게 단 한 번도 느끼지 못한 강렬한 감정이 요동쳤다. 선우 오빠에겐 고마움과 따스함을 느낄 수 있었지만 이렇게 온몸의 감각 세포가 반응하는 느낌은 처음이었다. 길거리의 대화 소리는 묵음 처리됐고 바람에 흔들리는 나뭇잎 소리는 우릴 위한 배경 음악이 되었다. 마치 시공간이 우리를 중심으로 도는 듯했다.

그는 내가 처음이라고 말했다. 그 전엔 이런 감정을 느끼는 사람이 아무도 없었다고. 처음 만난 버스 정류장에서 첫눈에 반했고 이틀간 내면에서 일어나는 감정들을 주체할 수가 없었다고.

사실 남자의 고백이 처음은 아니었다. 입학하자마자 지금 남자 친구를 만났고 이후에도 연락처를 묻는 사람이 많았다. 하지만 남자 친구와 의리를 지키고 싶었고 고백한 이들에게 끌리지도 않았기에 고민 없이 거절했다.

그런 내가 이번만큼은, 겨우 이틀 만난 사람에게 이다지도 흔들리고 있었다. 아무리 흔들렸다고 해도 고백받은 그 순간엔 반드시 남자 친구가 있다고 이야기해야 했다. 그러나 양심에 금이 가는 것을 느끼며 그에게 말했다.

"…시간이 필요해."

그리고 도망치듯 자취방으로 들어왔다.

집으로 돌아와 신발을 벗으니 침대가 보였다. 노란빛 이불을 보니 긴장하여 움츠러들었던 어깨가 편안해졌다. 들어가자마자 옷도 갈아입지 않고 침대의 푹신함에 몸을 맡겼다. 술도 마시지 않았는데 왜 이리도 몽롱한 건지.

그때 문자 알림이 울렸다.

[잘 들어갔지? 천천히 대답해도 돼. 편히 쉬어.]

그였다. 번호를 교환하지 않았는데 어떻게 문자를 했을까. 다른 아르바이트생에게 물어본 것일까? 궁금했지만 묻지 않았다. 더 이상 문자를 이어 가는 건 위험할 것 같아서 간결하게 답장을 보냈다.

[응. 고마워.]

그의 문자 아래에 남자 친구가 보낸 문자 두 통이 보였다. 그를 만난다고 핸드폰을 확인하지 못했던 것이다. 남자 친구의 문자는 다정했다.

[오늘 연극 봤어? 어땠는지 궁금하다. 너 무서운 거 잘 못 보는데 같이 못 가서 미안. 그리고 이해해 줘서 고마워.]

[자니? 연락이 없네. 좋은 꿈 꿔, 여름아.]

남자 친구는 내가 오늘 어떤 일을 겪었는지, 내 감정이 어땠는지 꿈에도 모르겠지.

[문자를 늦게 봤네. 연극 재밌었어. 오빠도 좋은 꿈 꿔.]

남자 친구의 문자엔 늘 그렇듯 다정한 연인처럼, 설레는 여인처럼 거짓으로 가득한 답장을 보냈다. 나는 남자 친구에게 사랑한다는 말을 자주 했다. 사랑한다고 말하면 그를 진짜 사랑할 수 있을지도 모른다는 기대 때문이었다. 관계에서 느끼는 공허함을 '사랑해'라는 달콤한 말로 채우려 했다. 그러나 그날 밤 답장엔 사랑한다는 말을 하지 않았다.

생각을 정리하기 위해 일기장을 꺼내서 오늘 있었던 일을 적었다. 글을 적을수록 내가 그에게 많이 빠져 있다는 걸 인정할 수밖에 없었다. 일기는 죄책감이 아닌 설렘으로 가득했다. 일기장 마지막 장에 그가 적어 준 그의 메일 주소가 보였다.

winter88@hun.net

겨울이라니, 이름을 따서 summer란 아이디를 사용하는 나와 비슷했다. 그 메일 주소를 보니 처음 만난 날, 벽화 마을에서 찍은 사

너를 만난 여름

59

진을 보내 주기로 한 것이 생각났다. 무슨 말을 적어도 어색한 것 같아 내용은 없이 사진만 보내기로 했다. 그에게 메일을 보낸 뒤, 맑은 정신으로 돌아오기 위해 샤워를 했다. 샤워를 하면서도 온통 안유현, 그에 대한 생각뿐이었다.

그의 고백에 뭐라고 답할 것인가. 내 안의 두 자아가 다시 싸우기 시작했다.

정신 차려. 선우 오빠는 1년 반 동안 한결같이 널 사랑해 준 사람이야. 게다가 취업 시험을 불과 3개월 앞두고 있다고. 남자 친구를 실망시키지 마.

왜 다른 사람 생각을 먼저 해? 네 생각 먼저 해. 네가 행복한 선택을 해야 해.

어지러웠다. 꼬리에 꼬리를 무는 고민과 무더운 날 쏟아지는 뜨거운 물에 정신이 아득했다. 하지만 단 하나는 알 수 있었다. 일단 지금은 그의 마음을 받아 줄 수 없다는 것. 비록 내 마음이 그를 향했다고 하더라도.

머리를 지나치게 썼는지 샤워를 끝내고 나오자마자 무언가 툭 끊어지듯 잠들었다.

　다음 날인 일요일 오전, 어제와는 사뭇 다른 기분으로 카페에 출근했다. 혹시 오늘도 그가 있을까? 그를 보면 어떻게 인사해야 할까? 설레는 마음과 불안한 마음이 공존했다. 오늘은 주말 아르바이트생끼리만 일한다는 사장님의 말에 아쉬움과 안도감이 섞인 한숨이 흘러나왔다. 아르바이트하는 동안은 정신없이 바빠서 그에 대한 생각을 잠시 접을 수 있었다. 퇴근 시간을 20분 남겨 두고 홀을 정리하고 있는데 문 열리는 소리가 들렸다. 소리 나는 곳을 바라보자 그가 두 손 가득 음료를 들고 있었다. 그는 나를 보고 씽긋 웃고선 바로 사장님이 계시는 주방으로 들어갔다. 두 볼이 발그스름해지는 것이 느껴졌다.

　"사장님, 좋아하시는 과일주스 사 왔어요. 형, 누나도 같이 먹어요."

　우리 카페에 팔지 않는 메뉴라서 다들 반가워했다. 마지막으로 내게 딸기주스를 건네며 말했다.

　"너 딸기 맛 좋아하는 거 같아서."

　그는 고맙다는 내 인사를 듣기도 전에 몸을 돌려 사장님께 인사한 후 가게를 나섰다.

  퇴근한 후 그가 가게 아래에서 기다리고 있지 않을까? 하는 기대에 주위를 살폈다. 하지만 그는 보이지 않았다. 한참을 두리번거리다 그에게 문자를 했다.

  [집에 갔어?]

  [응. 나 기다렸어?]

  [아니. 무슨 말도 안 되는 소리야.]

  [농담이야. 너 부담될까 봐. 얼굴은 보고 싶고 부담은 주기 싫었
  거든. 혹시 괜찮으면 만날래? 그쪽으로 갈게.]

  그의 문자에 고민하는 내 머리와 달리 나의 입꼬리와 손은 자동으로 움직였다.

  [그래. 강변 산책로에서 기다릴게.]

  그에게 문자한 뒤 카페에서 5분 거리에 있는 강변 산책로로 걸어갔다. 지상철 10개 정류장을 따라 길게 조성된 강변 산책로 개울가는 물이 깨끗해서 오리와 학을 볼 수 있었다. 자전거 타는 사람과 농구 하는 사람들이 보였고 일요일이라 버스킹 공연을 하는 사람들도 많았다. 판소리와 가요를 섞은 퓨전 국악 공연을 하는 사람들 앞에 서서 그를 기다렸다. 괜히 만나자고 했나. 내가 그의 고백

을 받아 줄 거라 기대하면 어떻게 하지. 어떤 표정으로 인사를 건네야 하지…….

그때, 누군가 내 어깨를 손가락으로 톡톡 두드렸다.

"똑똑, 거기 자리 있소?"

고개를 뒤로 돌리자 그가 환하게 웃고 있었다.

"말투가 그게 뭐야, 웃겨."

어색할 줄 알았던 우려와 달리 우리는 밝게 웃으며 이야기했다.

"내 말투가 뭐가 어떻단 말이오? 무엄하오."

그가 진지한 표정을 지었다.

"그렇소? 미안하게 되었소."

"이렇게 나를 다시 불러내다니, 무례하오. 이 더운 날씨에 아주 먼 길을 걸어왔소."

"대신 내가 맥주를 사겠소. 그럼 용서할 수 있겠소?"

"흠, 좋소."

그가 개구진 표정으로 고개를 끄덕였다. 우리는 슈퍼에 들어가서 맥주를 한 캔씩 골라 계산대 위에 올려 두었다.

"또 하이트를 먹소? 뭘 모르는군. 맥주는 맥스가 최고요."

계산대 옆에서 들고 나온 빨대를 캔 입구에 꽂으며 말을 이었다.

"벽화 마을에서 맥주 먹을 땐 말 못 했소만, 자고로 길맥은 빨대로 마셔야 하오. 100배 더 맛있소. 특별히 알려 주는 것이오."

"고맙소. 내 앞으로 빨대 꽂아서 길맥 하리다."

그가 씩 웃으며 대답했다.

"내일 드디어 개강이구려. 수강 신청은 무사히 끝냈소?"

빨대를 문 채 물었다.

"그렇소. 무려 심리학개론도 수강 신청 성공했소! 근데 혼자 들어서 걱정이오."

"그 수업 인기 많아서 수강 신청하기 어렵다던데, 축하하오. 근데 혼자 수업 들으면 외롭지 않소? 난 거의 모든 수업을 혜지와 같이 듣소. 어제 사진 보여 준 그 친구 말이오."

"내 은인 말이오? 고맙단 사례를 해야 하는데 말이오."

"말도 안 되는 소리 그만하시오."

아무렇지 않은 듯 대꾸했지만 얼굴은 눈치도 없이 달아올랐다.

우리는 2학기에 들을 전공과 교양 강의에 대해 이야기를 나누며 걸었다. 산책하는 동안 내가 맨홀 뚜껑을 피해서 걷는 걸 보고 그가 물었다.

"왜 하수구 구멍을 밟지 않소?"

"그걸 밟으면 귀신이 달라붙소."

"아니, 그럴 수가! 나는 지금까지 늘 하수구를 밟았소. 어쩌면 좋소! 너무 두렵소. 난 귀신이 싫소."

그가 내 말에 동조하듯 오버하며 말했다.

"이건 비밀이오만…. 그리 말하니 내 특별히 알려 주겠소. 이렇게 하시오."

나는 검지와 중지를 겹쳐 그의 손목을 3대 때렸다.

"고맙소. 내 이 은혜 잊지 않겠소!"

나를 보는 그의 눈과 입은 초승달 모양이었다. 그런 그를 보니 내 눈과 입도 같은 모양이 되었다.

지상철 3개 거리를 걸은 후, 벤치를 가리키며 말했다.

"여기 앉았다가 돌아가는 게 어떻겠소?"

"그럽시다. 굽 있는 샌들을 신어서 다리 아프겠소. 버스킹 준비하는 것 같은데 여기 앉아서 노래 몇 곡 듣고 갑시다."

그는 눈짓으로 기타를 꺼내는 남자를 가리키며 벤치에 앉았다. 버스킹을 준비하는 남자는 30대 후반으로 보였다. 그는 준비를 마친 뒤, 마이크를 톡톡 치며 말했다.

"오늘은 관객분이 계시네요. 제 노래를 기다려 주신 것만으로 회사에서 쌓인 피로가 풀리는 것 같네요. 감사합니다."

그가 우릴 향해 고개 숙여 인사했다. 그의 손에 든 기타에선 익숙한 멜로디가 흘러나왔다. 우린 숨죽여 그의 노래를 들었다.

마음을 써 내려가 너에게 닿을까.

이 글을 읽는 너는 미소 지을까.

"첫 곡이 '일기'라니! 나 제인 노래 정말 좋아하오! 여름 낭자와 함께 들으니 더 좋소."

"혜지가 이런 이야기를 했소. 야외에서 이성과 단둘이 노래를 듣는 건 위험한 일이라고."

"무슨 뜻이오? 나 갑자기 얼굴이 뜨거워질 것 같소. 그런 농담도 할 줄 아시오?"

그가 안절부절못하는 표정으로 되물었다.

"대체 무슨 생각인 것이오. 보통 노래는 이어폰 끼고 혼자 듣지 않소? 단둘이 야외에서 노래 듣는 건 흔치 않은 경험이고. 그래서 그 순간을 절대 잊지 못하기 때문에 위험하단 뜻이오. 앞으로 그

노래를 들을 때면 늘 그 사람 생각이 난다고 하오. 믿거나 말거나 지만."

혀를 빼꼼 내밀며 말했다.

"나만 이상한 사람이 된 것 같소. 글쎄, 혜지 씨 말이 맞는진 모르 겠지만, 적어도 나는 지금 이 순간을 잊지 못할 것 같소. 이 기억이 추억이 되진 않았으면 좋겠소."

당황스러운 마음에 고개를 돌렸지만, 그가 날 따뜻한 눈빛으로 바라보고 있다는 것은 알 수 있었다. 중저음 목소리를 가진 남자는 노래를 몇 곡 더 부르다가 다시 마이크를 들었다.

"오늘의 마지막 곡입니다. 오늘을 평생 반복해도 좋을 만큼, 후 회 없는 하루 보내세요. 감사합니다."

음은 익숙했지만 가수나 제목은 생각나지 않았다. 이 노래를 어 디서 들었더라, 생각하며 맥주를 입에 가져다 대었다. 맥주는 그새 식어 맛이 없었다.

"노래 좋다. 좋아하는 일을 포기하지 않고 계속하는 모습도 멋지 고. 나도 그렇게 살았어야 했는데……."

"지금부터 그렇게 살면 되지. 너 피아노 연주 좋아한다고 했지? 지금 다시 해 보면 어때?"

"에이 늦었어, 지금 와서 무슨. 벌써 깜깜해졌네. 이제 돌아가자."

쓴웃음을 지으며 다시 왔던 길을 돌아갔다.

우리가 만났던 곳에 도착했을 때, 그가 시계를 보며 말했다.

"여름아, 내 비밀 아지트 갈래? 이 근처야."

"그런 곳도 있어? 궁금하네. 그래, 좋아."

"비밀 아지트니까 눈 감고 가야 해. 내 팔 잡고 천천히 걸으면 될 거야."

그의 팔을 잡고 엉거주춤한 자세로 조심조심 한 발씩 내디뎠다. 쭉 뻗은 넓은 대로변인 걸 알지만 눈을 감은 채 걸으니 긴장됐다. 따뜻한 바람이 머릿결을 스쳤고 타박타박 발자국 소리가 들렸다.

"이제 계단만 올라가면 돼."

"우리 더 천천히 가자. 조금 무서워."

그의 옷깃을 잡은 채 계단을 올라가는 내내 심장이 강하게 뛰었다. 두려움인지 설렘인지 모를 감정이 소용돌이쳤다. 물론 중간에 눈을 뜰 수 있었지만 그러고 싶지 않았다. 눈을 감으니 다른 감각들을 더 진하게 느낄 수 있었기 때문이다. 그의 숨소리와 단단한 팔의 감촉, 내 심장 뛰는 소리가 고스란히 느껴졌다.

"이제 도착했어. 눈 떠도 돼."

"어? 우리 카페잖아?"

나는 동그란 눈으로 주위를 살폈다.

"응. 낮엔 직장이고 밤엔 아지트야. 들어와."

"우리 여기 와도 돼? 사장님께서 알면 놀라시지 않을까?"

늘 밝을 때만 근무해서 불 꺼진 카페가 낯설었다.

"괜찮아. 평일 알바생끼린 퇴근하고 자주 써. 사장님도 허락해 주셨고. 그런데 영업이 끝나서 불은 켜면 안 돼. 옆 건물 네온사인 덕에 어둡진 않을 거야."

털털한 성격의 사장님은 뒷정리만 잘하고 간다면 전혀 개의치 않으시는 듯했다.

"그럼 너 여기서 영화 본 적 없겠네?"

그가 스피커와 연동된 노트북을 가리키며 말했다.

"여기서 영화도 봐? 아르바이트한 지 겨우 한 달 됐는데 오빠가 나보다 더 잘 아네."

"어? 너 방금 오빠라고 했어? 너 처음에 만났을 땐 유현 씨라고 했다가 반말 쓰자고 한 이후로 내 이름 안 부른 거 알아?"

"그랬나……."

너를 만난 여름

69

사실 오빠란 호칭으로 그를 부르고 싶지 않았다. 남자 친구인 선우 오빠가 생각났기 때문이다. 내 마음을 들킨 것 같아 멋쩍게 웃고 있는데 그가 말을 이었다.

"사실, 나 빠른 년생이야. 2월에 태어났거든. 너랑 동갑이야."

"뭐야, 왜 그걸 지금 얘기해!"

"그래도 내 친구들은 22살, 네 친구들은 21살인 거 알지? 엄연히 달라!"

그가 장난스러운 얼굴로 말했다.

"다르긴 무슨! 그럼 겨울에 태어나서 메일 주소도 winter인 거야?"

"아니, 그냥 겨울을 좋아해서. 분명히 무섭도록 추웠는데 이상하게 봄이 되면 겨울을 따뜻하게 기억하게 돼. 겨울은 차갑지만 포근한 느낌이야."

"그렇구나. 근데 뒤에 88은 뭐야? 전화번호 뒷자리도 아니고."

"너 내 메일 주소 외우는 거야? 눈사람 모양이야. 귀엽지?"

그는 나를 빤히 바라보며 맑게 웃었다. 내가 그를 신경 쓰고 있다는 걸 들킨 것 같아 민망했다.

"그냥 사진 보내려고 본 거지 뭐……."

"네가 보낸 사진 봤는데 너무 잘 나왔더라. 아, 너 여기서 영화 본 적 없으면 지금 볼래?"

그가 맨 아래 서랍 속에서 DVD가 가득 담긴 상자를 꺼내며 물었다.

"그럴까? 나는 로맨틱 코미디 좋아해. 이 DVD는 누구 거야?"

"평일 알바생 중에 영화 좋아하는 형이 있거든. 그 형이 가져온 거 반, 사장님이 가져오신 거 반. 음, 이거 어때?"

그가 상자를 뒤적이다 '연애의 비밀'이라고 적힌 DVD 하나를 꺼냈다. 남녀 주인공이 밝게 웃으며 서로를 바라보는 포스터와 '사랑스러운 연인의 심장 떨리는 비밀'이라는 문구가 눈에 띄었다.

내가 DVD를 넣는 동안, 그는 주방에서 직원용 맥주 두 병을 들고 나왔다. 사장님은 장사는 즐거워야 잘된다며 알바를 하러 가면 꼭 맥주를 한 잔씩 주셨다. 그는 티셔츠로 병을 감싸 맥주 마개를 따며 의자에 앉았다. 로맨스 영화인 줄 알았는데, 후반부로 갈수록 연인의 비밀이 드러나며 손에 땀을 쥐게 하는 스릴러로 변했다. 맹렬한 추격 신과 격렬한 몸싸움을 하는 장면이 나올 때 그가 일어나며 말했다.

"맥주 더 가져올게. 소리 다 들리니까 멈추지 말고 계속 봐."

무섭고 중요한 클라이맥스 장면이라 그의 말이 귀에 잘 들리지 않을 정도로 집중했다. 그때 어떤 검은 물체가 내 뒤에서 "왁" 소리를 지르며 내 어깨를 잡았다. 나는 너무 놀라서 비명을 지르며 의자에서 미끄러져 바닥에 주저앉았다. 그러자 그가 아이같이 깔깔거리며 소리 내어 웃었다.

"진짜 웃기다. 많이 놀랐어? 그저께는 공포 연극 잘 보는 척하더니 겁쟁이였네."

심장이 또다시 빠르게 뛰었다.

우리는 잠시 티격태격 장난을 치다가 다시 영화를 보기 위해 나란히 앉았다. 영화를 재생한 지 얼마 되지 않아 그는 내 손등 위에 자신의 손을 살포시 올렸다. 나는 그대로 얼어 버렸다. 손을 뺄 수도 없었고 그렇다고 손등을 바닥으로 돌려 그의 손을 잡을 수도 없었다.

그렇게 우리는 20분간 손이 포개진 채 앉아 있었다. 영화의 흐름은 놓친 지 오래, 그저 손가락 하나하나의 감각에만 집중하며 이 손을 잡을지 뺄지만 생각했다. 손이 닿은 순간, 너무 설레고 행복했지만 동시에 죄책감이 밀려왔다. 남자 친구의 얼굴이 떠올랐기 때문이다.

아무것도 선택하지 않고 그냥 이 순간에 머물고 싶었다. 우리 관계에 이름 붙이지 않고 그냥 행복한 이 순간을 즐기고 싶었다. 그러나 그와 내 마음을 확실하게 알게 된 이상, 우리의 관계에 이름을 붙여야 했다. 그의 고백을 받았지만, 대답하지 않은 채 연인이 할 만한 대화와 행동을 이어 갈 순 없었다.

그 생각을 하자 뜨겁게 뛰던 심장이 점점 차가워졌다. 나는 시험이 3개월 남은 남자 친구에게 상처를 줄 만큼 강하지 않았다. 유현이와 관계를 규정하지 않고 이 감정을 느끼고 싶어 하다니. 두 사람에게 상처만 주면서 나만 행복해지고 싶어 하다니, 얼마나 이기적인가. 선우 오빠와 헤어질 수 없다면, 유현이가 더 이상 상처받지 않게 말해야 했다.

영화가 끝날 즈음 유현이의 손 아래에 있는 내 손을 살며시 뺐다.

"영화 재밌었지? 정말 생각하지도 못한 반전이었어."

배우와 감독의 이름이 화면에 나오는 것을 보며 그가 말했다. 웃고 있는 그를 보며 조심스럽게 말을 꺼냈다.

"나 할 말이 있어. 내가 많이 미울 거야. 사실은……."

"무슨 말인데 그렇게 뜸을 들여? 불안하게…. 괜찮으니 말해 봐."

숨을 한 번 고른 후 눈을 감고 말했다.

"마음을 받아 줄 수 없어. 미안해."

그는 나를 보고 있는 듯했지만 나는 고개를 들 수 없었다. 그저 내 엄지손가락으로 반대 엄지손톱을 꼼지락꼼지락 만질 뿐이었다.

"그랬구나, 여름아. 무슨 말인지 알겠어."

떨리는 목소리가 귓가에 맴돌았다. 방금 전까지 자신과 즐겁게 대화를 나눴으면서 고백을 거절하는 나를 탓할 줄 알았다. 그러나 여전히 다정한 그를 보자 미안함과 안도감이 섞여 눈물이 흘렀다. 아무 말도 할 수 없어 카페 구석진 곳으로 자리를 옮겨 눈물을 닦았다. 그러자 그가 조용히 일어나서 내게 다가왔다.

"울지 마. 난 네가 웃을 때 기분이 좋더라. 괜찮아. 난 정말 너에게 어떤 관계를 요구하려는 생각은 아니었는데. 아니, 사실 그러면 좋지만 부담 주고 싶지 않았는데. 내가 너무 서둘렀나 봐. 미안해."

노트북에선 엔딩 크레딧 노래가 흘러나오고 있었다. 그 소리 덕분에 내가 훌쩍이는 소리가 작게 들려서 다행이었다. 그는 왜 거절했는지, 왜 만나자고 연락했는지 묻지 않았다. 그저 내 곁을 묵묵히 지켜 주었다.

우리는 뒷정리를 하고 문을 잠근 뒤 밖으로 나왔다. 밤 12시의 대학로를 지날 동안 아무 말도 하지 않았다. 우리 집에 도착한 후 그가 정적을 깨며 말했다.

"정말 괜찮아. 미안해하지 마. 그래도 친구로는 계속 볼 수 있는 거지?"

나는 또다시 울며 고개를 끄덕였다. 미안함보다는 속상함의 눈물이었다.

집에 와서 일기장을 펼쳤다. 그리고 내가 느끼는 감정을 쭉 써 내려갔다.

— 나를 좋아한다고 말하는 사람이 나타났다. 그의 순수한 마음이 너무나 고맙다. 사소한 말 한마디도 기억하는 다정한 그에게 계속 끌린다. 그러나 그에 못지않게 나를 사랑하고 아껴 주는 사람이 있다. 내가 뭐라고 그들은 이다지도 하찮은 나를 사랑에 빠진 예쁜 눈빛으로 바라봐 주는 걸까.

*

다음 날은 9월 1일, 개강 날이었다. 오랜만에 만난 동기들은 왁

자지껄한 분위기 속에서 서로 안부를 물었다. 원래 가장 활발하게 대화를 이끄는 나지만, 그날은 유현이 생각에 대화에 집중할 수가 없었다. 내가 가만히 있자 혜지가 내 옆구리를 쿡 찔렀다.

"백여름, 어디 아파? 왜 이렇게 힘이 없어?"

"별일 아냐. 그냥 좀 피곤해서 그래."

그때 유현이에게 문자가 왔다.

[여름아, 학교야? 점심 먹었어?]

그의 문자를 보자 반가움이 밀려왔다. 첫 수업은 어땠는지, 동기들이랑은 어떤 이야기를 나눴는지, 점심은 뭘 먹을 건지 궁금했다. 그러나 하고 싶은 말을 꾹꾹 눌러 참고서 미적지근한 답장을 보냈다.

[응. 너도 점심 맛있게 먹어.]

남자 친구는 취업으로 바빴지만 저녁 식사는 함께할 때가 많았다. 저녁으로 김밥을 먹는데 남자 친구가 애교 섞인 투정을 부렸다.

"오늘 공부가 잘 안 됐어. 집중도 안 되고 문제도 다 틀리고. 여름이 네가 너무 아른거리고 보고 싶더라. 저녁까지 참느라 혼났어."

"그래도 집중해야지. 얼른 저녁 먹고 가서 공부해. 힘내!"

평소였으면 웃어넘겼겠지만 그날은 그러지 않았다. 그가 시험 준비가 잘 안 되고 있다고 하면 부담감을 느꼈다. 이 관계를 계속 끊어 내지 못할 것 같은 두려움이었다. 그가 취업에 성공해야 그를 떠날 수 있을 것 같았다. 누가 그렇게 시킨 것도 아니었지만 혼자 느끼는 책임감이었다. 남자 친구는 저녁을 먹은 뒤 도서관으로 향했고 나는 집으로 돌아왔다.

침대에 눕자 유현이 생각이 머리를 헤집었다. 지금 일하고 있을 테니 커피 마시러 가 볼까? 아님, 사장님께 볼일 있는 척 갈까? 그를 만날 구실을 수십 가지 생각했지만 납득할 만한 이유가 떠오르지 않아 그만뒀다. 그를 위해서도 나를 위해서도 그래선 안 된다는 생각으로 욕구를 억누르며 시간을 보냈다.

*

수요일 오전, 늘 밝던 내가 사흘 연속 초점을 잃고 있으니 혜지가 걱정하며 물었다.

"야, 백여름 너 대체 왜 그래? 너답지 않게. 무슨 일 있어? 이 언니한테 다 털어놔. 내가 해답을 알려 줄 테니."

"아냐, 일은 무슨. 그런 거 없어, 혜지야."

답답한 마음을 털어놓고 싶었지만 선우 오빠를 선망하는 혜지에게 다른 사람이 끌린다고 털어놓긴 어려웠다.

"그럼 기분 환기하게 여행 가자. 우리 지난번에 답사 갔던 해변 광장 어때?"

"그러자. 주말에 갈까?"

"다 죽어 가는 애를 두고 어떻게 주말까지 기다리냐. 점심 먹고 출발하자."

"어? 지금? 우리 3시에 전공 수업 있잖아."

"괜찮아, 개강 첫 주는 출석 확인 안 하잖아. 여행은 말 나온 김에 안 가면 못 간다, 너?"

혜지가 내 팔을 툭 치며 웃었다.

학식을 먹은 뒤, 혜지와 함께 정류장으로 걸어갔다. 버스에서 밖을 내려다보자 며칠 전 유현이와 함께 걸은 강변 산책로가 보였다. 유현이 생각에 울적해지려 할 때마다 혜지는 재밌는 이야기를 들려주었다. 1시간을 달려서 도착한 해변 광장, 숲속 데크 산책로에서 바라본 바다는 눈부시게 아름다웠다. 우리는 나무로 된 계단을 따라 바닷가로 내려와 큰 바위에 앉았다.

맑은 날씨와 파란 하늘, 흔들리는 숲속 나뭇잎과 모나지 않은 조약돌, 햇빛에 찰랑이며 부서지는 파도. 유현이가 이곳에 왔으면 어떤 표정을 지을까. 유현이 생각을 지우려고 선우 오빠와 함께 오는 상상을 하려 애썼으나 잘 안 됐다. 내 표정이 바뀌는 걸 눈치챘는지 혜지는 말없이 내 등을 쓰다듬었다. 그 손길이 뭐든 이해해 줄 테니 걱정 말고 털어놓으라는 말로 들렸다.

"혜지야, 사실은 나… 선우 오빠를 좋아하지 않아."

"뭐? 너 선우 선배랑 잘 지내잖아. 오전에도 선배가 너 커피 주려고 도서관에서 과방까지 온 거 아냐?"

혜지의 눈이 동그랗게 커졌다.

"처음부터 사랑은 아니었어. 학기 초에 분위기에 휩쓸려서……."

"그래. 입학하자마자 너무 빨리 사귀긴 했지."

혜지가 고개를 끄덕였다.

"응. 그리고 나… 정말 좋아하는 사람이 생겼어."

"언제 만난 건데? 오래됐어?"

혜지는 한참 침묵하다 물었다.

"아니. 일주일도 안 됐어. 그런데 너무 빠른 속도로 좋아져. 선우 오빠에 대한 죄책감과 그 사람에 대한 마음 때문에 기운이 없었어. 그래도 바다 보니까 마음이 좀 트이네."

자포자기하는 심정으로 진심을 토해 냈다.

"그렇구나. 근데 네가 그 사람이랑 연애하지 않고 죄책감을 느끼는 건 선우 선배에 대한 감정이 남아서 그런 거 아냐? 정말 좋아하지 않는다면 바로 헤어졌겠지. 만난 지 일 년이 넘어서 처음 느꼈던 설렘을 느끼지 못하는 거 아닐까? 권태기 같은 거. 넌 처음부터 좋아하지 않았다고 말했지만, 내가 옆에서 보기엔 너 좋아 보였거든. 다른 사람에게 설렘을 느낀다고 해도 그 설렘이 영원한 건 아냐."

"나도 내 마음을 잘 모르겠어. 너무 어렵다."

고개를 떨구고 대답했다.

"잠시 흔들린 걸 거야. 일주일이면 아직 그 사람에 대해서도 잘 모르잖아. 나도 남자 친구랑 권태기였는데 여행 다녀오니까 좀 나아지더라. 너도 여행 한 번 가 보면 어때? 난 거제도 갔는데 되게 좋았어. 특히 바람의 언덕이 동화에 나오는 곳처럼 예쁘더라."

"세 달 뒤에 시험이라 갈 수 있으려나 모르겠네. 그래도 한 번 물어봐야겠어. 고마워, 혜지야."

우리는 그 말을 끝으로 오랜 시간 바다를 바라보았다.

혜지는 남자 친구와 저녁 약속이 있어서 혼자 버스에 올랐다. 돌아오는 길에 핸드폰으로 그와 나눈 문자들을 보았다. 그래, 혜지 말대로 이 사람을 정리하는 게 맞아. 이렇게 가슴이 뜨거운 것만이 사랑은 아닐 거야. 선우 오빠는 나를 많이 배려해 주잖아. 배려가 사랑인 거야. 순간의 달콤함에 흔들리지 말자, 백여름.

흔들리는 버스 안에서 마음을 다잡으며 남자 친구에게 문자를 보냈다.

[우리 거제도 갈래?]

[여행 가고 싶어? 알겠어. 내가 주말에 밤새워서라도 이틀치 공부 다 해 놓을게. 여름이 너 금요일 수업 없지? 다음 주 금요일에 당일치기로 다녀오자.]

거제도에서 뭘 할지 생각하는데 문자 알람음이 울렸다. 유현이었다.

[여름아. 내일 점심 같이 먹을래?]

그의 문자를 보고 내일은 바쁘다고 둘러대며 거절했다. 이후로도 유현이는 계속 문자를 보냈다. 그의 일상이 궁금했지만 애써 다잡은 마음이 흔들릴 것 같아 답장을 보내지 않았다. 바쁘다는 핑계가 아니라 연락하지 말자고 거절하는 게 옳았지만, 그가 상처받을까 봐 걱정됐다. 아니, 사실은 그와의 관계가 완전히 끝날까 봐 두려웠다.

*

머칠간 유현이의 전화를 받지 않았다. 연락이 되지 않으니 걱정된다고, 무슨 일이 있냐는 문자도 쌓여 갔다. 계속 답장을 안 할 수도 없는 노릇이라 고민이 됐다. 근심 가득한 표정으로 노트북 화면을 바라보다 유현이에게 메일을 보낸 게 떠올랐다. 메일을 보내면 적당한 거리로 천천히 멀어질 수 있을 것 같았다.

[유현아, 나 핸드폰이 고장 났어. 그래서 메일 보내. 잘 지내지?]

메일을 보낸 뒤 곧바로 메일 수신함을 클릭했다. 하지만 바로 답장이 오는 문자와 달리, 메일 답신을 받는 데는 오랜 기다림이 필요했다. 샤워하고 나서 한 번, 옷 갈아입고 한 번, 책 한 페이지 읽고 또 한 번 수신함을 눌렀다. 차라리 연락하지 않을 때는 참을 만했는데, 막상 메일을 보내고 나니 조바심에 속이 타들어 갔다.

메일함을 열고 닫기를 여러 번, 벌써 전공 강의가 시작될 시간이었다. 어쩔 수 없이 노트북 전원을 끄고 학교로 향했다. 수업 시간 내내 유현이가 떠올라서 교수님 말씀이 귀에 들어오지 않았다. 핸드폰만 만지작거리다가 평소라면 절대 누르지 않는 네이트 버튼을 눌렀다. 요금이 많이 나오기 전에 메일을 확인하기 위해 손가락을 바삐 움직였다. 수신함에 반가운 그의 이름이 보여서 입꼬리가 움찔거렸다.

　[걱정했소. 혹시 날 피하는 건지 아님, 무슨 일이 생긴 건지. 부담 갖지 말고 그냥 편한 친구로 지냈으면 좋겠구려.]

　강변 산책로를 걸으며 나눴던 말투에 웃음이 났다.

　[말투가 또 왜 그렇소ㅋㅋㅋ 사극 말투 너무 웃기오. 그런 거 아니니 걱정 마시오. 핸드폰을 물에 빠트려서 그렇소. 핸드폰 고치면 연락하리다.]

　빠르게 답장을 보낸 뒤, 핸드폰을 닫았다. 심장이 손가락만큼이나 빠른 속도로 뛰었다.

　천천히 멀어지려 했던 계획과 달리, 나와 유현이는 하루에도 몇 통씩 메일을 주고받았다. 공강 시간엔 학교 컴퓨터실로 향했고, 집에 오자마자 노트북을 확인했다. 그는 메일로 종종 사진을 보내곤했다. 대부분 도라에몽을 그리려다 실패해서 엉망이 된 커피 사진이나 룸메이트가 찍어 준 엽기적인 사진이었다. 특히 안경을 쓴 채 검은색 헤드셋을 마이크 삼아 노래 부르는 가식 없는 사진엔 절로 웃음이 나왔다. 머리로는 그와 멀어져야 하는 걸 알지만, 내 마음은 여전히 그를 향한다는 걸 부정할 수 없었다.

그 당시 내 마음은 모순투성이었다. 선우 오빠를 사랑하지 않는 마음과 옆자리를 지켜야 한다는 마음. 혜지에게 의지하는 마음과 내 모든 것을 보여 주긴 불안한 마음. 유현이를 밀어내고 싶은 마음과 더 깊은 관계가 되고 싶은 마음.

그래서 나는 모두에게 거짓말을 하는 최악의 선택을 했다. 남자 친구에겐 마음을 숨기고 사랑하는 척 여행을 가자고 하고, 혜지에겐 유현이에 대한 마음이 얼마나 큰지 이야기하지 않았다. 그리고 유현이에겐 수많은 거짓말을 했다. 남자 친구가 없다는 거짓말, 핸드폰이 고장 났다는 거짓말, 바쁘다는 거짓말, 내가 너를 좋아하지 않는다는 거짓말.

내게 무슨 일이 생기면 가장 먼저 연락할 3명인데. 그 누구에게도 솔직하지 못한 내가 괴물같이 느껴졌다. 내가 대체 무슨 짓을 하고 있는 거야. 이건 모두를 실망시키는 일이야. 조금씩 정리하자. 거짓말을 거짓이 아니게 만들면 되는 거야. 유현이는 그냥 친구로 지내고 선우 오빠를 사랑하면 되는 거야.

나는 내 마음에 솔직한 것보다 다른 사람에게 어떻게 보일지가 중요했다. 내 마음 가는 대로 유현이에게 고백하면 선우 오빠와 혜지가 실망할 것은 물론, 우리 관계를 아는 학과 사람들이 나를 욕할 것이 뻔했다. 다른 사람에게 좋은 사람으로 보이고 싶지만, 한편으로 내 마음을 완전히 무시할 수는 없어서 유현이와 거짓투성이인 관계를 이어 가고 있었다.

*

금요일이 되어 거제도로 향했다. 오랜만에 가는 여행에 신났는지, 선우 오빠는 콧노래를 흥얼거렸다. 바람의 언덕은 혜지의 말대로 한 폭의 그림처럼 아름다웠다.

"여름아, 우리 풍차 앞에서 사진 찍자. 저기요, 사진 좀 찍어 주실래요?"

사진을 찍을 때 내 입은 웃고 있었지만, 눈은 허공을 향했다. 다른 생각을 하면 눈이 자연스럽게 위쪽을 바라보게 된다고 하던가. 나도 모르는 사이에 유현이와 왔으면 좋았겠다는 생각을 했다.

사진을 여러 장 찍은 후, 유명한 밀면집에서 늦은 점심을 먹고 고양이가 많은 카페에 갔다.

"여름아, 이 카페 정말 예쁘다. 나 시험 합격하고 너 졸업하면 우리 결혼할까? 신혼집은 이 카페처럼 밝은 원목 가구로 꾸미고, 너 좋아하는 커피 머신도 사고, 고양이도 기르면 좋겠어."

그는 고양이를 쓰다듬으며 말했다.

선우 오빠는 취업하면 결혼하자는 말을 종종 했다. 결혼은 너무 먼 미래라 상상이 안 됐지만, 결혼에 대해 이야기하는 선우 오빠를 보면 참 다정하고 가정적인 신랑이자 아빠가 되겠다는 생각이 들었다.

"주문하신 카페 라테와 아이스 아메리카노 나왔습니다."

사장님이 주신 카페 라테엔 귀여운 고양이가 그려져 있었다. 유현이가 연습했다며 보여 준 도라에몽 카페 라테가 떠올랐다. 선우 오빠와 여행하는 중간에도 그의 얼굴이 왜 이리 자주 떠오르는지.

띠리링— 벨소리가 들려 핸드폰을 확인하니 혜지였다.

"여름아, 지금 전화 가능해?"

"응. 오빠랑 카페 왔어. 네 말대로 거제도 오니까 좋네."

"그랬구나. 여름아, 일단 밖으로 나와 볼래? 선우 선배 없는 곳으로."

혜지의 목소리가 다급해 보여서 밖으로 나와 전화를 받았다.

"여름아, 놀라지 말고 잘 들어. 내가 실수를 한 것 같아…. 오늘 네가 일하는 카페에 빙수 먹으러 갔거든? 근데 거기 아르바이트생이 여름이 친구 아니냐면서 아는 척을 하는 거야. 그러더니 나한테 묻고 싶은 게 있는데 너한테는 꼭 비밀로 해 달라고 하더라."

"…뭘 물어봤어?"

"자기가 너한테 고백했는데 차였대. 잊으려 했는데 잘 안 된다며 네가 자기에 대해서 어떻게 생각하는지 아냐고 묻더라."

"그래서 뭐라고 대답했는데?"

숨죽여 혜지의 대답을 기다렸다. 혜지가 길게 한숨을 쉬더니 낮은 목소리로 말했다.

"오늘 여름이 남자 친구랑 거제도 여행 갔으니 잊으라고 했어. 더 이상 연락하지 말라고. 지난 학기에 네가 같이 일하는 사람이 싫다는데도 계속 집착한다고 했잖아. 그 사람인 줄 알고……."

올봄, 함께 일했던 주말 아르바이트생 중 한 명이 계속 고백해서 불편하다는 이야기를 혜지에게 한 것이 생각났다. 혜지가 지금은 일을 그만둔 그 사람과 유현이를 착각한 것이었다. 내가 입을 다물고 있자 혜지가 조심스럽게 되물었다.

"근데 그 사람이 너 남자 친구 있냐고 되묻더라고. 당혹스러워하는 표정을 보니 내가 실수한 거 같아서……. 혹시 며칠 전에 좋아졌다고 말한 사람이 이 사람이야?"

"……응 맞아."

"난 너 힘들게 했던 사람인 줄 알고……. 정말 미안해."

혜지는 함부로 말해서 미안하다며 연신 사과했다. 그러나 그 뒤에 혜지가 말하는 내용은 들리지 않았다. 혜지가 원망스러웠지만 그것보다 유현이가 상처받았을까 봐 걱정되었다. 일주일간 숨겼던 내 거짓말을 알게 되었으니 얼마나 속상할까, 내가 사실을 고백했을 때 그가 어떤 표정을 지을까, 어떻게 말해야 덜 상처 받을까. 이 사실을 안 이상 유현이와 관계는 지속할 수 없겠지. 가슴에 무거운 돌덩이가 앉은 듯 숨쉬기가 버거웠다. 내 표정을 본 선우 오빠가 걱정하며 말했다.

"여름아, 많이 걸어서 그런지 피곤해 보인다. 이제 집에 갈까?"

집에 가는 고속버스 안에서 유현이에게 문자를 보냈다.

[유현아, 나 핸드폰 고쳤어. 할 말이 있는데 오늘 밤 11시에 볼래?]

[그래, 여름아. 강변 산책로 앞 순정 마음 맥줏집에서 보자.]

돌아가는 버스 안에서 유현이에게 어떻게 말해야 할지 수백 번도 넘게 되뇌었다. 그와의 관계를 급하게 정리하게 되어 참담했다. 그러나 한편으론 차라리 잘된 일이었다. 모두가 더 상처받기 전에 빨리 마무리 지을 수 있으니. 나를 위해서도 그를 위해서도 이게 맞는데…. 더 이상 볼 수 없다고 생각하니 암울해진다. 지금 내가 꿈을 꾸는 중이라면 얼마나 좋을까.

유현이를 만나러 가는 길이 오늘따라 너무 멀게 느껴졌다. 사실을 말하는 게 겁나기보다는 이 사람과 마주하는 게 마지막일지도 모른단 사실이 나를 더 슬프게 옭아맨다. 이 사람을 좋아하지만, 난 지금 당장 선우 오빠를 떠날 수 없으니.

"아야!"

그와의 마지막 만남을 걱정하며 걷다가 전봇대에 부딪쳤다. 전봇대가 내게 정신 똑바로 차리라고 말하는 것 같았다.

그는 가게 입구에 기대어 서 있었다. 분명 혜지에게 다 들었을 텐데도 그는 밝은 표정으로 내게 인사했다.

"왔소? 아까 저 앞에서 전봇대에 머리 박는 거 봤소. 정신을 어디 두고 다니는 것이오."

"봤소? 부끄럽구려. 많이 기다렸소?"

"아니오. 나도 방금 왔소. 오랜만에 보는구려. 올라갑시다."

우리는 강변 산책로가 잘 보이는 2층에 앉아서 크림 생맥주와 감자튀김을 주문했다. 그는 마치 오늘 아무 말도 듣지 않은 것처럼 밝게 이야기했다. 학교에서 있었던 일, 카페에 온 진상 손님 이야기…….

두 번째 잔이 비어 갈 때쯤, 내가 크게 숨을 내쉬며 말했다.

"유현아, 나 할 말 있어. 너도 이제 알겠지만…. 내가 숨기는 게 많았거든. 이야기하면 너를 못 볼 것 같아서…. 그래도 듣고 싶은 거지?"

"응. 듣고 싶어, 여름아. 하나도 숨김없이 다 말해 줬으면 해."

심호흡을 한 뒤, 눈을 질끈 감고 이야기했다.

"사실 나 남자 친구 있어. 미리 말하지 못해서 미안해. 어떻게 된 거냐면……."

원래 계획대로라면, 그에게 말하지 못했던 이유를 말할 차례였다. 그러나 눈물이 끊임없이 흘러서 입을 뗄 수 없었다. 그저 맑고 밝은 이 사람을 더 이상 볼 수 없다는 생각에 눈물만 차올랐다.

조금 시간이 흐른 후 그가 말했다.

"아까 혜지 씨한테 듣고 많이 놀랐어. 근데 일 마치고 산책로를 걸었는데, 걷다 보니 남자 친구가 있다는 걸 말하지 못한 네 마음도 이해가 되더라. 당황스러웠지만, 괜찮아. 내가 미안해. 내 감정에만 치우쳐서 널 힘들게 했나 봐. 이런 감정이 처음이라 서툰 점이 많았어."

그는 남자 친구가 누구인지, 언제부터 만났는지, 왜 지금까지 숨겼는지 그 어떤 것도 묻지 않았다. 그저 괜찮다고 말해 줄 뿐이었다. 그의 다독임에 젖은 눈물 자국이 마를 때, 그가 맥주를 마시며 말했다.

"나도 숨긴 거 있어. 사실 너 핸드폰 고장 안 난 거 알고 있었어."

"알고 있었어? 어떻게?"

"네가 메일에 'ㅋㅋ'가 아니라 'ㅋㄱ'로 친 적이 있거든. 핸드폰으로 치면 그렇게 오타 나곤 하잖아."

"아… 안다고 말하지 그랬어. 미안해."

"네가 날 밀어내려고 그런 거짓말을 한 것 같아서. 내가 핸드폰 고장 안 난 거 알고 있다고 하면 네가 진짜 날 떠날 것 같아서 두려웠어."

유현이는 다 알고 있었구나. 다 알고도 모르는 척하고, 궁금하고 원망스러울 텐데도 내 입장에서 생각하는구나.

"그랬구나. 그런 생각하게 해서 미안해."

"사과 들으려고 한 말은 아냐. 네가 용기 냈으니 나도 솔직하게 이야기한 거야. 여름아, 네가 괜찮다면 그냥 친구로 지내도 될까? 나도 이런 내가 답답한데, 이렇게라도 네 옆에 있고 싶어. 절대 선 넘을 일은 없을 거야. 걱정 말고 남자 친구랑 예쁘게 연애해."

그를 지그시 바라보았다. 좋아하지만 선을 넘지 않겠다고 말하는, 관계에서 '을'이 되겠다고 자처하는 그의 모습에서 내 모습이 겹쳐 보였다. 남자 친구가 취업에 전념할 수 있게 곁을 지키며, 내 감정은 돌보지 않는 나와 유현이는 닮아 있었다.

우리는 어쩌다 '을'이 되길 자처했을까. 더 사랑해서도 아니었고 착해서도 아니었다. 그저 자신의 목소리를 크게 내지 못하고 자신의 감정을 돌보지 못했을 뿐이다.

자기는 신경 쓰지 말고 남자 친구와 연애하라는 그에게 사실은 너를 좋아한다고, 남자 친구는 책임감만 남아 있는 사이라고 솔직하게 털어놓고 싶었다. 그러나 뒷감당을 할 수 없어 입을 닫았다.

남자 친구 시험 끝날 때까지 나를 기다려 달라고 할 수도 없었고, 남자 친구와 당장 헤어지겠다고 말할 수도 없었다. 차라리 유현이가 내가 남자 친구를 사랑한다고 믿고 마음을 접는 편이 나았다. 남은 맥주를 마시고 우리는 가게에서 나왔다.

"이제 집에 갑시다! 우리 친구끼리 더치페이합시다!"

장난스러운 그의 말에 피식 웃음이 나왔다.

"여름 낭자가 웃으니 기분이 좋구려. 늘 웃는 날이 많았으면 좋겠소."

"벌써 새벽 2시구려. 오늘은 내가 집에 데려다주겠소."

"그게 무슨 말도 안 되는 소리요! 이 시간에 혼자 집에 돌아가게 할 순 없소. 위험하오."

"괜찮소. 나 이래 봬도 힘이 장사요."

그건 맞다며 웃는 그의 어깨를 장난스럽게 때리며 걸었다. 그가 우리 집까지 데려다주겠다고 재차 말했지만, 택시를 탈 테니 걱정 말고, 바래다주게 해 달라고 부탁했다.

"여기서 우리 집 가려면 꽤 걸어야 하는데, 다리 안 아프겠어?"

"당연하지. 게임하면서 갈까? 진실 게임 어때? 말 못 하면 꿀밤 맞는 거야."

"그래. 그럼 내가 먼저 물어볼게. 여름이 넌 제일 후회되는 순간이 언제야?"

"음, 도둑질했을 때?"

"도둑질?"

예상하지 못했던 답변에 놀란 눈치였다.

"그때가 9살이었나? 친구랑 다투고 친구 크레파스를 훔쳤어. 단지 친구가 슬퍼했으면 좋겠다는 불순한 마음으로 말이야."

"그 친구랑은 어떻게 됐어?"

"친구는 크레파스가 사라진 줄도 몰랐어. 다툰 건 바로 화해했지만, 친구한테 도둑질했다는 걸 밝히고 사과할 용기는 없었어. 제일 친한 친구였는데, 죄책감에 그 친구를 점점 피하게 되더라. 어릴 적 했던 충동적인 행동이 아직도 가끔 생각나서 힘들어."

"그 친구랑 요즘 연락해?"

"아니, 그땐 핸드폰도 없었고 둘 다 이사 가서 연락 안 닿은 지 오래됐어. 지금이라도 사과하고 싶은데 말이야. 이제 내가 질문할게. 유현이 넌 제일 행복했던 순간이 언제야?"

"나는 요즘이 제일 좋아. 22년간 느껴 보지 못한 감정들을 많이 느꼈거든. 누군가 이렇게 좋아진 것도 처음이고, 이렇게 애탄 적도 처음이고. 내가 알던 내가 아닌 것 같아서 모든 게 다 신기해."

무슨 대답을 해야 할지 난감했다. 내 표정이 굳는 걸 본 그는 당황하며 말했다.

"아, 부담 가지라고 하는 말은 아니고 그냥 좋다고. 미안해하지 않아도 돼. 난 정말 행복했거든. 그런 경험을 하게 해 준 너한테 고마운 마음뿐이야."

"아냐, 부담 안 돼. 나도 좋은 시간이었어, 고마워."

"다행이네. 음 다음 질문은 말이야…. 내가 좋았던 순간이 있어?"

그는 고개를 떨구고 땅을 본 채로 물었다.

당연하다고. 언제부터 네가 좋아졌는진 모르겠지만, 아주 자연스럽고 빠른 속도로 네가 좋아졌다고. 내 2주일은 온통 네 생각뿐이었다고 말하고 싶었다. 그는 늘 나에게 자신의 감정을 솔직하게 말했지만, 난 한순간도 솔직하게 말하지 못했다. 오늘도 남자 친구가 있다는 것만 말했을 뿐, 그를 좋아한다는 내 감정은 말하지 못했다. 그러나 친구로 지내기로 한 뒤에 좋아한다고 말할 수도 없는 노릇이었다.

"꿀밤 맞을게."

내가 웃으며 말하자 그는 조금 실망한 눈치였지만 금세 표정을

<figure>너를 만난 여름</figure>

바꾸어 말했다.

"오예, 꿀밤이지? 절대 안 봐줄 거야."

그는 깍지를 껴서 손가락 관절을 풀었다. 우두둑 소리에 표정을 찡그리는 나를 보며 재밌다는 듯 웃었다.

"이리 와, 백여름. 이마 딱 대."

엄지와 중지를 동그랗게 만든 뒤 입으로 휙휙 소리를 내며 그의 손가락이 내 이마에 가까워졌다 멀어졌다 반복했다.

"으악, 빨리 때려. 이게 더 무서워."

진지했던 마음은 어디로 가고, 그의 장난에 또다시 아이처럼 웃었다. 눈을 찔끔 감자 '딱' 소리가 났다. 그런데 아프지 않아서 눈을 떴다.

"이건 내 질문이 잘못됐네. 그러니까 내가 맞을게."

"뭐야, 네 이마에 때린다고 너무 살살한 거 아냐? 빨개졌나 봐봐. 벌겋게 되도록 이렇게 빡, 때려야지!"

내가 그의 이마에 딱밤을 놓고 도망가자 그가 뛰어오며 말했다.

"백여름, 내가 딱밤 맞는다는 말 취소야. 얼른 이마 대!"

한밤중에 술래잡기를 했다. 초등학생 이후로 이렇게 웃으며 뛰어다녔던 적이 있었나. 숨이 차도록 뛰어다니다 잡히지 않기 위해 낮은 돌담 위에 올라서자 그가 말했다.

"항복, 안 때릴게. 내려와."

그는 나보다 더 가쁘게 숨을 몰아쉬며 미소 지었다.

"정말이지? 알겠어. 그럼 다음 질문은 뭐야?"

돌담에서 폴짝 뛰어내리며 물었다.

"음, 만약 내일 죽는다면 지금 뭐 할 거야?"

"이건 생각할 시간이 좀 필요한데. 일단 떡볶이랑 맥주를 먹을 거야."

"어디서 먹을 건데?"

"야외면 좋겠어. 멋진 풍경 보면서 제일 좋아하는 음식을 먹는 거지."

"어렵지 않네. 지금 할래? 피아노처럼 행복을 미루지 말고 말이야."

"지금? 나 배부른데. 그리고 새벽이라 문 연 분식집도 없을걸."

"포장마차 있잖아. 맞은편에 늦게까지 문 여는 슈퍼도 있어. 친구니까 특별히 생애 마지막 떡볶이와 맥주는 내가 쏜다!"

"오, 나 포장마차 떡볶이 진짜 좋아하는데."

"강변 산책로에서 먹을래? 마지막 날 풍경으로 괜찮겠어?"

양손에 떡볶이와 맥주를 든 그가 물었다.

"좋지! 농구장에서 먹자. 낮엔 농구 하는 사람들이 많아서 근처에 못 가 봤거든."

우리는 강변 산책로에 있는 간이 농구장 바닥에 앉아서 맥주를 꺼냈다.

"근데 빨대 꽂아 마시니까 정말 맛있더라. 완전 다른 맛이야."

그가 맥주에 빨대를 꽂으며 말했다.

"그렇지? 같은 맥주라도 캔인지 병인지 유리잔에 먹는지에 따라 맛이 다 다르잖아. 난 캔에 빨대가 제일 좋아."

"내일이면 죽는데, 또 필요한 게 있으신지요?"

그가 장난스러운 목소리로 물었다.

"음악이 있으면 좋지요. 뭐 듣지? 진짜 마지막도 아닌데 괜히 노래 선택도 신중해지네."

"잘 생각해 봐. 나도 들을 노래 찾아봐야겠다."

그가 노란색 MP3를 꺼냈다.

"어디 한번 보자. 너 정말 제인 좋아하는구나? 온통 제인 노래네."

그의 MP3 버튼을 누르며 목록을 살폈다.

"응. 밖에서 단둘이 노래 들으면 위험하다는 혜지 씨 말이 맞았어. 제인 노래 들을 때마다 그때 생각나더라. 넌 노래 정했어?"

그가 멋쩍게 웃었다.

"음, 그럼 제인 '일기' 듣자. 나도 이 노래 좋아하니까."

그의 말에 다른 노래가 생각나지 않았다. 나 역시 그날 이후로 계속 노래 가사가 귀에 맴돌았기 때문이다.

"우리, 누워서 들을래?"

"어디서? 여기서?"

"응. 내일 죽는데 뭐 어때."

그가 웃으며 농구장에 누웠다.

"그래도 길바닥에 눕는 건 좀…. 아냐, 그러지 뭐."

마지막 날이라 생각하니 못 해 봤던 걸 다 해 보고 싶었다. 늘 지나다니는 곳이었지만 새벽에 누워서 보는 짙은 하늘은 새로웠다. 유난히 밝은 별 하나가 보였다.

"유현아, 저 별 진짜 밝게 빛난다."

"음, 너의 마지막 날 감성을 깨서 미안하지만, 인공위성이야."

"뭐? 이과 감성 뭐야. 낭만적이지 못하네."

누워서 크게 웃었다. 낮엔 사람들이 북적이던 곳에서 우리 둘만 누워 있으니 마음이 간질간질했다.

"그래, 별이라고 하면 뭐 어때. 자, 이어폰."

조금 떨어져서 누워 있었지만, 이어폰을 나눠 껴야 해서 옆으로 다가갔다. 내 심장 소리가 그에게 들릴까 봐 가슴에 힘을 주어 참아 보았지만 너무나 당연하게도, 심장은 계속 뛰었다. 심장 뛰는 소리를 감추기 위해 얼른 재생 버튼을 눌렀다.

마음을 써 내려가 너에게 닿을까.

이 글을 읽는 너는 미소 지을까.

훗날 누군가 사랑을 묻는다면 일기장을 내어 줄게.

내 청춘을 떠올리면 네가 제일 먼저 생각날 거야.

그와 야외에 누워 있는 게 어색했지만, 제인의 부드러운 음색에 기분이 한결 편안해졌다.

"이제 갈까? 계속 밖에 있으니 조금 쌀쌀한 것 같기도 하고. 덕분에 내 인생 마지막 날을 즐겁게 보냈네. 고마워."

"나도 재밌었어, 여름아."

우리는 일어나서 옷에 묻은 먼지를 털어 내고 음악을 들으며 걸었다.

"여기가 우리 집이야. 잠시 들어와서 핫초코라도 한 잔 주면 좋은데, 친구랑 같이 살아서."

"여기가 네 집이라고? 나 여기 한의원 다니는데!"

그가 집이라고 말한 원룸은 내가 자주 가는 한의원 건물에 있었다.

"너 어디 아픈데? 왜 한의원을 다녀?"

"자세가 잘못됐는지 목이랑 허리가 아파서 한 달에 한두 번 와."

한의원과 그의 집이 같은 건물이라는 게 신기한 나와 달리, 그는 내가 아프다는 것이 더 신경 쓰이는 눈치였다.

"21살이 무슨 병원을 그렇게 자주 다녀. 걱정되게."

"걱정은 무슨. 나 이제 갈게. 오늘 재밌었어."

"응, 데려다줘서 고마워. 누가 집까지 바래다준 거 처음이야. 우리 지금처럼 편하게 지내자, 여름아."

"그래, 나도 좋아."

멀리서 오는 택시를 향해 손을 흔들며 말했다.

"기사님, 제 친구 잘 부탁드립니다. 친구여, 조심히 가시게나!"

내가 택시를 타자 그가 장난스럽게 말했다.

"고맙소! 푹 쉬시오, 친구!"

그는 마지막까지 날 웃겨 주었다.

*

다음 날인 토요일, 우리는 서로의 진심은 숨긴 채, 평범한 친구처럼 문자를 주고받았다.

[여름아, 오늘 알바 가는 날이지? 날도 더운데 진아 누나랑 빙수 만들어 먹어. 같이 일하는 형이 빙수에 에스프레소 부어 먹으면 맛있대. 난 못 먹어 봤지만.]

[지난 주말에 일했던 거 생각 안 나? 평일이랑은 차원이 다르게 바쁘답니다. 한가한 평일 아르바이트생만 빙수 먹을 수 있네요. 시급 다르게 줘야 되는 거 아냐?]

[대신 우린 대학교 안에 배달 가야 하잖아. 평일 알바도 고충이 있다고.]

[배부른 소리 하네, 안유현. 난 이제 일하러 간다.]

평일엔 잘 잤냐는 그의 문자로 아침을 맞이했고 오후 내내 일상을 공유했다. 대화가 잘 통해서 어떤 이야기를 해도 죽이 척척 맞았다. 그와 연락하면 평범한 일상도 새롭고 활기차게 느껴졌다.

[여름아, 저녁 먹었어? 난 일하러 카페 왔어.]

[응. 난 오늘까지 제출인 과제가 두 개야. 동기들이랑 학과 독서실에서 밤새워야 할 듯.]

[나 지금 철학관 주변에 커피 배달 가는데, 네 것도 가져다줄까?]

[좋지.]

15분쯤 지났을 때, 그에게서 철학관 앞이라는 연락이 왔다.

"와, 고마워! 근데 커피가 왜 이렇게 많아?"

그는 커피 8잔을 내게 쥐여 주었다.

"동기 8명이라며. 같이 마시라고."

"센스 있는데? 나머진 내가 돈 낼게. 얼마지?"

"돈은 됐고, 딱밤 어때? 지난번에 못 때린 게 좀 아쉬운데."

그가 장난스럽게 손가락을 동그랗게 말았다.

"그건 안 돼! 너 다시 카페 가야 되지? 잘 마실게, 유현아!"

웃으며 학과 건물 안으로 도망가며 외쳤다.

"와, 웬 커피야? 선우 선배가 준 거야?"

동기 민주가 커피를 받아 들며 말했다.

"아니, 같이 알바하는 친구가 주변에 배달 오면서 가져다줬어."

"고마운 분이네, 덕분에 과제 할 맛 난다."

민주가 콧노래를 부를 때, 혜지는 옆에서 말없이 나를 바라보았다. 혜지의 눈빛이 아직 정리하지 못했냐고 나무라는 것 같았다.

이후로도 유현이는 학교에 배달이 있는 날엔 우리 과 건물에 들러 커피를 주고 갔다. 그때마다 친구들은 자기도 카페 알바하면 커피를 무료로 마실 수 있냐며 부러워했다.

*

선선해지기 시작하는 9월 말. 혜지와 점심을 먹고 있는데 유현이가 칼국수 사진을 보냈다.

[짠, 맛있겠지? 벽화 마을 간 날 내가 맛있다고 한 칼국수야. 주소 보낼 테니까 혜지 씨나 남자 친구랑 같이 와서 먹어.]

[그래. 오늘 저녁에 남자 친구랑 같이 가야겠다. 맛없으면 너 딱 밤이야.]

유현이와 나는 우리의 관계를 친구로 규정짓기 위해 일부러 남자 친구 이야기를 꺼냈다. 불편하고 어색하긴 했지만, 옳은 방향으로 나아가고 있다고 믿었다.

남자 친구와 칼국수를 먹은 뒤, 집으로 돌아와 유현이에게 문자를 했다.

[유현아, 칼국수 맛있던데? 서문에 있는 다른 맛집도 추천해 줘.]

[칼국수 집 옆에 김치찌개 집 봤어? 거기도 저렴하고 맛있어.]

[김치찌개 정말 좋아하는데! 고마워. 넌 저녁 먹었어?]

[응. 나 오늘 소개팅했어. 그 사람이랑 밥 먹고 집 가는 길이야.]

유현이의 문자를 본 순간, 전봇대에 부딪친 것처럼 머리가 지끈거
렸다. 답장을 해야 하는데 손가락이 굳어서 움직이지 않았다. 친구
사이로 지내기로 했으니 그가 다른 여자를 만나는 건 당연했다. 하
지만 그 모습을 상상해 본 적이 없어서 당황스러웠다. 왼쪽 가슴이
시큰거렸다. 문자였기에 나의 당혹감을 들키지 않아 다행이었다.

[소개팅은 어땠어?]

[괜찮았어. 근데 무슨 말을 해야 할지 모르겠더라. 너랑 있을 땐
말이 술술 나오는데 그 사람이랑은 대화가 자꾸 끊기더라고. 그
래서 대화 주제 찾느라 애썼어.]

[긴장해서 그런 거 아냐? 첫 만남이니 어색하기도 할 거고.]

[그런가. 내일은 같이 영화 보러 가기로 했어.]

[영화 잘 알아보고 가. 지난번처럼 장르 착각하지 말고.]

유현이에게 문자를 보내고 핸드폰을 이불 위로 툭 던졌다. 나 왜

이렇게 이기적이지. 선우 오빠랑 밥 먹고 왔으면서 유현이한테 서운할 게 뭐람. 정말 볼품없다, 백여름.

*

친구로 지내는 시간이 흘러 10월 초, 가을 향이 제법 나는 때였다. 학과 독서실에서 중간고사 공부를 하고 집으로 돌아가는 오후 9시, 그에게 문자가 왔다.

[여름아, 같이 야시장 갈래?]

[아니, 안 갈래. 공부해야지.]

[그래, 그럼 다른 사람이랑 가야겠다.]

야시장을 가면 또다시 옛 기억이 되살아날 것 같아 싫다고 했더니 그는 다른 사람이랑 갈 거라고 말했다. 소개팅한 사람과 가는 거겠지? 내가 거절했으면서 왜 울적한 건지. 유현이가 다가오지 않길 바랐지만 속으론 나만 바라보길 원했던 건가. 정말 최악이다.

타들어 가는 마음을 달래기 위해 슈퍼에 들러 맥스 한 캔을 꺼냈다. 그런데 원래 맥스 옆에 있던 하이트가 보이지 않았다. 유현이도 없는데 하이트는 왜 찾는 건지 모를 일이지만, 한참 둘러본 후

하이트 자리가 두 칸 아래로 옮겨진 걸 발견했다.

　울적한 기분으로 집에 와서 맥주를 한 모금 마셨다. 음악을 들으려 노트북을 열었는데 메일이 한 통 와 있었다. 유현이었다.

　[저기요. 저랑 야시장 갈래요? 그쪽이랑 너무 가고 싶은데.]

　그 사람이 나였구나. 가슴 아래쪽부터 길고 깊은숨을 몰아쉬었다. 안도감과 불안함이 섞인 한숨 내음이 주위를 빙빙 맴돌았다.

　그때 문자가 왔다.

　[자꾸 욕심이 나요. 남자 친구 있는 걸 알기 전엔 벽이 높네. 그래도 넘어야지, 이런 느낌이었다면 지금은 벽 끝이 안 보이는 기분이에요. 그런데도 자꾸 낑낑대며 기어 올라가는 중인 거 같아요. 끝이 보이겠지 하면서. 올라가지 말자고 하루에 수십 번씩 마음을 다잡는데 몸이 자꾸 움직여요. 근데 그렇다고 남자 친구랑 헤어지길 바라는 건 아니에요. 그냥 맘 가는 대로 해요. 편한 대로. 나는 신경 쓰지 마요.]

　아까보다 술이 더 고파졌다. 감당하기 버거운 감정의 소용돌이가 내 심장과 머리를 휘감았다. 그가 여전히 나를 좋아하고 있다는 건 기뻤지만 그의 고백을 예전처럼 설레며 받아들이긴 어려웠다.

지난 한 달간 차분하게 우리의 관계를 돌이켜 보았다. 유현이에 대한 마음은 날이 선선해질수록 커졌지만, 그보다 우리가 만나면 안 되는 이유의 몸집이 더 커졌다.

먼저, 일 년에 한 번밖에 없는 남자 친구의 시험이 이제 두 달 앞으로 다가왔다. 지금 남자 친구에게 상처를 주면 그의 인생에서 많은 걸 빼앗아 가게 될 것이다. 그리고 우리 과 사람들의 시선도 신경 쓰였다. 선우 오빠와 나는 모두가 아는 커플이었고, 우리 과 사람들은 남녀 가리지 않고 선우 오빠를 좋아했다. 내가 그를 두고 다른 사람과 사랑에 빠진 걸 알면 과 사람들은 나에게 매정하게 등을 돌릴 것이다. 가장 믿었던 혜지조차 그런 표정을 지었으니 다른 동기들은 볼 것도 없었다. 그를 밀어내야 한다는 확신이 들었다.

[미안해, 유현아.]

*

다음 날, 과방에서 동기들과 함께 중간고사 공부를 하고 있었다. 시험 일주일 전이라 다들 커피를 연달아 마시며 열심이었다. 밤 10

시쯤 되었을 때, 유현이한테 문자가 왔다.

　[여름아, 철학관이야? 핫초코 마실래?]

　친구로 머물자는 약속을 저버린 그가 미웠다. 그리고 그보다 더 큰 문제는 애써 다잡아 잠잠해진 마음의 파도가 고작 문자 한 통에 크게 울렁인다는 것이었다. 그의 문자를 애써 모른 척하며 전공 책을 살폈다. 집중하려 애썼지만 유현이 생각에 글자가 눈에 들어오지 않았다. 과목이라도 바꾸면 나을까 싶어 교양 프린트물을 꺼내는데, 혜지가 내 어깨를 두드렸다.

　"여름아, 밖에 그분 아냐?"

　"그분? 누구?"

　혜지의 말에 창문으로 밖을 내려다보니, 철학관 앞 바위에 걸터앉은 유현이가 보였다. 핸드폰을 보니 11시였다. 10월이라 밤엔 쌀쌀한데도 그는 반소매 차림이었다. 의자에 걸린 두꺼운 과 잠바를 들고 밖으로 나섰다.

　"유현아! 너 여기서 뭐 해?"

　"네가 문자를 안 읽은 것 같아서. 핫초코 주려고."

　"답장 없으면 그냥 가지. 한 시간이나 기다리면 어떻게 해."

　"그러게. 어쩌다 보니… 이거 먹어, 여름아. 식었으려나."

그가 건넨 핫초코를 받아 들었다. 핫초코 우유 거품 위에는 초코 드리즐로 그린 도라에몽이 웃고 있었다. 핫초코는 차갑게 식어 있었고 그걸 건네주는 그의 손끝은 빨갛게 얼어 있었다.

"일교차가 심해서 밤엔 많이 추운데 왜 반소매를 입고 있어, 바보야. 일단 이거 입어."

그에게 과 잠바를 건넸다.

"아냐, 여름이 네가 따뜻하게 입어야지 나한테 주면 어떻게 해."

"괜찮아. 난 긴소매 입고 있고 네가 준 핫초코 마시니까 안 추워."

그에게 억지로 과 잠바를 입히며 말했다.

"안 식었어? 다행이다. 안 식게 손으로 계속 잡고 있었던 보람이 있네."

그의 말에 차마 차갑다고 말할 수 없었다.

"이제 집에 갈 거야?"

"아니, 곧 중간고사잖아. 나도 과 독서실에 공부하러 가려고."

"같이 가자. 졸려서 운동 좀 해야겠어."

미안한 마음에 약대 건물까지 함께 걸어갔다.

"도라에몽 어떻게 그렸어? 초코 드리즐로 예쁘게 그리기 어렵던데."

"다 노하우가 있지. 내가 알려 줄게."

그는 약대 건물 앞 나무 의자에 앉아 가방에서 연필과 공책을 꺼냈다. 그가 그린 도라에몽을 보며 따라 그리는데 생각보다 쉽지 않았다. 그는 내가 잡은 연필 위쪽을 가볍게 잡았고, 나는 그의 손이 움직이는 대로 도라에몽 그림을 그렸다. 그때, 뒤에서 '찰칵' 소리가 들렸다. 고개를 돌리니 약학과 잠바를 입은 남학생이 유현이 이름을 부르며 놀리듯 휘파람을 불었다. 허락 없이 사진을 찍는 게 불쾌했지만, 유현이 친구인 것 같아 아무 말도 하지 않았다.

문제는 그날 밤 일어났다. 유현이 친구가 해선대 익명 커뮤니티에 우리의 사진과 글을 올린 것이다.

약학과 과대 연애한다!

뒷모습이라 얼굴이 나오진 않았지만, 놀란 마음에 바로 유현이에게 전화를 걸었다.

"여름아, 미안해. 내가 여자랑 이야기하는 걸 처음 봐서 놀리려 그런 거 같아. 나쁜 의도는 없었을 거야. 글 바로 내리라고 할게."

그와 전화를 끊고 게시글이 내려가길 기다리는데, 댓글이 하나 달렸다.

철학과네? 누구지? 내가 철학과 친구한테 물어보고 옴.

그가 내 과 잠바를 입고 있었던 것이 문제였다. 코끝이 찡하니 아찔했다.

우리 과는 인원이 적었기에 그 사람이 나라는 게 들통나는 건 시간문제였다. 선우 오빠와 과 사람들이 나를 욕하고 등 돌릴 것을 상상하니 무서웠다. 취준생인 남자 친구를 두고 다른 남자와 밤에 함께 앉아 있는 모습이라니. 사람들 입에 오르내리기 딱 좋은 소재 아닌가. 약대 건물 앞에 간 것도 나고 과잠을 빌려 준 것도 나였다. 그런데도 유현이가 너무 미웠다. 그 순간 이 관계는 잘못됐다는 확신이 들었다.

*

그 후로 우리는 서로에게 연락하지 않았다. 하지만 내 사물함엔 매일 따뜻한 커피나 핫초코가 하나씩 들어 있었다. 그럴 때마다 미안한 마음과 보고 싶은 마음이 불쑥 튀어나오긴 했지만, 옆에 있는 동기들 얼굴을 보며 애써 마음을 눌렀다. 그리고 남자 친구와 보내는 시간을 최대한 늘리고 하루에 10번씩 사랑한다고 표현했다. 내 안에 남은 죄책감을 지워 내기 위함이었다. 그러나 죄책감은 옅어지지 않았고 유현이 생각은 점점 짙어졌다.

남자 친구와 있는 동안 유현이가 생각나고, 사물함 안의 음료를 볼 때면 남자 친구가 떠올랐다. 두 사람에게 나눠 흐르는 사랑도 사랑이라고 할 수 있을까. 보통 사람들은 한 사람만 바라보던데, 내가 뭔가 잘못된 건 아닐까. 평범한 보통의 연애를 할 순 없을까.

*

마음속에 두 사람이 섞여 있는 시간을 보낸 지 2주쯤 되는 토요일, 오랜만에 유현이에게서 연락이 왔다. 남자 친구 곁에 머무르기로 했지만, 여전히 마음은 그를 좇던 때였다.

[여름아, 오늘 밤 9시에 지난번에 갔던 맥줏집에서 볼 수 있을까? 꼭 하고 싶은 말이 있어. 기다릴게.]

그의 문자에서 평소와 다른 기운이 느껴졌다. 가슴에 무거운 돌덩이가 내려앉은 듯 갑갑했다.

그를 만나러 가기 1시간 전, 거울 앞에 섰다. 거울 속 내 형체가 일그러지며 빙글빙글 돌았다. 어지러웠다. 생각을 정리하려 조금 일찍 나섰다. 강변 산책로엔 운동하는 사람, 버스킹을 구경하는 사람들로 북적였다. 걷다 보면 머리가 개운해질 줄 알았지만 아무리 걸어도 머릿속 실타래는 엉켜 있었다. 생각에 짓눌려 걷다 보니 유현이와 누워서 노래를 들었던 농구 코트가 보였다. 아무도 없었던 그날과 달리, 많은 사람이 농구를 하고 있었다. 함께 떡볶이를 먹으며 제인 노래를 듣던 그때가 떠올라 울컥 눈물이 났다. 내 삶의 마지막 날을 유현이와 보내고 싶었으면서, 난 왜 이런 선택을 한 걸까. 난 왜 마음 가는 대로 행동하지 못할까. 난 왜 이리 겁이 많은 걸까.

한참을 서서 농구 하는 이들을 응시하다 핸드폰을 보니 9시 5분 전이었다.

맥줏집에 들어가자 유현이가 생각보다 밝은 목소리로 나를 불렀다.

"여름아, 여기야!"

"응, 오랜만이야. 잘 지냈어?"

"응, 중간고사도 그럭저럭 잘 쳤고. 넌 어때?"

시험 성적은 어떤지, 과제는 잘 마무리했는지 등 실없는 이야기만 한동안 주고받았다. 그는 무언가 할 말이 있는 눈치였지만, 입밖으로 꺼내지 않았고 나 역시 캐묻지 않았다.

"여름아, 너 한의원 계속 다녀?"

"응. 최근엔 안 갔지만."

그와 마주칠까 봐 한의원에 가지 않았다는 이야기는 할 수 없었다.

"그렇구나, 걱정이네. 자, 이거 받아."

그가 얇은 공책 한 권과 하얀 종이봉투를 내밀었다.

"이게 뭔데?"

"허리랑 목에 좋은 약. 그리고 비타민 몇 개도 같이 넣었어. 공책엔 허리 아플 때 하면 좋은 운동 적어 놓았고."

그가 준 공책을 펼쳐 보니 스트레칭 동작이 그려져 있었다. 얇은 공책 반을 채운 그의 서툰 그림과 삐뚤빼뚤한 글자를 보니 마음 한편이 시큰거렸다.

"그림 귀엽다. 고마워. 근데 글씨가 초등학생 같은데?"

일부러 밝은 척하며 웃었다.

"뭐? 내 글씨의 진가를 못 알아보는구먼? 안목을 좀 더 키워야겠습니다, 백여름 씨?"

2주간 서로 많은 생각을 했음에도 불구하고 우린 아무 일도 없었다는 듯 장난치며 수다를 떨었다. 내 눈시울은 조금씩 붉어졌지만, 그는 여전히 맑게 웃고 있었다. 아마 나는 본능적으로 그 한 시간의 대화가 마지막임을 알았던 것 같다.

"이제 집에 가자, 여름아. 내가 데려다줄게."

한 시간 뒤, 그가 일어났다. 조금 더 앉아 있고 싶었지만, 이미 일어난 그를 따라 움직였다. 그때 가게 벽지에 적힌 문구가 눈에 들어왔다.

끝날 것 같지 않던 매서운 겨울이 지나가면 그 겨울은 기억도 나지 않는다.

지난 사랑도 겨울 같았으면. 겨울은 다시 추억하고 싶을까?

우리 집으로 가는 길, 동문에서 그가 발길을 멈췄다.

"여름아, 나 사실 할 말 있어."

유현이의 말을 듣기도 전에 심장이 계속 아려 왔다. 내가 생각하는 그 말일까, 혹시 다른 말은 아닐까? 헛된 기대를 품고 그의 입술을 바라보았다. 그도 바로 말하기가 힘든지 한참 뜸을 들이다 윗입술을 뗐다.

"이제 우리 그만 보자. 정말 많이 좋아하지만 계속 만나는 건 내만족이지 널 위한 건 아닌 것 같아. 내가 널 조금만 좋아했으면 계속 연락하겠지만… 난 많이, 아주 많이 좋아하니까 네 입장을 더 생각할 거야."

"……."

그의 말에 머리가 새하얘졌다.

"혹시 딱 한 번만 안아 봐도 될까?"

"……응."

그의 말에 간신히 한 마디를 뱉었다. 그의 큰 손이 내 어깨와 등을 포근하게 감싸 안았다. 그의 온기에 눈물이 차올랐지만 억지로 미소를 지으며 눈물을 꾹꾹 삼켰다. 그는 지금 어떤 마음일까. 가까이 있는데도 그의 숨소리조차, 미동조차 느껴지지 않았다.

"여기서부턴 혼자 갈게. 잘 가, 유현아."

"여름아, 고마웠어. 조심히 가."

상처만 준 내가 뭐가 고맙다는 건지……. 우리는 인사를 나누고 각자의 집으로 가기 위해 발걸음을 옮겼다. 진짜 마지막이니까, 조금이라도 더 보고 싶어서 서로를 바라보며 천천히 뒤로 한 발짝씩 움직였다.

그는 한참을 뒤로 걷다가 잠시 멈추더니 손을 머리 위로 올려 좌우로 크게 흔들었다. 그러고는 뒤돌아서 빠른 걸음으로 걸어갔다. 그의 발걸음이 지금까지 마음고생했던 걸 훌훌 털어 내는 듯 보였다. 저렇게 빛나는 사람을 힘들게 했다니, 지금이라도 헤어지게 돼서 다행이라는 마음에도 없는 생각을 했다. 첫 고백을 거절할 때, 남자 친구가 있다고 밝혔을 때, 그리고 오늘까지. 사귄 적은 없지만 우리는 여러 번 헤어졌다. 예전 헤어짐과 다르게 이번엔 그가 나를 밀어냈다. 그의 빠른 발걸음이 다시는 날 향하지 않겠다는 다짐 같았다.

집으로 돌아와 침대에 풀썩 쓰러지듯 엎드렸다. 베개에 얼굴을 묻으니 그의 미소 짓는 얼굴과 따뜻한 온기가 떠올랐다. 몸이 으스스하니 추운 것 같아 이불을 뒤집어쓴 채 소리 죽여 울었다. 노란 이불보가 흥건히 젖은 후에야 이제 정말 끝이구나, 실감이 났다. 마지막 인사를 제대로 하지 못한 것 같아 핸드폰을 들었다.

[마치 내일 볼 듯이 인사한 것 같네. 마지막까지 고마워. 행복하게 잘 지내, 유현아.]

[나 때문에 고생 많았어. 지금도 너무 좋아하지만 내가 끼어들었으니 비켜 줄게. 그리고 고마워. 누굴 이렇게나 좋아할 수 있다는 걸 알게 해 줘서. 아프지 말고 잘 지내.]

그는 마지막까지도 예뻤다. 한결같이 다정하고 예의 바른 사람. 누가 뭐래도 나의 21살을 가득 채운, 나의 여름과 가을을 따뜻하게 보듬어 준 사람.

*

다음 해 2월 겨울, 눈이 내리던 날 나는 남자 친구와 헤어졌다. 선우 오빠가 최종 합격 소식을 들은 다음 날이었다. 그만 만나자는 나의 말에, 선우 오빠는 내 마음이 떠난 걸 진작 알고 있었다고 말했다. 자신에게 한 번만 더 기회를 주면 안 되겠냐고 재차 물었지만 나는 대차게 고개를 저었다. 한동안 정적이 흐르다 그는 혹시 누군가 마음에 있는 거냐고 물었다. 내가 고개를 끄덕이니 그는 깊은숨을 내쉬며 취업 공부한다고 많이 신경 써 주지 못해 미안하다고, 자기 곁을 지켜 줘서 고맙다고 말했다. 이렇게 쉽게 끝날 관계를 놓지 못했다니, 허무했다.

하지만 중요한 건 그게 아니었다. 유현이. 당장 유현이에게 달려가고 싶었다.

그의 생각으로 하루하루를 견딘 지 네 달, 남자 친구와 헤어졌지만 바로 연락할 순 없었다. 차갑게 밀어냈으면서 그에게 다시 손 내밀기가 두려웠다. 그는 여전히 따뜻한 눈빛으로 날 맞이해 줄까. 아님, 내가 그랬듯 차가운 손짓으로 날 밀어낼까. 선뜻 연락하기가 두려워 우연히 마주치길 기다렸다. 우연히 마주치면, 용기 낼 수 있을 것 같았다.

그와 마주치기 위해 캠퍼스 안에선 늘 주위를 살피며 걸었고 점심 식사는 늘 약대 주변인 서문에서 먹었다. 한의원을 갈 때면 맞은편 카페에 한참 앉아 있곤 했다. 그러나 유현이는 아르바이트를 그만두었고, 학과 건물 거리도 멀었기에 그와 우연히 마주칠 일은 없었다.

*

겨울 방학이 지나고 22살 4월의 봄.

하루에 서너 번씩 약대 건물에 가면 마주칠 법도 한데, 왜 이렇게 안 보이는 건지. 그가 혹시 휴학을 한 건 아닐까.

그에게 직접 연락할 용기가 없었던 나는, 여전히 겁쟁이였고 숨기 바빴던 나는, 학교 익명 커뮤니티에 접속했다. 그곳에는 좋아하는 짝사랑 상대에 대해 익명으로 물어보는 게시판이 있었다. 늘 글을 읽기만 했지, 글을 쓴 적은 없었기에 긴장됐다. 심호흡을 한 번 하고 글을 올렸다.

약학과 ○○ㅎ 재학 중인가요? 혹시 여자 친구 있나요?

여자 친구 여부는 혹시 몰라 덧붙였다. 그가 나인 걸 알아보진 않을까 마음 졸이며 댓글을 기다렸다. 몇 시간 뒤, 내 글에 댓글이 달렸다.

○○ㅎ 친구입니다. 여자 친구랑 같이 휴학했어요.

돌아온 답에 마음이 철렁했다. 여자 친구라니, 그의 옆에 다른 사람이 있다니.

그 댓글을 본 후, 불면증이 생기고 음식을 먹어도 소화가 되지 않았다. 얼굴에 다크서클이 어둡게 드리워지고 눈빛은 점점 생기를 잃어 갔다. 동기들에겐 이제 3학년이니 공부해야 한다는 핑계를 대며 식사 모임이나 학과 행사에도 참석하지 않았다. 별일 없다가도 유현이만 생각하면 눈물이 났다. 작년 여름, 나의 행동이 후회됐다. 남자 친구를 다치게 하면 안 된다는 생각에 사로잡혀서 너와 나를 아프게 했구나. 나도 네가 좋았는데. 너와 함께라면 모든 것이 다 좋았는데 왜 네 곁으로 가지 못했을까.

그에게 하고 싶은 말을 적은 장문의 문자를 몇 번이나 썼다 지웠다. 문자를 보내면 안 되는 거 아는데. 이제 내가 비켜야 할 차례라는 걸 아는데. 내 사물함을 열면 네가 넣은 핫초코가 없어서. 한의원이 너의 자취방 아래라서. 네가 준 스트레칭 공책이 낡아서. 커피를 마시면 네가 그려 준 도라에몽 그림이 생각나서. 자주 가는 카페에서 제인 노래가 들려서. 너와 함께 걸었던 산책로를 걸어서. 내 일기장에 네 이야기가 너무 많아서.

늘 썼다 지웠던 문자인데, 그날은 뭔가에 이끌린 듯 전송 버튼을 눌렀다. 어쩐지 문자를 보내지 않으면 안 될 것 같았다. 네가 진실을 알면서도 내게 마음을 표현하지 않을 수 없었던 것처럼.

[잘 지내? 생각나서 연락했어. 불편하다면 미안해.]

문자를 보내고 핸드폰을 이불 위로 던졌다가 다시 들었다가 뒤집어 놓았다가 열었다가 반복했다. 보내지 말걸, 손가락을 원망했다. 이불을 덮어쓴 채 손톱을 물어뜯고 있는데, 불편한 기색 없이 답장이 왔다.

[오랜만이네, 여름아. 안 불편해. 오히려 반갑지. 이번 주말에 만날래? 사실 할 말 있어서 한 번 연락해야지 싶었거든.]

의외의 문자에 당혹스러움을 감출 수 없었다. 무슨 의미일까. 정답이 나오지 않을 걸 알면서도 내 방 곳곳을 뚫어져라 바라봤다. 대체 할 말이라는 게 뭘까. 게다가 마지막까지 그의 마음을 밀어낸 나를 반겨 주다니.

*

그와 만나기로 한 토요일 오후 7시, 무릎까지 오는 하늘거리는 연노랑빛 원피스를 입고 강변 산책로로 향했다. 그에게 여자 친구가 있다는 걸 알고 있었지만, 그럼에도 불구하고 '혹시' 하는 1퍼

센트의 가능성을 기대했다.

강변 산책로엔 지난여름에도 그랬듯 버스킹하는 사람이 많았다. 흩날리는 벚꽃과 연인 간 사랑을 노래하는 그들의 음색이 내게 희망이 있다고 말하는 것 같았다. 미안하다고, 다시 잘해 보자고 그를 붙잡고 싶었다. 너도 기다렸으니 나도 기다릴 거라고.

멀리서 그가 오는 게 보였다. 그도 나처럼 살이 조금 빠진 것 같았다. 첫마디를 어떻게 꺼내야 하나 고민하는 순간 유현이가 손을 높게 흔들며 내 이름을 불렀다.

"여름아!"

그는 잘 지냈는지, 어떻게 지냈는지 물어보았다. 떨어져 지낸 시간이 길어서 예전처럼 친근하게 느껴지진 않았지만, 다행히 어색하진 않았다.

"너랑 이야기하니까 옛날 생각나네."

그가 추억에 잠긴 듯 말했다.

"난 내가 너한테 못되게 군 것만 떠올라."

"아냐, 무슨 말을 그렇게 해. 난 좋은 기억밖에 없는데? 그땐 내가 너무 내 감정만 생각했던 거 같아. 내가 버스 정류장에서 말만 걸지 않았어도 서로 힘든 일은 없었을 텐데……. 그땐 다른 건 돌아볼 여유도 없을 정도로 너한테 빠져서 그게 안 되더라. 사실, 헤어지고 나서도 혹시 네 얼굴 볼 수 있을까 싶어서 집 앞에 가 보곤 했었어."

"나도 네 생각 자주 났어. 내가 가는 한의원이 너희 집 근처였잖아."

낮이고 밤이고 네 생각만 했다고 말할 순 없어서 한의원 핑계를 댔다.

"그랬구나. 그래도 조금 위안이 되네. 난 남자 친구한테 갔다는 생각에 혼자 남겨진 기분이었거든."

"⋯유현아, 나 할 말이 있어. 사실 나 너를⋯⋯."

긴장되는 마음에 입술이 바짝바짝 말랐다. 천천히 한 단어씩 말하는데 유현이가 미소를 지으며 내 말을 끊었다.

"여름아, 나 네가 요즘 약대 건물 앞에 자주 온 거 알고 있었어. 동기들이 알려 줬거든, 네가 자주 온다고."

"아⋯. 음⋯⋯."

무슨 말을 해야 할지 머리가 새하얘졌다. 여전히 좋아한다고 고백할까, 망설이는 찰나 유현이가 조금은 굳은 표정으로, 그러나 여전히 따뜻한 눈빛으로 말했다.

"사실 그래서 만나자고 했어. 여자 친구 있다는 거 알려 주려

너를 만난 여름

125

고……. 다음 달에 같이 캐나다에 있는 대학교로 교환 학생 가게
됐어."

"아…. 잘됐다, 유현아. 몸 조심히 잘 다녀와."

담담하게 말하려 노력했다. 하지만 입술은 내 마음도 모른 채 바
르르 떨렸고 손등 위로는 눈물이 떨어졌다. 여자 친구가 있다는 걸
알고 있었지만, 그의 입으로 직접 듣는 건 괴롭고 외로운 일이었
다. 지난여름, 같은 상황을 겪은 그도 이렇게 힘들었겠지.

"응, 여름아. 너도 행복했으면 좋겠어. 졸업하면 거기서 자리를
잡을까 해. 그래서 오늘이 마지막으로 만나는 날일 것 같아."

그를 볼 수 없다는 말에 또다시 눈물이 맺혔다. '제발 울지 말자.
눈물아, 떨어지지 말아 줘'라고 마음속으로 외쳤다. 눈물이 흐르지
않도록 고개를 뒤로 젖혔지만, 야속하게도 내 볼은 흥건히 젖어 버
렸다. 그는 큰 손으로 내 뺨을 타고 흐르는 눈물을 닦아 주었다. 조
금은 거친 그의 손이 내 뺨을 스칠 때 눈물은 더욱 속도를 냈다.

우는 나를 다독이며 "여전히 그대로네"라고 말하는 너. 웃음소
리도, 우는 모습도 여전히 그대로라며. 머리가 많이 자랐다고 쓰다
듬어 주는 너. 이렇게 따뜻한 너를, 잊을 수 있을까.

너는 나를 완전히 잊었다고 말했다. 이제 내 생각이 나지 않는다

고. 만나는 동안 모든 걸 주어 후회도 남지 않는다고 말했다. 그와 달리 만나는 동안 많은 걸 숨기고 내어 주지 못한 나는 미련이 가득했다.

너는 여전히 예쁘게 미소 지었다. 항상 느끼던 거지만 참 예쁜 눈빛을 가졌다. 반년간 상상만 하던 그 눈빛을 실제로 보게 되자 마음이 내려앉았다. 자기한테 정 떼라고 말하고 행동하는 것들조차 너무 소중해서. 너의 말 한 마디 동작 하나 남김없이 기억하고 싶어서. 모두 다 눈에 담고 싶은데 눈물이 차올라 시야가 흐릿해져서 화가 났다.

나의 첫사랑은 이렇게 끝이 났다. 그와 나는 타이밍이 맞지 않았다.

내가 그때 남자 친구에 대한 뭣도 아닌 의리를 지키겠다는 마음에 사로잡히지 않았더라면, 좀 더 내 감정에 충실했다면, 다른 사람 눈치 대신 너와 나의 마음에 집중했더라면, 우린 행복했을까.

이후 10년이 넘는 시간 동안 다양한 사람이 내게 다가왔지만, 유현이만큼 투명하게 직진하는 사람은 없었다. 나이가 들수록 자신이 상처받지 않도록 조심스럽게 행동하기 때문이다. 아마 지난 연애에서 얻은 교훈일 것이다. 내게 첫눈에 반했다고, 이런 감정은 처음이라고 말하는 유현이는 지난 연애의 교훈이 없었기에 내게 솔직할 수 있었고 그 감정은 내게 오래도록 남아 있었다.

더불어, 일 년 내내 그를 향했으면서, 단 한 번도 좋아한다고 말하지 못한 후회 역시 가슴 깊숙이 남아 있었다.

*

"백여름 님, 괜찮으십니까?"

그 소리에 눈을 뜨니 짙은 녹색 원피스가 눈에 들어왔다. 눈물 때문에 자신을 BCD 카페의 직원이라 소개한 여인의 모습이 일렁였다. 그녀는 눈물을 흘리는 내게 손수건을 건넸다.

"네. 괜찮아요. 21살이던 2008년 8월, 마지막 금요일로 돌아갈게요. 내 마음에 충실한 삶을 살아 보고 싶어요."

"알겠습니다. 계약서를 가지고 오도록 하죠."

여인이 건넨 종이엔 BCD 카페를 이용하는 방법이 적혀 있었다.

- 1조. 이용 전 주의 사항

1항. 계약자 a의 신체는 BCD 카페에 머문다.

2항. 계약자 a의 혼은 선택 날짜 자정부터 계약자 b의 신체로 들어간다.

3항. 계약자 a의 혼은 선택 날짜로부터 1년이 지난 자정, BCD 카페로 돌아와서 영면의 세계로 향한다.

4항. 모든 계약자에겐 1년의 기회가 주어진다. 단, 때에 따라 기회가 주어지지 않거나 여러 번 기회가 주어지기도 한다.

- 2조. 이용 중 주의 사항

1항. BCD 카페 발설 금지: 미래에서 왔다는 사실을 타인에게 알리지 않는다.

2항. 미래 예언 금지: 미래의 정보로 금전적 이득을 취하지 않는다.

- 3조. 이용 후 주의 사항

1항. 운명 변경 불가: 계약자 b는 계약자 a가 사망한 날짜에 사망한다.

2항. 신체 일치: 계약자 b는 계약자 a의 경험을 기억한다.

3항. 혼 불일치: 계약자 b는 계약자 a의 감정과 BCD 카페에 관한 내용은 기억하지 못한다.

"계약자 a는 현재의 백여름 님, 계약자 b는 여름 님이 1년을 보낸 후, 그 삶을 이어 살게 될 과거의 여름 님입니다. 궁금한 점 있으십니까?"

"제가 앞으로 경험할 1년은 상상이 아니라… 실제인 거죠?"

"물론입니다. 1년간 여름 님의 행동은 그 이후의 삶에도 영향을 끼칠 겁니다."

여인은 흐트러지지 않는 꼿꼿한 자세로 말했다. 유현이만 보는 게 아니라 앞으로의 내 삶에도 영향을 줄 수 있다니, 마음이 좀 더 무거워졌다.

"그럼 만약, 다른 사람이 제가 미래에서 왔다는 걸 알게 되면 어떻게 되나요?"

"비밀이 누설된 당일 자정, 혼이 소멸되어 BCD 카페로 돌아오게 됩니다."

내가 고개를 끄덕이자 여인이 검은 펜과 두툼한 종이 뭉치를 탁자에 내려놓았다.

"다른 계약자들의 계약 파기 내용과 각 조항의 예외 사항이 명시되어 있습니다. 원하시는 만큼 읽어 보시고, 계약서에 서명해 주십시오."

종이 뭉치 첫 장엔 수능 문제를 유출한 사람, 복권으로 이익을 보려 했던 사람의 징계 내용이 적혀 있었다. 두 번째 삶이 주어진 것만으로 감사해야지, 욕심을 내다니 어리석은 사람이었다. 서류를 몇 장 더 살핀 뒤, 계약서에 이름을 적었다. 어서 빨리 유현이를 만나서 새로운 삶을 살고 싶은 마음뿐이었다. 내가 서명하자 여인은 하얗고 작은 잔을 건넸다.

"여름 님, 이제 커피를 마신 뒤, 눈을 감고 1부터 10까지 천천히 세어 보십시오. 눈을 뜨면 그날로 돌아가 있을 겁니다."

그 말을 듣고 커피 잔을 들었다. 묵직한 향이 나는 커피를 넘기며 눈을 지그시 감았다. 1, 2, 3⋯ 10까지 세기도 전에 정신을 잃었다.

알 수 없는 그 계절의 끝

"아, 머리 아파."

찡그리며 눈을 뜨자 익숙한 듯 낯선 천장이 보였다. 주위를 둘러보니 노란색 이불과 고양이가 그려진 탁자가 눈에 들어왔다. 대학시절 내 자취방이었다. 탁자 위 핸드폰을 열자 오늘 날짜가 보였다. 2008년 8월 29일 금요일 7시.

진짜 돌아오다니. 입을 반쯤 연 채로 거울을 보았다. 21살의 내가 보였다. 울컥 눈물이 날 것 같아 입술을 꽉 깨물었다. 그때, 문자가 한 통 왔다.

[여름아, 정말 미안한데 배 아파서 답사 같이 못 갈 것 같아. 대
신 개강하고 떡볶이 쏠게.]

혜지의 문자를 보자 심장이 쿵쿵 빠른 속도로 요동쳤다. 가장 후

알 수 없는 그 계절의 끝

회했던 이 순간을 되돌릴 수 있다니, 꿈만 같은 소중한 이 시간을 지체할 수 없었다. 서둘러 샤워하고 머리를 말리는 동안에도 계속 눈물이 앞을 가렸다.

2시쯤 유현이를 만났으니 시간은 충분했다. 하지만 조급한 마음에 서둘러 옷장을 열었다. 10여 년 전 옷 스타일에 당황스러움이 밀려왔다. 그래도 무언가 입을 만한 게 있겠지 싶어 옷을 둘러보다 유현이를 처음 만난 날 입었던 노란 원피스가 눈에 띄었다. 내 스타일의 옷은 아니었지만, 그 옷을 보니 다시 돌아왔음이 더욱 실감 났다. 나풀거리는 노란 원피스를 입고 운동화를 신은 내 모습은 의외로 꽤나 어울렸다.

설레는 마음으로 집을 나서 빠른 걸음으로 지상철을 향해 걸었다. 오랜만에 보는 그 시절의 가게들이 추억을 불러일으켰다. 20분 뒤, 지상철에서 내려 조금 걸으니, 유현이와 처음 만났던 버스 정류장이 멀리 보였다. 아직 12시가 되지 않은 시각, 손으로 뜨거운 햇살을 가리며 버스 정류장으로 걸어갔다.

"앗!"

나도 모르게 소리가 입 밖으로 흘렀다. 버스 정류장엔 내가 그토록 그리던 유현이가 앉아 있었다. 늦게 왔으면 큰일 날 뻔했다며,

안도의 한숨을 내쉬었다.

설레는 마음을 가다듬고 그에게 다가갔지만 몇 발짝 걸은 뒤 멈춰 서고 말았다. 그의 눈이 붉게 물들어 있었기 때문이다. 그는 왜 울고 있는 걸까? 궁금한 동시에 마음이 아팠다. 내가 모르는 모습이 있었구나. 내 앞에서 넌 항상 웃고 있었는데, 어떤 일이 널 이렇게 아프게 한 걸까. 늘 밝고 솔직한 줄 알았던 그가 아픔을 숨겼다는 사실에 왼쪽 가슴이 아렸다. 그에게 건넬 위로의 말을 생각하던 찰나, 51번 버스가 도착했다. 그가 버스에 타는 걸 보고 나도 따라 올라섰다.

"잔액이 부족하니 충전한 뒤 이용해 주세요."

아차, 잔액이 없는 걸 깜빡했다. 그때, 유현이가 다가와서 말했다.

"기사님, 제가 결제할게요."

"감사합니다."

그의 붉은 눈을 바라보며 살포시 고개를 숙였다. 그는 나의 말에 대꾸하지 않고 자리에 앉았다. 그는 2인석에 앉아 있었지만, 텅 빈 버스에서 그의 옆에 앉으면 불편해할 것 같아서 한 칸 떨어진 옆 좌석에 앉았다.

버스 오른쪽 좌석에 앉아 왼쪽 창문에 기댄 그를 바라보았다. 그

알 수 없는 그 계절의 끝

는 여전히 예뻤다. 모르는 사람을 도와주는 모습도, 하늘을 바라보는 모습도, 이어폰을 귀에 꽂은 모습도. 그가 하늘을 응시하는 동안 나는 그를 바라보았다. 이마를 살짝 덮은 검은 머리, 이어폰을 꽂은 동그란 귓불, 맑은 눈동자, 노래 박자에 맞춰 무릎을 톡톡 치는 손가락.

그때, 그가 이어폰을 빼며 나를 향해 고개를 돌렸다.

"혹시 습관이세요?"

"네? 무슨……. 아, 돈은 꼭 돌려 드릴게요. 저, 그, 아까는 감사했어요. 제가 교통 카드 충전을 안 했나 봐요."

예상치 못한 그의 시선에 머리가 굳어 횡설수설했다.

"아뇨, 눈을 바라보는 거요. 자꾸 보시니 저도 의식이 돼서……."

"아, 죄송해요. 그, 무슨 일이 있으신가 하고요. 눈이 빨개서. 아니 아니, 그, 어디서 본 적 있는 것 같아서요. 아는 사람인가 하고."

내가 무슨 말을 하는 거야. 아, 첫인상부터 망했다. 2008년, 그때와 똑같이 흘러가지는 않는구나.

"바람이 불어서 눈에 먼지가 들어갔어요. 렌즈를 끼는데 먼지가 들어가면 눈물이 나거든요."

기분 나빠할 줄 알았던 그는 의외로 가볍게 웃으며 이야기했다.

아까 바람이 불었었나? 그보다, 그가 렌즈를 꼈었나? 그러고 보니 그가 보내 준 사진 중에 안경 쓴 사진을 본 것 같기도 하고. 생각보다 그에 대해서 모르는 게 많았다.

"그렇군요. 벽화 마을 가시는 거예요?"

"네. 답사 가는 길인데 생각보다 머네요. MP3가 없었으면 지겨울 뻔했어요. 그쪽은요?"

"저도 MT 답사 가요. 제 이름은 여름이에요. 백여름."

"잊기 힘든 특별한 이름이네요. 예뻐요, 이름. 저는 안유현입니다. 반가워요."

"괜찮으시다면, 오늘 답사 같이 가실래요?"

용기를 내서 그에게 물었다.

"벽화 마을 잘 아세요? 전 처음이라."

"네. 좋은 민박집도 알아요."

"좋네요. 그럼 벽화 마을 길 알려 주는 걸로 버스비 퉁 치면 되겠어요."

그제야 그의 입꼬리가 올라가고 눈은 반달이 되었다. 드디어 내가 알던 그가 돌아온 것 같았다.

"좋아요! 무슨 노래 듣고 있었는지 물어봐도 돼요?"

"들어 볼래요?"

그가 이어폰 한쪽을 건넸다. 우리는 창가에서 통로로 몸을 옮겨 이어폰을 한쪽씩 귀에 꽂았다. 내 왼쪽 귀에선 제인의 '일기'가 흘러나왔다. 이 노래, 그와 밖에서 들은 게 이번이 3번째다. 그동안 이 노래 때문에 그를 더 잊기 힘들었는지도 모른다.

마음을 써 내려가 너에게 닿을까.

이 글을 읽는 너는 미소 지을까.

훗날 누군가 사랑을 묻는다면 일기장을 내어 줄게.

내 청춘을 떠올리면 네가 제일 먼저 생각날 거야.

그의 얼굴을 보려고 고개를 돌렸더니 이어폰이 귀에서 흘러내렸다.

"같이 듣기엔 거리가 먼가 봐요. 괜찮다면, 제가 옆에 앉아도 될까요?"

그가 말했다.

"아뇨, 앉아 계세요. 제가 갈게요."

내 말에 그는 조금 놀란 듯했지만, 살짝 일어나서 창가 쪽으로 자리를 옮겼다. 바로 옆에 앉으니 그의 숨소리를 느낄 수 있었다. 그 숨소리는 곧 제인의 감미로운 음색으로 대체되었지만, 쿵쿵대는 심장 박동은 선명하게 들렸다. 빠른 속도의 진동이 마치 '이번엔 절대 놓치지 마'라고 말하는 것 같았다.

그와 같은 학교를 다닌다는 이야기, 과대를 하게 된 이유 등 이전에 했던 이야기들을 나눴다. 한참 이야기를 이어 갈 때, 벽화 마을에 도착했다는 버스 안내음이 울렸다. 그와 함께 내리니 벽화 마을 입구가 보였다. 이 순간을 기억하고 싶어서 핸드폰으로 사진을 찍었다.

"여름 씨, 사진 찍는 거 좋아하시나 봐요? 전 사진 찍는 게 취민데 괜찮으시면 제가 찍어 드릴까요?"

그가 카메라를 꺼내며 말했다.

"좋아요. 예쁘게 찍어 주세요."

"이런 포즈는 어때요?"

그가 슈퍼맨 흉내를 내는 우스꽝스러운 포즈를 취했다. 내가 쑥스러워하며 따라 하자 그가 소리 내어 웃었다. 우리는 벽화 마을을 구경하는 동안 서로 사진을 찍어 주며 많이 가까워졌다.

"와, 여름 씨, 이거 봐요! 오늘 찍은 사진만 200장이 넘어요. 원래 풍경 사진 위주로 찍는데 오늘은 여름 씨와 제 사진이 많네요. 인물 사진 찍는 것도 매력 있네요."

우리는 작은 사진기 화면을 함께 보기 위해 머리를 맞대었다. 이번엔 그의 심장 뛰는 소리도 함께 들렸다. 조용한 방에 있으면 평소 들리지 않던 시계의 초침 소리가 크게 들리듯, 덥고 한적한 벽화 마을엔 오직 우리 둘의 심장 소리만 크게 울렸다. 이 두근거림을 좀 더 느끼고 싶어서 다음 사진을 보자며 카메라 버튼만 하릴없이 눌렀다. 그러나 내 눈은 사진이 아닌 카메라를 잡은 그의 큰 손을 보고 있었다. 이 행복한 시간을 1초도 남김없이 누리고 싶었다.

시간이 한참 지난 뒤, 골목을 따라 걸으니 하나 민박이 보였다.

"유현 씨, 저기 하나 민박 보이죠? 시설도 깨끗하고 사장님도 친절하셔요."

"그래요? 한번 가 볼까요?"

내가 민박집을 바로 예약하자 그는 고민하는 듯하다가 말했다.

"여름 씨가 단번에 결정하는 거 보니 믿음이 가네요. 저도 여기 예약할까 봐요. 여름 씨는 MT 날짜가 언제예요?"

"저는 9월 19일 금요일이요."

"앗, 저희랑 날짜가 같네요. 사장님, 혹시 저도 같은 날짜에 예약할 수 있을까요?"

다행히 민박집에 넓은 방이 두 개 더 있어서 우리는 같은 날짜에 방을 예약했다. MT날 술 취한 그는 어떤 모습일까 궁금했다. 맥주를 함께 마신 적은 많았지만, 취할 정도로 마신 적은 없었기 때문이다. 말이 많아질까, 애교를 부릴까, 아님, 그냥 잠들까. 붉게 물든 얼굴로 평소와 다른 행동을 할 그를 생각하니 나도 모르게 입가에 미소가 번졌다.

벽화 마을 마지막 골목, 길거리 사진기가 보였다.

"유현 씨, 여기서 사진 찍고 갈래요? 길거리 사진긴데 그냥 카메라로 찍는 거랑은 다른 매력이 있어요."

"좋아요, 여기 서면 되려나요?"

"조금 더 왼쪽으로 와요."

찰칵— 화면에 정자세로 얼어 있는 우리 둘이 보였다.

"사진 웃기네요. 엄청 어색해 보여요. 유현 씨 왜 이렇게 얼어 있어요."

"그러게요. 왜 이렇게 굳었지? 그래도 잘 나왔네요."

알 수 없는 그 계절의 끝

그가 민망한지 어깨를 돌리며 근육을 풀었다.

"제 메일로 사진 보냈어요. 메일 주소 알려 줄래요? 집에 가서 사진 보내 줄게요."

"메일 주소 적을 종이가 없어요. 외울 수 있어요?"

그가 장난스럽게 웃었다.

"문자로 보내 주세요. 그럼 핸드폰 번호부터 교환할까요?"

"좋죠. 번호 찍어 드릴게요."

그가 싱긋 웃으며 내 핸드폰을 가져간 순간 전화벨 소리가 울렸다. 핸드폰 화면엔 전 남자 친구의 이름이 적혀 있었다. 그는 어깨를 으쓱하며 내게 핸드폰을 건네주었다.

"여름아, 답사 갔어? 하나 민박은 언제?"

오랜만에 듣는 첫 남자 친구의 목소리였다.

"좋아. 방금 예약하고 이제 내려가는 길이야."

"그렇구나. 근데 여름아, 미안해서 어쩌지? 오늘 저녁 같이 못 먹을 것 같아. 스터디가 생각보다 길어지네."

맞아, 유현이를 처음 만난 날, 남자 친구랑 약속이 있었지.

"괜찮아. 혹시 오늘 밤에는 볼 수 있어? 할 말이 있는데……."

"밤엔 시간 괜찮아. 그럼 나중에 보자. 나 이제 스터디 시작해서

가 봐야겠다."

그는 내가 전화하는 동안 길거리 사진기를 살펴보고 있었다. 내가 가까이 걸어가자 그는 나를 돌아보며 말했다.

"길거리 사진기 신기하네요. 핸드폰 줄래요? 아까 번호 찍으려다 전화가 와서."

그는 큰 손으로 핸드폰 자판을 꾹꾹 눌렀다.

"오래 걸었더니 덥네요. 여름 씨 맥주 좋아해요?"

"네, 좋아해요. 특히 여름엔 없어서 못 먹죠."

버스 정류장 의자에 앉으며 말했다.

"그럼 버스 올 때까지 한잔 마실래요? 덕분에 민박 예약도 편하게 했으니 제가 살게요."

그가 정류장 옆 슈퍼를 흘깃 가리켰다.

"그럼 감사하죠."

슈퍼로 들어가서 하이트와 맥스를 꺼내 계산대에 올려 두었다.

"제 것까지 골라 주시게요?"

"아, 죄송해요. 습관적으로 두 캔을 잡았네요."

"저는 둘 중 하이트로 할게요."

그가 맥주 값을 계산하는 동안 나는 빨대를 두 개 챙겼다. 빨대의 투명 비닐을 제거하고 캔 맥주에 빨대를 꽂았다.

"유현 씨, 잘 마실게요. 시간 괜찮으면 저녁은 제가 살게요."

"좋죠. 피자 좋아해요? 이 주변에 맛있는 피자집이 있어요. 아까 여름 씨 볼 때부터 거기 가고 싶었어요. 가게 이름이 '여름의 피자' 거든요."

"좋아요. 근데 피자 먹으러 여기까지 와서 벽화 마을은 안 가 본 거예요? 보통 관광하러 왔다가 맛집을 가지 않나요?"

"아, 제가 피자를 좋아해서요. 버스 타고 갈까요? 두 정류장 거리 예요."

그가 멋쩍은 듯 말했다.

"아뇨, 걸어가요. 산책도 할 겸."

"햇볕이 뜨겁진 않아요? 여름 씨 얼굴이 많이 붉은데."

햇빛 때문은 아니었지만, 내 본심을 숨겨 준 햇살이 고마웠다.

30분 간격으로 오는 버스 외에 일반 자가용이 달리지 않는 동네라 가게까지 걸어가는 길은 한적했다. 파아란 하늘에 둥실 떠 있는 몇 점의 구름은 마치 솜사탕 같았다. 맑은 하늘 아래 초록빛 싱그러운 나무들이 길게 늘어져 있었다. 이 거리를 유현이와 걸으니 마치 동화 속에 들어온 기분이었다.

"유현 씨, 게임 잘해요?"

"그럼요."

그가 어깨를 으쓱하며 말했다.

"그럼 수수께끼 낼 테니 한번 맞혀 볼래요?"

"네, 자신 있어요."

"이건 제가 정말 좋아하는 거예요. 보고 있으면 걱정이 사라지거든요. 누구나 마음만 먹으면 언제든지 볼 수 있지만, 요즘 사람들은 이걸 볼 여유가 없는 것 같아서 슬퍼요. 파란색이 많지만 흰색, 분홍색, 주황색, 검은색도 있어요. 뭘까요?"

"조금 더 알려 줘요. 여름 씨는 이걸 얼마나 가지고 있어요?"

"음, 이건 소유할 수 없어요. 하지만 누구나 보고 느낄 수 있죠. 그래서 모두가 가지고 있는 동시에 가질 수 없다고 표현하는 게 맞을 것 같아요. 이제 힌트는 없어요."

내가 웃으며 말했다.

"딱 하나만 더요. 저랑 이걸 같이 본 적 있나요?"

"네. 파란색을 같이 봤죠. 다음엔 검은색이 반짝일 때 같이 보고 싶네요."

"혹시 하늘인가요?"

"맞아요. 힌트를 너무 많이 줬나 봐요. 전 하늘 보는 걸 정말 좋아하거든요. 요 근래 자주 보지 못했는데, 오늘 실컷 보네요."

"저도 하늘 보는 거 좋아해요. 햇살에 눈이 부실 때, 눈을 살짝 감으면 눈앞이 붉은색으로 보이는 게 특히 좋아요."

하늘에 대한 이야기를 주고받으며 길을 걷는데, 그가 당황한 듯 허둥대며 주위를 두리번거렸다.

"유현 씨, 왜 그래요?"

"어, 이상하다. 가게가 여기쯤이었던 것 같은데. 분명 여기가 맞는데."

"'여름의 피자'라고 했죠? 저도 같이 한번 찾아볼게요."

주변을 둘러봤지만, 인적이 드문 곳이라 그런지 음식점은 보이지 않았다.

"음식점이 있을 것 같지 않은 동네인걸요?"

"네. 그 음식점 딱 하나만 있어요. 유명해서 일부러 찾아오는 사람도 많았는데, 없어졌나 봐요. 미안해요, 여름 씨."

"아녜요. 찾아올 정도의 맛집이라니 좀 아쉽긴 하지만 어쩔 수 없죠. 우리 조금 더 찾아보고 없으면 해선대 주변에서 먹을까요?"

내 말에 그는 잘못한 강아지처럼 풀이 죽었다. 얼굴에 미안한 빛이 떠오른 그 표정이 너무 귀여워서 웃음이 났다.

"정말 괜찮아요, 유현 씨. 덕분에 산책도 하고 좋았는걸요. 여기 길이 예뻐서 걷기만 해도 기분이 좋네요. 높은 건물이 없어서 하늘도 잘 보이고요."

"그렇게 말해 줘서 고마워요. 조금 더 걸어가면 버스 정류장이에요."

음식점 찾기를 포기하자 아름다운 풍경이 눈에 더 잘 띄었다. 해가 조금씩 아래로 내려가자 살랑이는 바람이 불어왔다. 부드러운 바람이 머리칼을 스칠 때의 간지러움이 기분 좋았다.

"여름 씨, 차도에 누워 본 적 있어요?"

"네? 아뇨?"

"그럼 우리 누워 봐요!"

그는 서슴없는 발걸음으로 2차선 도로 중앙에 자리를 잡고 누웠다.

"위험할 것 같은데……."

"괜찮아요. 지금까지 차 한 대도 안 왔잖아요. 저 귀 밝으니 멀리서 차 오는 소리 들리면 바로 알려 줄게요."

그의 말에 안심이 됐다. 그리고 내가 죽는 날은 정해져 있지 않은가. 조심스레 그가 누워 있는 곳 옆에 앉았다. 시선을 낮추니 나무가 더욱 커 보였다.

"여름 씨, 괜찮아요. 누워 봐요. 아, 머리! 내 가방 베고 누워요."

그는 메고 있던 검은색 가방을 자신의 머리 가까이 두었다. 그가 가방을 내려 둔 곳에 살포시 머리를 대고 누웠다.

"다른 세상에 와 있는 것 같아요."

"그렇죠? 여름 씨가 좋아하는 하늘도 정면으로 보고. 서서 하늘을 보면 아무래도 나무, 건물, 전봇대가 같이 보이잖아요. 근데 누우면 오롯이 하늘만 볼 수 있어서 좋아요."

그는 자주 해 본 듯 아주 편안해 보였다.

하늘을 보며 아무 생각 안 하는 걸 좋아했던 나지만, 지금은 그럴 수 없었다. 그와 머리를 가까이 마주 대고 누워서인지 그의 숨소리가 들렸고, 눈을 옆으로 돌리면 그의 목이 보였다. 그의 목을 보자 괜히 기분이 이상해져서 침을 삼켰다. 침 삼키는 소리가 그에게 들렸을 것 같아 민망해서 헛기침이 나왔다. 내가 혼자 헛기침을 하는 동안에도 그는 무척 평온하게 눈을 감고 기분 좋은 미소를 짓고 있었다. 몸을 돌려 그를 바라보고 싶은 욕구가 가득했다.

"여름 씨, 거짓말했죠?"

그가 정적을 깨며 물었다.

"네?"

"빤히 바라보는 거 습관 아니라면서요. 아무래도 습관인 것 같은데."

"아, 아니에요! 제가 보긴 뭘 봐요! 이제 그, 밥 먹으러 갈까요?"

내가 그를 훔쳐보고 있었다는 걸 들킨 것 같아 민망했다. 눈을 감고 있었으면서 어떻게 안 건지. 베고 누웠던 가방을 그에게 건네며 치마에 묻은 먼지를 툭툭 털며 일어났다.

그와 수수께끼를 내며 해선대로 돌아왔다. 그가 추천한 정문 앞 피자집은 나도 몇 번 왔었지만, 들뜬 그를 위해 처음 온 척했다.

"여름 씨, 어때요? 여기 피자도 괜찮죠? 전 가끔 와요."

"네, 정말 맛있어요. 자주 오게 될 것 같은걸요?"

"다행이네요. 아까 말했던 '여름의 피자'도 정말 맛있는데, 없어진 게 아쉽네요."

"유현 씨, 피자 말고 다른 건 뭐 좋아해요? 취미라든지."

"음, 헤드셋이랑 카메라에 관심이 많아요. 음악 듣고 사진 찍는 걸 좋아해서요. 친구들이랑 축구 하는 것도 좋아하고요."

"축구요? 의외인데요? 축구 잘하나 봐요."

지난번 만남 때 그에게서 축구 이야기는 듣지 못했는데. 생각해 보니 그에 대해서는 아는 게 많지 않았다. 짧은 시간이기도 했고 대부분 그가 내게 맞춰 줬기 때문에 그에 대해 알아 갈 시간이 많지 않았던 것이다.

"그렇다고 하고 싶은데, 여름 씨 눈을 보니 거짓말은 못 하겠네요. 얼마 전에 시작해서 잘 못 해요. 그래도 골 넣은 적 있어요! 카메라에 친구가 찍어 준 축구 영상 있는데 볼래요?"

자랑하고 싶은지 눈이 반짝반짝 빛나는 그가 귀여워서 풋, 하고 웃음이 나왔다. 카메라 화면엔 그가 하프 라인에서 왼발로 찬 공이 포물선을 그리며 상대편 골네트 안으로 들어가는 장면이 보였다. 그와 친구들은 소리 지르며 서로 얼싸안았다. 밝게 웃으며 뛰어다니는 쾌활한 그의 모습을 보자 괜스레 코끝이 찡해지며 기분이 좋았다. 그때 영상을 찍던 사람이 "오, 안유현, 좀 하는데?"라며 카메라를 자신의 얼굴로 돌려서 엄지를 척 올렸다.

"아, 이분은?"

그는 나와 유현이의 사진을 해선대 커뮤니티에 올린 사람이었다.

"아는 사람이에요? 성민이, 제 룸메이튼데."

"아, 아뇨. 지인 중에 닮은 사람이 있어서 착각했네요. 이분이랑 둘이서 같이 살아요?"

"네. 복학하고 집 구하기 어려웠는데 친구 덕에 쉽게 구했죠."

"친구랑 같이 살면 불편하지 않아요?"

"글쎄요? 아, 딱 하나 불편한 게 있다면 동기들이 너무 자주 와서 약대 아지트가 된 거? 공강 때 갈 곳 없으면 저희 집으로 불쑥불쑥 찾아와서 게임하고 있더라고요."

그는 불편하다는 말과 달리, 생각만으로 즐거운 듯 씩 웃었다.

"친구들이 열쇠도 가지고 있어요?"

"열쇠 두는 곳을 알려 줬어요. 열쇠 들고 다니니 자꾸 잃어버려서 창문 틈 사이에 끼워 뒀거든요. 저희 집은 투룸인데 남자 8명이 같이 잔 적도 있어요. 애들이 술만 마시면 집까지 가기 귀찮다고 우리 집에 오더라고요. 체인 걸어서 못 들어오게 할 수도 없고. 그래도 같이 있으면 시끌벅적 재밌어요. 전 형제도 없고 할머니 손에 자라서 외로웠거든요. 그래서 지금이 좋아요."

그의 말에 고개를 끄덕였다.

"유현 씨는 정말 사람을 좋아하는 것 같아요. 그나저나 우리 둘이서 피자 한 판 다 먹었네요!"

"그러게요. 배부르니 더 기분 좋네요."

내가 계산서를 들고 일어서니 그는 연신 잘 먹었다는 인사를 했다. 그는 나를 집까지 배웅해 주겠다고 했고, 나는 거절하지 않았다. 7시, 석양이 깔릴 무렵의 낮은 햇빛과 부드러운 바람이 조화로웠다.

"유현 씨도 모든 사람이 다 좋진 않죠? 어떤 사람이 싫어요?"

"그럼요. 전 예의 없는 사람이요. 종업원한테 막 대하고, 쓰레기 함부로 버리는 사람들."

"저도요. 길 걷다가 쓰레기를 아무렇지도 않게 땅바닥에 버리는 사람들을 보면 가서 한마디 해 주고 싶어요. 근데 소심해서 그렇게는 못 하고 주워서 쓰레기통에 버리고 말아요. 그래도 늘 꽤씸해요."

"저도 그래요. 다음엔 같이 한마디 할까요? 둘이면 용기 나지 않겠어요?"

"좋네요. 그럼 혹시 특이한 습관 같은 거 있어요?"

"특이한 습관이요? 음, 아! 아르바이트를 해서 그런지 종업원들이 늘 안쓰러워요. 그래서 주문은 꼭 한 문장으로 말하는 습관이 있어요. 횡설수설하면 주문받기 어렵잖아요. 특이하다는 범주 안에 들어갈지는 모르겠지만."

"아르바이트하시는군요? 언제요?"

알면서도 괜히 모르는 척 물었다.

"네. 빙수 파는 카페에서 평일 저녁에 해요. 주문받고 커피 만들고, 가끔 스쿠터로 학교 안에 배달도 가고요."

"스쿠터도 탈 줄 아나 봐요. 전 한 번도 안 타 봤는데."

"다음에 기회 되면 제가 태워 드릴게요. 나름 재밌어요."

그의 미소가 귀여웠다.

"좋아요. 여기가 저희 집이에요. 데려다줘서 고마워요."

"네. 혹시 연락해도 될까요? 불편하지 않으시다면."

경쾌한 목소리였지만, 흔들리는 눈빛에서 그가 긴장했다는 걸 알 수 있었다.

"그럼요. 우리 자주 만나요. 내일도 보고 모레도 봐요."

"내일요? 진심으로 하는 말이에요?"

그의 눈빛이 반짝반짝 빛났다.

"그럼요. 내일 4시쯤 어때요? 전 주말에 아르바이트해서 4시부터 시간 되는데."

"좋아요. 전 아무 일도 없어요. 그 전에 연락할게요. 여름 씨, 푹 쉬어요!"

해맑게 웃으며 머리 위로 손을 흔드는 그를 보니 자꾸만 웃음이 났다. 결혼을 약속한 태형 씨와 있을 땐 생기가 없던 나였는데, 지금은 안에서 노란빛의 기운이 샘솟았다. 벅찬 감정에 푹 젖고 싶었지만, 나에겐 해야 할 일이 있었다. 바로 선우를 만나는 것.

선우에게 전화를 걸었다.

"오빠, 나야. 혹시 9시에 볼 수 있어?"

"1시간 남았네? 응, 스터디 곧 끝날 것 같아."

"그럼 9시에 도서관 앞 의자에서 만나자."

선우와 약속을 잡은 뒤 할 말을 머릿속으로 정리하기 시작했다. 사실 할 말은 정해져 있었다. 왜 더 빨리 말하지 못했을까 늘 후회했기 때문이다. 예전엔 나보다 5살이나 많고 취업을 준비하는 남자 친구가 어른 같았다. 그러나 지금은 그가 어린 아이 같아 보였다. 그래, 너도 마음고생 많았겠다. 어쩌면 내가 네게 마음이 없었다는 걸 알았을지도 몰라. 나보다 경험이 많았을 테니. 친구들은 모두 졸업하고 하나둘 취업을 시작하니 불안했겠지. 그런 와중에도 나한테 참 잘해 줬는데……. 내 말을 듣고 힘겨워할 그의 얼굴을 떠올리자 짠한 마음이 들었다. 그러나 그것과 이별을 결심한 마음은 별개였다.

그를 만나러 가기 위해 바지로 갈아입은 뒤, 집을 나섰다. 우리는 가끔 도서관 앞 나무 의자에 앉아서 이야기를 나눴다. 왜인지 그 의자에만 앉으면 숨겨 둔 진심을 솔직하게 말할 수 있었다. 물론 그를 좋아하지 않는다는 가장 중요한 진심은 전하지 못했지만. 의자에 앉아서 숨을 고르니, 그의 모습이 보였다.

"여름아, 일찍 왔네? 사실 여기서 보자고 해서 좀 떨렸어. 무슨 할 말 있어?"

"응, 오빠. 요즘 시험 준비한다고 힘들지? 좀 어때?"

"괜찮아. 여름이 네가 있잖아."

"…미안해. 더 이상… 힘이 되어 줄 수 없을 것 같아."

"…여름아, 그게 무슨 말이야?"

그가 곤혹스러운 표정으로 되물었다.

"헤어지자. 시험 얼마 안 남았는데 힘들게 해서 미안해. 나는… 행복해지고 싶어. 미안해."

미안한 마음과 함께, 이 한마디가 어려워서 유현이를 놓쳤다는 억울함이 북받쳐 눈물이 흘렀다.

"갑자기 그러니까 무슨 말을 해야 할지……. 내가 더 노력할게, 여름아. 시험 공부한다고 많이 챙겨 주지 못해서 미안해."

"아냐, 그런 문제가 아냐. 그냥 내 마음의 문제인 거야. 오빠와 함께할 때 즐거운 일도 많았지만 내 마음에 솔직하지 못했던 것 같아. 나는… 오빠를, 사랑하지 않아."

이윽고 침묵이 드리워졌다.

"그랬구나. 사실 조금은 눈치채고 있었는데 아니겠지, 모르는 척하면 나아지겠지, 생각했었어. 내가 더 노력해도… 안 될까?"

그의 모습을 보니 마음이 저릿했다. 하지만 마음이 아프다고 해서 마지막 1년을 이전과 똑같이 보낼 순 없는 노릇이었다. 내가 고개를 숙이자 그가 한참 나를 바라보다 말을 이었다.

"알겠어, 여름아. 네 성격에 말 꺼내기 어려웠을 텐데……. 그래도 이거 하나는 알아줘. 혹시나 마음 바뀌면, 언제든 돌아와도 돼."

처음으로 연애를 하고 누군가를 안는다는 느낌을 알려 준 사람. 사랑이란 감정은 없었지만, 그의 다정함과 끈기는 누구보다 잘 알고 있었다. 그는 좋은 사람이다. 진심으로 그가 행복하길 바라며 집으로 돌아왔다.

샤워를 하고 눕자 노곤함이 밀려왔다. 과거로 돌아온 첫날부터

한 사람을 만나고 또 다른 사람과 헤어지며 감정 소모가 컸던 것이다. 1년을 어떻게 살아야 할지 계획을 세워야 했지만 몰려오는 피로에 스르륵 잠이 들었다.

D-364

다음 날 오전, 아르바이트를 하기 위해 집을 나섰다. 오랜만인데 잘할 수 있을까, 걱정도 됐지만 커피 향을 맡으며 일할 생각에 기분이 좋았다. 옷장을 열어 평소라면 절대 입지 않았을 하얀 티셔츠에 붉은색 치마를 입었다. 오늘을 특별하게 보내고 싶었다.

카페에 도착하니 진아 언니가 주방에서 고개를 내밀었다.

"여름아, 오늘 어디 가? 만날 청바지만 입고 오더니, 웬일이래?"

"날씨가 좋아서 입어 봤어요."

부끄러운 마음에 말끝을 흐렸다. 오픈 준비를 하고 있는데 그가 문을 열고 들어왔다.

"유현 씨!"

반가운 기색으로 아는 체하자, 진아 언니가 호기심 가득한 눈빛으로 물었다.

"어, 안유현이 오늘 왜 왔지? 근데 둘이 서로 아는 사이야? 유현이가 너랑 같이 일한 적이 있었나?"

"아뇨, 그건 아니고 어제 우연히 만났어요."

두 눈을 가게 입구에 선 유현이에게 고정한 채 대답했다. 그때 사장님이 지나가며 말씀하셨다.

"여름이, 유현이 알지 않아? 예전에 같이 커피 마셨잖아."

"네?"

놀란 마음에 고개를 돌렸지만, 사장님은 이미 재료 점검하러 창고로 올라가신 뒤였다.

"여름 씨, 여기서 보니 반갑네요. 오늘 주말 아르바이트 대타 왔어요. 어제 많이 걸었는지 피곤했는데, 여름 씨 있는 걸 보니 일하러 오길 잘했네요. 몸은 어때요?"

유현이가 가까이 다가오며 말했다.

"괜찮아요. 그보다 유현 씨, 우리 예전에 본 적이 있나요?"

"어, 기억났어요? 어제는 모르는 눈치더니."

"네?"

"여전히 모르는 눈친데, 사장님께서 알려 주셨어요? 말 안 해 줄래요. 사장님께도 비밀로 해 달라고 말씀드려야겠어요."

그가 웃으며 말했다. 아무리 생각해도 그를 벽화 마을 이전에 만난 기억은 없었다.

"궁금한데…….."

내가 여러 번 알려 달라고 물었지만, 그는 미소 지을 뿐이었다.

유현이와 나는 홀에서 커피를 만들고, 사장님과 언니는 주방에서 빙수를 만들기로 했다. 오픈 시간이 되자 손님들로 카페가 북적였다. 몇 달 뒤, 옆 건물에 큰 규모의 빙수 프랜차이즈 카페가 들어온다. 적자를 견디기 힘드셨던 사장님께서 장사를 그만두시기에, 지금처럼 바쁜 카페가 반가웠다.

"얘들아, 연유가 떨어져서 사 와야 할 것 같아. 내가 다녀올 테니 그동안 유현이가 주방에서 빙수 좀 만들어 줄래? 홀도 바쁠 텐데 미안해."

사장님께서 말씀하셨다.

"그럴게요, 사장님. 걱정 말고 다녀오세요."

그가 있는 주방과 내가 있는 홀 사이엔 빙수와 빈 그릇을 주고받을 수 있는 작은 창이 하나 있었다. 한동안 정신없이 빙수와 커피를 만들다가 손님이 잠시 뜸할 때였다. 그가 작은 창 사이로 종이를 내밀었다. 거기엔 힘들어하며 누워 있는 아이가 그려져 있었다. 평일 아르바이트와 달리, 일이 많은 주말에 놀란 듯했다. 그의 귀여운 그림에 웃음이 났다.

나는 이 정도는 끄떡없다는 뜻으로 그의 쪽지 옆에 이두박근을 과시하는 팔 모양을 그려 건넸다. 쪽지를 본 그는 소리 내어 웃었다. 그 웃음소리에 내 입꼬리도 따라 올라갔다. 주방에서 연필로 썼다 지웠다 하는 소리가 들려서 대체 뭘 적고 있는 건지 궁금했다.

오늘 일 끝나고 뭐 해요?

그가 건넨 쪽지를 보고 웃음이 새어 나왔다. 꾹꾹 눌러쓴 글씨 아래에 썼다 지운 연한 흔적이 남아 있었다. 이전엔 뭐라고 적었는지 궁금해서 종이를 한참 들여다보았지만, 이전에 쓴 글자까지 알아내진 못했다. 연극을 보러 가자고 말할 타이밍을 찾고 있었는데 이때다 싶어 바로 답장을 썼다.

연극 보러 가요! 유현 씨랑 같이 가고 싶은데, 어때요?

쪽지를 쓸 때는 가볍게 썼는데 막상 종이를 건네고 나니 심장이 뛰었다. 그가 어떤 표정을 짓고 있는지, 그의 펜이 어떻게 움직이고 있는지 궁금해서 조바심이 났다.

손님이 나가는 소리에 "감사합니다. 또 오세요." 인사를 한 후, 행주로 탁자를 닦았다. 빈 그릇을 정리해서 주방으로 보내려는데 작은 창 아래에 종이가 놓여 있었다. 그 종이엔 엄지손가락을 올리며 활짝 웃고 있는 아이의 얼굴이 정성스럽게 그려져 있었다.

"얘들아, 많이 바빴지? 근처 슈퍼에 연유가 떨어져서 좀 더 멀리 다녀오느라 늦었어."

사장님께서 돌아오자 유현이가 홀로 나왔다. 우리 사이엔 묘한 분위기가 감돌았고, 나는 쑥스러운 마음에 종이만 만지작거렸다. 그러자 그가 가까이 다가와서 내가 들고 있는 종이 쪽으로 몸을 숙였다.

"쪽지 못 봤어요? 같이 가요!"

그의 해맑은 웃음에 뺨이 발그스름해지는 것이 느껴져서 유리잔에 찬물을 따랐다.

"유현 씨, 우리 반말할래요?"

물을 한 모금 마시며 말했다.

"갑자기요? 제가 나이 더 많은데."

"거짓말. 빠른 88이면 동갑이죠. 빠른 년생 우리나라에만 있잖아요. 아마 우리나라에서도 곧 없어질걸요?"

직원 개인 정보가 적힌 파일을 가리키며 말했다.

"들켰네. 그러자, 여름아."

그가 내 이름을 부르자 마시던 물이 설탕을 탄 듯 달콤하게 느껴졌다.

오후 4시, 우리는 버스 정류장으로 향했다.

"여름 씨랑 아니, 여름이 너랑 같이 걸으니까 기분이 이상하네."

"어제도 몇 시간 내내 같이 걸었으면서?"

"그러게. 카페 알바하고 같이 가서 그런가. 어제보다 더 묘해."

"근데 우리가 이전에 만났다는 말이 무슨 말이야? 사장님 말씀으론 같이 커피도 마셨다던데?"

"숙제야. 기억해 보도록!"

"정말 기억 안 나는데…. 오래전 일이라 그런가?"

"시간 많이 안 지났는데? 한 달밖에 안 됐어."

기억해 내려 애썼지만 아무리 생각해도 떠오르지 않았다. 한 달 전 일이라도 내겐 10년이 훌쩍 넘은 일이니 기억을 못 하는 게 당연한지도 몰랐다.

30분가량 버스를 탄 후, 극장에 도착했다. 지난번엔 늦게 도착해서 제일 뒷줄에 앉았지만, 이번엔 서두른 덕에 두 번째 줄에 앉을 수 있었다. 무대 가까이 앉으니 으스스한 소품들과 실감 나는 배우들의 연기에 압도당하는 기분이 들었다.

"생각보다 무서운데?"

그는 한껏 상기된 표정으로 속삭였다. 그때, 불이 꺼지더니 쾅 하는 소리와 함께 무언가 지나가는 소리가 들렸다. 스산한 분위기에 어깨는 한껏 움츠러들었고 팔엔 오소소 소름이 돋았다. 빨간 핀 조명이 무대가 아닌 객석 몇 군데를 비추니 주위에서 비명이 들렸다. 아무것도 보이지 않아 불안함이 고조된 순간, 붉은 핀 조명이 우리를 비췄다. 우리 발아래엔 귀신 분장을 한 배우가 누워 있었다. 나는 비명을 지르며 유현이 팔을 붙잡았고 그는 다른 팔로 내 어깨를 감싸 안았다. 어깨에서 느껴지는 따뜻한 온기와 커피 향이 감도는 그의 체취에 온 세포가 반응했다. 유현이 앞에서는 모든 것이 처음인, 소녀가 된 기분이었다.

오랜만에 느끼는 이 감정의 소용돌이를 어떻게 해야 하나 고민하느라 연극에 집중하지 못했다. 내 마음은 온통 유현이와 어떻게 1년을 보내야 하는지, 그의 마음은 이전과 같은지에 대한 걱정으로 가득했다. 연극이 끝나고 사람들이 하나둘씩 일어서자 그가 말을 걸었다.

"여름아, 많이 무서웠어? 표정이 안 좋아. 우리도 일어나자."

그의 말에 정신을 차린 뒤 출구로 나섰다. 그런데 사람들이 빨리 나가지 않고 출구 옆 작은 탁자에 빙 둘러 모여 있었다. 무슨 일인가 싶어 가까이 가 보니, '추억을 선물로 드립니다.'라는 문구와 함께 사진이 여러 장 붙어 있었다. 귀신 분장한 배우를 본 관객들의 표정이 찍힌 사진이었다.

"아까 빨간 조명 켜졌을 때 사진인가 봐. 우리 사진은 어디 있지?"

"여기 있다! 사진 웃기게 나왔어. 근데 종이에 뭐라고 적혀 있어. 베스트 포토상, 카운터에서 선물을 받아 가세요? 나 이런 거 처음 받아 봐. 신기하다."

사진 속엔 눈을 질끈 감고 있는 나와, 나를 감싸 안은 유현이의 넓은 등이 보였다. 사진 속 우리 모습이 신경 쓰이는 나와 달리, 그는 그저 선물이란 말에 기분이 좋아 보였다.

카운터에 가서 종이를 보여 주니, 자신을 연출가로 소개한 젊은 남성이 말했다.

"안녕하세요. 베스트 포토상을 받은 관객분께는 영화 예매권을 두 장 드려요."

"와, 감사해요!"

우리는 서로를 바라보며 싱긋 웃었다.

"그리고 이건 선택 사항이지만, 혹시 홍보용 연극 포스터에 두 분의 사진을 사용해도 될까요?"

그가 나를 바라보기에 내가 고개를 끄덕이자 그는 "네, 좋아요." 라고 말하며 공연 관계자가 건넨 종이에 서명했다.

"연극 포스터에 우리 얼굴이 담기다니, 꿈만 같아. 배경 귀퉁이에 작게 나오겠지만 그래도 신기해."

"그러게. 이렇게 영화 쿠폰도 받고. 여름이 넌 어떤 영화 좋아해?"

"음, 로맨스나 로맨스 코미디 자주 봐."

"그래? 난 공포 연극 보자길래 스릴러나 호러 좋아할 줄 알았어."

전 남자 친구 취향이란 말은 차마 할 수 없었다.

"그것도 좋아하긴 하지. 혹시 '비포 선라이즈' 영화 봤어? 내가 제일 좋아하는 영화야."

"아니, 처음 들어 봐. 어떤 내용인데?"

"기차에서 우연히 만나 하루 동안 함께 여행하는 두 남녀의 이야기야. 큰 사건 없이 대화로만 이뤄지는데, 대화를 통해 서로의 삶에 다가가고 결국 사랑에 빠지게 돼."

"특히 마음에 드는 장면이 있어?"

"마음을 고백하는 장면이 예뻐. 친구한테 전화하는 척하면서 상대에 대한 속마음을 이야기하거든."

"한번 봐야겠네. 궁금하다."

"너도 좋아할 것 같아. 배고프지 않아? 야시장 가서 먹자. 나 야시장 가 보고 싶었거든."

"좋아! 하고 싶은 건 미루지 말고 바로바로 하는 게 좋지!"

야시장에 들어서니 다양한 음식을 파는 작은 포장마차들이 길게 이어져 있었다.

"우와, 이런 곳이 있어? 낮에 보는 시장이랑 완전 다르네. 한국이 아닌 것 같아!"

그가 흥미로운 듯 주위를 두리번거리며 말했다.

"사실 나도 처음 와 봐. 저기 생맥주 파는 곳 있다! 일단 맥주부터 마실래?"

우리는 플라스틱 잔에 든 맥주를 마시며 야시장을 한 바퀴 둘러보았다. 깜깜해진 하늘과 달리 야시장은 노란 조명과 사람들의 호기심 어린 눈빛으로 빛났다.

"식당에 가면 음식 하나밖에 못 먹어서 아쉬운데, 여기선 조금씩 파니까 여러 종류를 먹을 수 있어서 좋네. 여름아, 우리 저기서 팟타이도 사자! 태국분이 요리하시는 것 같은데?"

양손에 호떡과 맥주를 든 그는 아이처럼 주위를 둘러보았다.

"유현아, 우리 이제 음식 들 손도 없어."

떡볶이와 맥주를 두 손에 든 채 어깨를 으쓱 올렸다.

"괜찮아, 내가 다 들 수 있어. 마지막으로 팟타이만 사서 의자에 앉아서 먹자."

"못 말려, 정말."

그때, 빵빵 경적이 울리더니 좁은 야시장 골목 사이로 오토바이가 빠르게 달려왔다. 바로 옆으로 지나가는 바람에 놀라서 맥주를 하얀 티셔츠에 모두 흘리고 말았다.

"으악, 차가워."

"괜찮아? 물티슈 있나 여쭤볼게. 잠시만 기다려."

그가 당황하며 말했다.

흰옷을 입고 오면 꼭 이렇게 뭘 흘린다니까, 하며 옷을 본 순간 깜짝 놀랐다. 맥주를 다 쏟은 바람에 하얀 옷이 젖어 속옷 라인이 그대로 드러난 것이다. 얼굴이 새빨갛게 달아올랐다. 티셔츠 아래를 손으로 잡아 최대한 속옷과 떨어지게 만들었다.

"고마워, 유현아."

그의 시선을 돌려 보려 애썼지만, 그의 귀는 이미 붉은색으로 물들어 있었다.

"겉옷이 있으면 벗어 주면 되는데… 일단 가방으로 가릴래?"

그가 자신의 가방을 건넸다.

"응, 고마워."

"저기 옷 파는 것 같던데, 한번 가 보자."

그의 손이 가리키는 곳을 보니, 포장마차 사이로 작은 옷가게가 보였다. 가까이 가니 태국식 아동용 원피스를 판매하는 곳이었다.

"사장님, 혹시 제가 입을 수 있는 옷도 있을까요?"

"딱 하나 있어요. 11,000원입니다."

사장님께선 작은 코끼리가 수놓아진 검은색 원피스를 보여 주셨다.

"아, 다행이다. 혹시 옷 갈아입을 공간이 있나요?"

"탈의실이 따로 없어서 화장실에 가셔야 해요. 골목 끝으로 가면 잡화 파는 야시장이 나오는데, 거기 지나서 불 꺼진 왼쪽 골목으로 들어가면 보일 거예요."

사장님께서 거스름돈을 거슬러 주시며 말씀하셨다.

"네, 감사합니다. 유현아, 그럼 나 화장실 좀 다녀올게."

"꽤 먼 것 같은데 같이 가자. 저쪽은 어둡잖아."

"그럼 고맙지."

사장님이 알려 준 곳으로 걸어가니 여러 물건을 판매하는 가게들이 눈에 들어왔다. 석고 방향제의 레몬 향이 코끝을 맴돌았고, 각종 핸드폰 액세서리들이 눈을 사로잡았다.

"와, 음식 파는 곳이랑 완전 분위기가 다르네. 나 액세서리 구경하는 거 좋아해. 귀여운 거 보면 기분이 좋아져."

"그래? 그럼 옷 갈아입고 구경하러 오자."

야시장 골목은 사람들도 많고 조명이 밝아서 마치 낮인 듯 밝은 분위기였는데, 일반 시장 길로 들어오니 모든 가게가 문을 닫아서 어두웠다.

"깜깜하고 사람이 없어서 좀 으스스하네. 너랑 같이 와서 다행이야."

"그러게. 야시장 골목에 화장실이 없는 게 아쉽다. 어, 저기 화장실 표지판 보여."

화살표를 따라가니 낡은 건물 2층에 남녀 공용 화장실이 있었다. 조명이 어둡고 좁은 화장실이라 겁이 났다.

"유현아, 혹시 앞에 있어 줄 수 있어?"

"그래. 그럼 문 앞에서 기다릴게."

"어디 가지 말고 꼭 여기 있어야 해."

"응. 걱정 말고 옷 갈아입어."

하얀 티셔츠와 붉은색 치마를 벗고 태국식 원피스로 갈아입으려 하니, 벗은 옷을 놓을 공간이 없었다.

"유현아, 내 옷 좀 받아 줄래? 위로 넘길게."

"……."

"왜 대답이 없어? 거기 있는 거 맞지?"

마음이 불안해진 나는 재빨리 원피스로 갈아입고 문을 열었다. 그러나 내 앞엔 낡은 세면대와 칠흑같이 어두운 복도가 보일 뿐, 유현이는 어디에도 없었다.

"안유현, 너 숨은 거지? 장난치지 말고 얼른 나와!"

그를 찾다 두려움이 엄습할 때쯤, 유현이가 "왁!" 소리를 지르며 나타났다. 내가 비명을 지르며 주저앉자 유현이는 그런 나를 보며 깔깔 웃었다. 너무 무서워서 눈물이 찔끔 나왔다.

"안유현, 너 진짜!"

내가 소리치자 그는 한 손엔 맥주를, 다른 한 손엔 호떡을 들고 뛰어갔다.

"어, 나도 옷에 맥주 흘려! 그만 쫓아와!"

그와 있으면 정말 21살로, 아니 11살로 돌아가는 것 같았다. 우리는 불 꺼진 시장에서 추격전을 펼쳤다. 그를 잡으려 최선을 다해 뛰었지만, 그는 내게 잡힐 생각이 전혀 없는 듯 빠르게 달렸다. 갈림길이 나와서 어디로 갔는지 살피고 있는데, 골목 귀퉁이에 숨어 있는 그의 뒷모습이 보였다. 아까 놀린 게 괘씸해서 되갚아 주려 살금살금 다가갔다. 숨죽여 아주 조금씩 다가가서 그를 놀라게 하려는 순간, 그가 고개를 돌리며 개구진 표정으로 소리를 질렀다.

"으아 깜짝이야! 뭐야, 난 줄 어떻게 알았어?"

그는 앞에 있는 유리창을 가리켰다.

"여기 다 비치던데. 여름이 네 표정이 너무 비장한 게 웃겨서 웃음 참느라 혼났어."

"아, 정말!"

"근데, 여름아. 너 그 원피스 너무 잘 어울린다. 예뻐."

그의 말에 엔도르핀이 머리부터 발끝까지 온몸을 휘감아 도는 듯했다.

"뭐래, 이제 돌아가자. 뛰었더니 목말라. 너 맥주 남았어?"

"응. 근데 뛰다가 좀 흘렸어. 누구 때문에."

그가 나를 흘긋 보더니 이내 씩 웃었다.

"그럼 나 한 입만."

"얼마 안 남았으니 다 마셔. 대신 네가 한 잔 더 사야 된다?"

"알겠어. 우리 아까 액세서리 파는 곳 가 볼래?"

유현이와 투닥거리며 잡화를 파는 야시장 골목으로 향했다. 열쇠고리, 인형, 볼펜, 공책 등을 구경하는 내내 유현이의 입가엔 미소가 가득했다. 그때, 한 사장님께서 말을 거셨다.

"이거 좀 보고 가세요. 제가 손수 만든 팔찌인데 수익금 전액을 백혈병에 걸린 아동들을 위해 쓰고 있어요."

그 말에 유현이는 몸을 돌려 사장님에게 다가갔다.

"와, 너무 잘 만드셨는데요? 좋은 일 하시네요. 여름아, 하나 골라 봐. 내가 사 줄게."

"팔찌를? 그래 좋아. 그럼 나는 빨간색 스파이더맨 팔찌로 할게!"

"그럼 나는 검은색 배트맨으로 해야겠다."

"구매해 주셔서 감사합니다. 두 분 정말 잘 어울리셔요. 태국 옷을 입으셔서 그런지 신혼여행 오신 것 같기도 하고. 이 거리도 카오산 로드랑 비슷하거든요. 예쁘게 잘 쓰세요."

연인 관계가 아니라고 부정하면 분위기가 이상해질 것 같아 그냥 웃고만 있었다.

"유현아, 팔찌 사 줘서 고마워."

"뭘, 네가 맥주 사 줄 건데."

"근데 갑자기 팔찌는 왜 산 거야? 너 팔찌 좋아해?"

"그냥. 난 누가 아픈 게 참 싫어. 특히 어린아이들이 병에 걸린 걸 볼 때마다 하늘이 원망스러워. 왜 작고 여린 아이들에게 시련을 주나 싶어서. 내가 얼른 졸업하고 그 아이들에게 도움이 되면 좋겠지만, 지금은 학생이라 할 수 있는 게 이런 것밖에 없네."

"그랬구나."

눈을 보니 그가 얼마나 진심인지 알 수 있었다.

"여름아, 너 카오산 로드 가 봤어?"

"응, 가 봤지."

"우와 좋겠다. 여행자들의 거리라고 하잖아. 난 아직 해외여행 안 가 봤어."

"가족끼리 어릴 때 간 거라 기억도 잘 안 나. 아, 우리 어제 사진 찍은 거 깜빡하고 안 보냈다. 오늘 집에 가서 메일로 보낼게."

사실 결혼을 약속했던 태형 씨가 태국으로 출장 갈 때 함께 들렀었다. 사실대로 말할 순 없어서 둘러댔지만, 기억도 잘 안 난다는 말은 거짓이 아니었다. 분명 함께 갔는데 이상하리만큼 뭘 했는지 기억이 나지 않았다. 태형 씨와 대화다운 대화를 한 적이 있긴 했던가.

"응. 나도 어제 찍은 사진 중에 잘 나온 것 인화해서 줄게. 너 엽기 사진 엄청 많던데, 그것도 줄까?"

"아니, 당장 지워! 확대해서 보지 말고 바로 지워!"

"이미 봤는데. 웃기게 나온 사진도 귀엽더라."

그의 말에 입꼬리가 올라가는 건 숨길 수 없었다.

"말도 안 되는 소리! 저기서 팟타이 사서 맥주랑 같이 먹자. 그럼 여기가 카오산 로드지, 뭐."

유현이와 함께 팟타이를 먹으며 하늘을 바라보았다. 시끌벅적한 시장에서 하늘을 바라봤을 뿐인데 세상이 고요하게 느껴졌다. 이 하늘이 준, 내 마지막 1년에 다시금 감사했다. 유현이와 함께 이야기하면 시간 가는 줄 모르게 말이 잘 통했다.

니체는 결혼을 하고 싶다면, 스스로에게 '나는 이 사람과 늙어서도 대화를 즐길 수 있는가?'를 물어야 한다고 말했다. 결혼 생활의 다른 문제는 순간이지만, 대화가 통하지 않는 것은 평생의 괴로움이라고. 그런데도 태형 씨와 결혼하려 했다니, 참 어리석었다.

버스를 타고 돌아가는 내내 쉼 없이 이야기를 주고받았다. 우리 집이 보일 때쯤, 그가 연극 보고 받은 영화 관람권을 꺼냈다.

"이걸로 내일 영화 볼래?"

"그래 좋아. 나 내일 알바 마치면 4시야."

"음, 나 내일 할머니 집에 잠시 다녀와야 되거든. 저녁 먹고 오면 8시쯤 될 것 같은데. 너무 늦은가?"

할머니가 편찮으셔서 주말이면 할머니 댁에 간다고 했던 기억 이 났다.

"8시 괜찮아. 할머니께서 네가 가면 좋아하시겠다. 무슨 영화 볼래?"

"너 좋아하는 로맨틱 코미디 볼까? 내가 예약해 놓을게."

"좋지. 그럼 내일 8시에 영화관에서 보자."

"응. 그리고 운동화 신고 다니는 게 어때? 아까 보니까 뒤꿈치 까 진 것 같던데."

굽 있는 샌들을 신었더니 발은 퉁퉁 부었고 뒤꿈치는 발갛게 살 갗이 벗겨졌다.

"그래야겠어. 데려다줘서 고마워, 유현아."

"아냐, 운동하고 싶어서 걸어온 건데 뭐. 집에 가면 어제 벽화 마을에서 찍은 사진 보내 줘."

"그래도 고마워. 조심히 가."

집에 도착해서 창문으로 밖을 보니 가로등 아래 걸어가는 그가 보였다. 멀어져 가는 그를 바라보다가 사진을 보내기 위해 노트북을 열었다. 길거리 사진기로 찍어서 흐릿했지만, 수줍은 표정으로 카메라를 응시하는 우리를 보니 기분이 묘했다. 습관적으로 손가락을 모니터에 대고 사진을 확대하다 아차 하고 손을 뗐다. 조금은 굳은 그의 어깨와 표정을 보고 또 보았다. 그를 바라보는 것만으로 마음의 온도가 올라갔다.

그에게 사진을 보낸 뒤, 검색창을 열어 그가 맛있다고 했던 '여름의 피자'를 검색했다. 하지만 '여름의 피자'는 어떤 사이트에 검색해도 나오지 않았다. 이름을 잘못 안 건가? 분명 여름의 피자였는데. 내 이름과 비슷하다고 했으니 틀림없는데. 여름네 피자, 여름과 피자 등 비슷한 단어를 검색해 봤지만, 벽화 마을 근처에는 비슷한 이름을 가진 피자집이 없었다.

아쉬움을 뒤로한 채 일기장을 펼쳤다.

— 2008.8.29.(금)

벽화 마을에 가는 버스 정류장에서 한 사람을 만났다. 이름은 안유현. 약학과 22살. 울고 있던 그의 모습이 마음에 걸린다. 그와 함께 제인의 '일기'를 듣고 차도에 누워 하늘을 봤다.

— 2008.8.30.(토)

유현이와 같은 곳에서 아르바이트를 한다. 그는 평일 알바, 나는 주말 알바. 그는 나를 이전에도 본 적이 있다고 말한다. 언제일까?

그와 있었던 일들을 일기장에 쓰는데, 연극을 볼 때 그가 내 어깨를 감싸 안은 것과 태국 원피스를 입고 있는 내게 예쁘다고 말한 것이 떠올라 얼굴이 화끈거렸다. 지난 생에서 이런 기분 좋은 설렘은 유현이가 처음이자 마지막이었다. 내겐 1년의 시간밖에 없기에, 단 하루도 허투루 보내고 싶지 않았다.

용기를 내려고 돌아왔으니, 내일 마음을 이야기할까? 하지만 무턱대고 고백하기엔 겁이 났다. 30년 넘게 살면서 내가 먼저 고백한 적이 없었기 때문이다. 게다가 나는 그를 10년 넘게 기다렸지만,

그는 나를 만난 지 이틀밖에 되지 않았다. 혹여나 너무 서둘렀다가 어렵게 다시 만난 그를 놓칠까 봐 두려웠다.

그때 지난 인생이 떠올랐다. 두 번째 만난 날, 좋아한다고 고백했던 그의 모습이 생생했다. 어쩌면 그가 내일 고백하지 않을까? 일기를 쓸 때도, 침대에 누워서도 그에 대한 생각으로 가득했다.

D-363

오후 7시 40분, 그와 만나기로 한 영화관으로 향했다.

[여름아, 8층으로 오면 돼. 팝콘 사서 기다릴게.]

그의 문자를 보고 좀 더 빠른 걸음으로 걸었다. 엘리베이터에서 내리자 팝콘과 콜라를 든 그가 보였다.

"많이 기다렸어?"

"아냐, 방금 왔어. 너 무슨 맛 좋아할지 몰라서 기본이랑 캐러멜 반반씩 했는데, 어때?"

"나 캐러멜 맛 좋아해."

"잘됐다! 난 기본 맛 좋아하는데. 아, 그런데 어제 받은 티켓을 깜빡하고 놓고 왔어. 그 티켓으론 다음에 보자."

"그러자. 그럼 오늘 야식은 내가 살게."

"너보고 야식 사라고 한 말은 아니지만, 그럼 나야 좋지!"

그는 웃을 때면 '흐아' 하는 소리를 내며 살짝 눈을 감는데 그 모습이 참 행복해 보였다.

"팝콘은 내가 들고 있을게. 편하게 먹어."

유현이가 영화관 좌석에 앉으며 말했다.

"응. 영화 시작한다!"

영화는 사랑에 서툰 남녀가 만나 서로에게 깊이 빠지는 내용이었다. 두 주인공의 감정 묘사가 섬세해서 금세 빠져들었다. 화면에 눈을 고정한 채 유현이가 들고 있는 팝콘을 향해 손을 뻗었다. 팝콘이 잡히지 않아 위치를 잘못 찾았나 싶어 손을 공중에 휘적거렸으나, 손에 닿지 않아서 옆을 바라보았다. 그는 팝콘을 내 반대쪽으로 내민 채 날 보며 재밌다는 듯 웃고 있었다.

"아, 정말!"

작은 소리로 속삭이며 입술을 부루퉁하게 내밀었다. 그는 귀엽다는 듯이 날 바라보며 캐러멜 맛 팝콘을 하나 쥐어 입에 넣어 주었다. 그의 손이 내 입술에 살짝 닿았다. 그 뒤로 영화를 보는 내내 그의 빛나는 눈과 내 입술에 닿은 손이 생각나서 영화에 집중할 수 없었다. 그의 사랑스러운 표정이 머릿속에 떠오르자 빨리 고백하고 싶었다. 이런 적극적인 행동을 보면 내가 고백해도 놀라진 않겠지, 그도 나와 같은 마음이겠지? 어디서 어떻게 고백하면 좋을까 생각하는데 어느새 영화의 끝을 알리는 엔딩 노래가 흘렀다. 벌써 영화가 끝나다니, 아직 결정하지 못했는데.

"영화 되게 재밌다! 남자 주인공이 사랑을 알아 가는 과정이 공감됐어. 여름이 넌 어땠어?"

"응, 나도 재미있었어. 근데 여자 친구가 좀 나쁘지 않았어? 상처를 많이 줬잖아. 결국 결혼도 다른 사람이랑 하고."

전반부에 본 내용을 떠올리며 말했다.

"아직 사랑을 하는 방법을 몰랐던 거 아닐까? 처음 겪는 자신의 감정에 확신이 없었을 수도 있고. 아직 어리잖아, 우리처럼."

"그런가. 그런데 사랑하는 것도 배워야 해? 당연한 거잖아."

"난 사랑도 배우는 거라고 생각해. 우린 다른 것들은 배우기 전에 모르는 게 당연하다고 생각하면서, 사랑은 처음부터 완벽해야 한다고 생각하는 거 같아. 처음부터 진실되게 모든 걸 줄 수 있어야 한다고 말이야."

"그럼 주인공들이 서로에게 사랑을 배운 거네? 다음 사람을 만나서 제대로 된 사랑을 하게 된 거고."

"응. 처음은 서투니까 서로에게 상처를 많이 줬지만, 덕분에 다음번엔 시행착오를 줄일 수 있었던 거지. 둘은 이뤄지지 않았지만, 서로의 부족함을 보듬고, 과정이 되어 준 거야. 어쩌면, 과정을 알려 준 사람이 평생 기억에 남을지도 몰라. 자신의 미성숙한 모습을 보여 준 사람이니까."

그의 말을 들으니 지난 인생의 나와 유현이가 떠올랐다. 서로에게 사랑을 가르쳐 주었지만, 과정으로 남아 버린 관계.

그와 영화에 대한 이야기를 나누며 엘리베이터로 향했다. 엘리베이터 앞에는 영화를 보고 나온 사람들이 줄 서서 기다리고 있었다.

"여름아, 우리 그냥 계단으로 갈래? 사람 너무 많은데."

"여기 8층인데? 음, 그게 더 빠르긴 하겠다."

비상구 문을 열자 어두컴컴한 계단이 보였다. 비상계단이라 전기가 들어오지 않아서 계단 위에 뚫린 창으로 들어오는 불빛에 의지해서 내려갔다. 으슥한 곳에 둘만 있으니 심장이 요동쳤다. 유현이는 어떤 생각을 하고 있는지, 아무 말도 없이 빠른 속도로 걸었다.

좁은 계단에서 함께 걸으니, 서너 걸음마다 한 번씩 손등이 스쳤다. 그는 내 손을 잡지도 피하지도 않았다. 손끝을 아주 조금만 움직이면 그의 손을 잡을 수 있는 거리였다. 아까 내 입술에 닿았던,

커다란 그의 손을 잡고 싶었다. 손끝이 스치는 찰나의 촉감과 규칙적으로 뛰는 심장 소리를 느끼며 그의 옆모습을 슬쩍 바라보았다. 그를 그토록 좋아했으면서 단 한 번도 손을 잡아 보지 못한 지난 생이 떠올랐다. 왜 이토록 어려운 건지.

몽롱한 기분에 취해 내려가니 어느새 1층이었다. 1층 출구로 나서는 그의 뒷모습을 보자 오만 가지 생각이 밀려왔다. 그를 따라 출구로 나갔는데 그가 보이지 않았다.

"왁!"

그가 큰 소리를 내며 내 어깨를 살짝 잡았다.

"깜짝이야, 너 어제부터 계속 그럴래?"

"네가 놀라는 모습이 너무 재밌어서."

그는 숨이 찬 듯, 무릎을 짚으며 크게 웃었다. 그의 장난에 드디어 현실로 돌아온 기분이 들었다.

"유현아, 야식 뭐 먹을래?"

시계를 보니 10시 30분이었다.

"팝콘을 먹어서 그런지 배가 안 고프네. 넌 어때?"

"사실 나도 그래. 그럼 캔 맥주 사서 집까지 걸어갈까?"

내가 운동화를 가리키자 그는 빙그레 웃었다. 슈퍼에서 맥주를 산 뒤 지상철 아래에 있는 강변 산책로를 걸었다. 여름밤의 따뜻한 바람이 기분 좋게 불었다. 10분 정도 걸었을 때, 문 닫은 자전거 대여소가 눈에 띄었다.

"어, 여기 자전거 빌릴 수 있는 곳이 있네?"

"신분증 맡기면 2시간 동안 무료로 탈 수 있나 봐. 낮에 한번 와 보자."

"응. 오랜만에 자전거 타고 싶다. 학생 때는 자전거 타고 등하교 했거든."

"매일 자전거 탔으면 꽤 잘 타겠는데?"

"그럼. 손 놓고도 탈 수 있지!"

내가 양팔을 벌려 자전거를 타는 듯한 자세를 취하자 그가 웃으며 말했다.

"중고등학생 때 허세 부린다고 손 놓고 타다가 넘어지는 애들 많이 봤는데, 너도 그런 거 아냐?"

"아냐, 정말이야! 우리 고등학교가 언덕 위에 있었는데, 그 위로 자전거 타고 올라갈 수 있을 정도라고."

"아이고, 그러셨어요?"

그가 귀엽다는 듯 날 바라보았다.

"그럼! 그때 종아리 알이 생겼잖아. 나와 평생 함께할 줄이야."

"근데 평지에 자전거 두고 걸어 올라가는 게 더 편하지 않아? 왜 힘들게 타고 가?"

"학교 마치고 자전거로 내리막을 달릴 때 기분이 너무 좋아서. 말하다 보니까 자전거 너무 타고 싶은데?"

"그래? 그럼 타자."

"지금 어떻게 타? 자전거도 없는데."

"저기 자전거 많네."

그가 산책로 구석진 곳, 오래된 자전거 거치대를 보며 말했다.

"저걸 타자고? 도덕적인 안유현 씨 아니었나요?"

내 말에 그가 멋쩍은 듯 웃었다.

"아주 잠시만 타자는 거지. 내가 예전부터 봤는데 저 자전거들 주인이 버리고 간 거 같더라고. 잠깐만 타 보자. 한 번뿐인 인생, 하고 싶은 거 다 하고 살아야지."

당황스러웠지만 그의 제안이 싫지 않았다. 자전거 거치대에는 10대가 넘는 자전거들이 관리가 안 되어 쓰러질 듯 모여 있었다. 먼지가 뽀얗게 앉은 자전거였지만, 대부분은 자물쇠가 채워져 있었다.

"주인이 왜 이렇게 오래 방치했지? 까먹었나?"

"그럴지도. 한때 소중했던 것이라도 시간이 지나면 잊히니까. 이 자전거 타면 되겠다! 내가 먼지 닦아 줄게."

그는 자물쇠가 걸려 있지 않은 자전거 두 대를 꺼내 자신의 팔로 안장에 앉은 먼지를 쓱쓱 닦았다.

"고마워, 유현아. 정말 오랜만이네."

자전거에 앉으려고 다리를 들었으나 안장이 너무 높았다.

"네 키에 안 맞나? 잠시만, 안장 조절해 줄게. 음, 너무 오래돼서 그런지 안장 조절이 안 되는데, 다른 걸로 찾아볼게."

"아냐, 탈 수 있어. 원래 자전거는 발이 땅에 안 닿아야 더 재밌 잖아!"

"그래? 그럼 백여름 씨가 자신만만하게 자랑하던 자전거 실력 좀 볼까요?"

그가 자전거에 올라타며 말했다.

그가 지난 생에 게임에서 이긴 뒤, 손잡자는 소원을 쓴 것이 생각났다. 이번엔 내가 이겨서 손잡자고 해야지.

"저기 있는 나무까지 누가 빨리 달리나 내기하자! 이기는 사람 소원 들어주기 어때?"

꼭 이기겠다는 집념으로 유현이 대답을 듣기 전에 페달을 밟았다.

"백여름, 너 이거 반칙 아냐?"

"승부에 반칙이 어딨어! 얼른 따라와 보시지!"

상쾌한 밤공기를 가르며 뒤를 돌아보니 유현이가 "안 봐준다, 너."라고 말하며 빠른 속도로 나를 금세 앞질렀다. 열심히 페달을 밟았으나 그를 따라잡진 못했다. 가쁜 숨을 몰아쉬며 웃고 있는 그를 향해 달렸다. 내기에선 졌지만, 그의 웃는 얼굴을 보았으니 그것으로 충분했다.

"에이, 졌네."

발을 땅에 내디딘 순간, 중심을 잡지 못하고 자전거를 탄 채 유현이 쪽으로 넘어졌다.

"아야."

얼굴을 찡그리자 그가 걱정스러운 표정으로 말했다.

"여름아, 괜찮아?"

"발목이 접질렸나 봐."

"잠깐 앉아서 신발 벗어 봐. 내가 좀 봐줄게."

그의 말에 고개를 저었다. 발을 다른 사람, 그것도 유현이에게 보여 주는 건 너무 부끄러웠다.

"표정 보니까 많이 아파 보이는데, 얼른."

그의 말에 어쩔 수 없이 신발과 양말을 벗었다. 그는 내 발목을 이리저리 보더니 걱정스러운 표정으로 말했다.

"발목이 많이 부었네. 내가 업어 줄게."

"아유, 아냐. 업히는 건 싫어. 넌 괜찮아?"

"넌 이 와중에 내 걱정이니. 난 아무렇지도 않아. 땅에 발 디딜 수 있겠어?"

"아프긴 한데 천천히 가면 걸을 순 있을 것 같아. 내일 수업 마치고 너희 집 밑에 있는 한의원 가야겠다."

"우리 집 밑에? 너 거기 우리 집인 줄 어떻게 알았어?"

"아, 같이 일하는 오빠가 말해 줬어."

당황해서 얼버무렸다.

"승민이 형? 맞아, 그 형 예전에 우리 집 온 적 있어. 근데 한의사 선생님이 좀 별나시지 않아?"

그가 별 의심하지 않아서 다행이었다.

"재밌으시지. 그래서 더 찾아가게 되는 것 같아. 마음이 편안해져서. 실력도 좋으시고."

"그렇긴 해. 신발 신고 있으면 더 아프니까 맨발로 걸어가자. 내가 신발 들어 줄게."

"맨발로? 맨발로 걷는 건 처음이야. 기분 이상하네."

"너만 신발 벗으면 민망하니까 나도 벗어야겠다."

그는 맥주 살 때 받은 검은 봉투에 신발 두 켤레를 넣었다.

그에게 의지한 채 조금씩 발을 내디뎠다. 가까이서 느껴지는 그의 숨결에 정신이 아득해져서 발목 통증조차 느껴지지 않았다. 그의 얼굴을 보고 싶었지만, 너무 가까운 거리라서 차마 고개를 돌릴 수 없었다. 눈은 앞을 응시하고 있지만, 내 모든 감각 신경은 옆에 있는 그를 향했다. 조금은 어색한 정적이 흘렀다. 어쩌면 지금 그가 고백하려 하는 건 아닐까, 긴장감에 입이 바짝 말랐다.

그러나 그는 일상적인 이야기를 할 뿐, 자신의 마음을 표현하지 않았다. 조급한 마음에 내가 먼저 그에게 고백할까 생각했지만, 그가 혹시나 이전과 다른 마음일까 봐 걱정이 앞섰다. 그가 나를 좋아하던 과거로 돌아왔지만, 어쩌면 지난 생과 달라진 지금의 나에게는 친구 이상의 감정을 느끼지 못하는 건 아닐까.

그러고 보니 계속 나 혼자 부끄러워하는 것 같았다. 어깨동무를 한 채 서로에게 기댄 지금, 그는 너무나 평온한 말투로 일상적인

이야기를 하고 있었다. 마치 편한 친구와 있는 듯한 그를 보니 혼란스러웠다.

예전엔 그의 표정이 다 읽혔는데, 지금은 도저히 모르겠다. 행동을 보면 날 좋아하는 것 같은데, 예전만큼은 아닌 걸까. 나만 바뀌면 우리가 이루어질 수 있다고 믿었는데, 그게 아니라니 머리가 복잡해졌다.

"여름아, 집에 다 왔네. 조심히 들어가. 집에 가서 발목 찜질 꼭 하고."

"응. 내일은 뭐 해?"

이대로 집에 들어가고 싶지는 않았다.

"개강 첫날이니 학교 가야지. 저녁엔 아르바이트 가고. 동기들 볼 생각하니 좋네."

"그러게. 오랜만에 학교 가면 좀 어색할 것 같기도 하고."

내게 만나자는 말을 하지 않는 그를 보니 서운함이 밀려왔지만, 티 내지 않으려 노력했다.

"나도. 이번엔 전공 말고 다른 과 수업도 신청해서 더 기대돼."

"그래? 무슨 수업인데?"

"심리학개론. 성민이가 지난 학기에 들었는데 재밌다며 추천해 주더라고."

"심리학과 수업? 어떤 거 배우려나, 재밌을 것 같아."

"너도 같이 들을래? 일주일 동안 수강 신청 변경 기간이잖아. 사실 나 혼자 듣거든. 어때?"

"생각해 볼게."

생각해 본다고 말했지만, 내 마음은 이미 그와 함께 수업을 들을 생각에 들떴다. 내일 당장 심리학과 사무실로 찾아가야지. 내일 보자는 말을 하지 않는 그에게 서운했다가, 함께 수업 듣자는 말에 이렇게 신나다니. 그의 한 마디에 내 마음은 온탕과 냉탕을 오갔다.

"그래. 같이 들으면 좋겠다. 잘 자 여름아."

"데려다줘서 고마워. 너도 잘 자."

D-362

9월 1일 월요일 오전 10시, 설레는 마음으로 강의실에 들어갔다. 책상보다 익숙한 강단을 지나서 강의실 안을 둘러보니 먼저 온 동기들이 재잘재잘 떠들고 있었다. 활기찬 그들을 보니 내 기분도 덩달아 싱그러워졌다.

"여름아, 이쪽이야!"

혜지가 손을 흔들었다.

"혜지야, 잘 지냈어? 진짜 오랜만이다."

"뭐야, 백여름. 우리 지난주에도 봤잖아. 그저께 답사는 잘 다녀왔어? 바로 예약한 거 보니 지난주에 같이 갔던 곳보다 좋았나 보네."

"응. 배 아프다더니, 이제 괜찮아?"

"매번 하는 생리통이지 뭐. 귀찮아 정말. 오늘 수업 끝나고 애들이랑 파스타 먹으러 가기로 했는데 같이 갈 거지?"

"너희끼리 다녀와. 난 공강 시간에 한의원 가려고. 어제 발목을 좀 삐끗했거든."

"한의원을 달고 사네 정말. 진료 빨리 끝나면 식당으로 와."

"알겠어."

대화가 끝나자 박 교수님이 들어오셨다. 니체 철학을 전공한 교수님의 영향으로 나도 졸업 후 대학원에서 현대 철학을 공부했다. 박 교수님의 젊은 모습 역시 새로웠다. 교수님은 강단에 서서 주위를 쭉 둘러보며 말씀하셨다.

"아모르파티, 삶의 어려움까지 즐겨라. 열정을 가지고 자신의 삶을 사랑하라! 우리가 한 학기 동안 배울 프리드리히 니체의 기본 정신이야. 니체의 철학은 우리를 자유롭고 행복하게 만들지."

고민 많고 소심했던 나와 달리 진취적이고 열정적인 니체의 철학을 공부할수록 더 나은 삶을 살고 싶다는 열망이 생겼다. 삶의 끝자락에서 1년이라는 마지막 기회를 얻은 지금, 니체의 말이 더욱 와닿았다. 수업을 듣고 있는데 유현이에게 문자가 왔다.

　[여름아, 다리는 어때? 병원 갔어?]

　[괜찮아. 지금 수업 중인데 끝나고 병원 가려고.]

　[난 오늘 오후 수업만 있어. 수업 끝나면 12시지? 내가 데려다줄게.]

　[그러면 고맙지.]

그에게 부탁하기 미안했지만, 보고 싶은 마음이 더 컸다.

수업이 끝나고 1층으로 내려가자 스쿠터를 탄 유현이가 보였다.

"스쿠터 타고 가려고? 좀 무서운데……."

망설이는 나를 보고 그가 말했다.

"괜찮아. 천천히 갈게. 너 다리 아픈데 걸으면 덧날까 봐."

"그럼 정말 기어가야 해? 거북이처럼."

"네, 엉금엉금 갈 테니 걱정 말고 타세요."

그가 싱긋 웃었다. 그에게 여러 번 약속을 받아 낸 후, 심호흡을 하며 그의 어깨를 살포시 잡았다.

"이제 출발한다? 꽉 잡아."

"잠깐! 잠깐만, 조금만 이따가. 잠시만 기다려 줘."

그가 천천히 가겠다고 말했지만, 여전히 겁이 났다. 그때, 철학관 안에서 동기들의 웃음소리가 들렸다. 동기들에게 들키지 않기 위해 유현이에게 다급한 목소리로 말했다.

"가자, 유현아. 빨리 출발해 줘."

"지금? 알았어."

유현이는 뒷말 없이 바로 출발했다. 바람을 가르며 달리는 것이 두려웠지만, 시간이 지나며 긴장이 풀렸다. 어깨를 꽉 움켜쥔 손이 느슨해지는 것이 느껴졌는지, 빨간불로 신호가 바뀌었을 때 그가 말했다.

"괜찮아? 많이 긴장한 것 같던데."

"응. 괜찮아. 처음엔 무서웠는데 이젠 탈 만해."

"아깐 왜 갑자기 출발하자고 했어?"

"아…. 친구들이 나와서. 나도 모르게 도망쳐 버렸네."

내 말을 듣고 그는 말없이 정면을 응시했다. 곧 파란불로 바뀌어서 스쿠터가 출발했다. 아까보다 조금 더 빠른 속도였다.

"다 왔다. 다녀와, 밑에서 기다릴게."

"왜, 같이 들어가지 그래?"

"아냐, 그냥 밖에 있을게."

계속 들어가지 않겠다고 말하는 그를 데리고 병원 안으로 들어왔다. 그는 모자를 푹 눌러쓴 채 병원 구석에 앉았다. 그의 행동이 좀 이상했지만, 내 이름이 호명되어 진료실 안으로 들어갔다.

"여름 학생, 오늘은 허리 치료하러 온 게 아니네요? 발목은 어쩌다 다쳤어요?"

"어제 자전거 타다가 넘어졌어요. 걸을 때마다 지끈거려요."

"어디 한번 봅시다. 양말 벗고 다리 올려 봐요."

내 다리를 보고 한의사 선생님께서 말을 이었다.

"요즘 자전거 타다 넘어져서 다친 사람이 많네요. 오늘 아침에 우리 윗집 사는 총각도 다녀갔는데. 조심해요, 자전거 타다가 크게 다치는 사람 많아요."

"네, 조심할게요."

"시간 있죠? 물리 치료 받고 가요."

물리 치료실에서 30분가량 찜질을 받고 계산을 하려는데 한의사 선생님이 접수 데스크에 나오셨다.

"김 간호사님, 예약 환자 몇 명 남았죠? 아, 여름 학생 좀 어때요?"

"훨씬 좋아졌어요."

"어, 윗집 총각, 왜 또 왔어? 침 한 번 더 맞으려고? 발목이 많이 부어서 돌아다니지 말고 푹 쉬어야 해."

내가 뒤를 돌아보니 한의사 선생님께서 유현이를 바라보고 계셨다.

"뭐야, 유현이 너도 다쳤어?"라고 묻자 유현이는 홍당무처럼 붉은 얼굴로 난처한 표정을 지었다. 한의사 선생님은 유현이의 표정은 보이지 않는지, 아무렇지도 않게 말했다.

"서로 아는 사인가 보네. 윗집 총각이 여름 학생보다 더 많이 부었어. 여름 학생은 조금만 쉬면 괜찮아질 텐데, 윗집 총각은 며칠 오는 게 좋을 거야."

자기도 발을 삐었으면서 날 부축해 주다니. 고맙고 미안했지만, 그가 민망해할까 봐 애써 담담하게 말했다.

"뭐야, 내일은 내가 데려다줘야겠네."

"윗집 총각은 계단 하나 내려오면 되는데 뭘 데려다줘요. 그러고 보니 둘이 좀 수상한데?"

한의사 선생님은 우리 둘의 관계가 재밌다는 듯, 짓궂은 표정으로 말씀하셨다.

"아니에요, 선생님. 무슨 말씀이세요. 내일 올게요. 여름아, 가자."

그는 손사래 치며 한의원을 급하게 나섰다.

"난 곧 수업인데, 여름이 넌?"

"난 3시 수업이야. 점심으로 정문 앞에서 토스트 사 먹을래?"

"좋지. 햄 토스트에 딸바 주스 먹어야겠다."

그가 스쿠터에 올라타며 말했다.

"나도 딸기 바나나! 너 다리 아파서 스쿠터 타자고 한 거였구나?
나는 그것도 모르고."

"뭘, 얼른 타. 두 번째니까 더 빨리 달려도 되지?"

그가 장난 가득한 표정으로 나를 바라보았다. 스쿠터를 타니 정
문까지 오는 데 3분이 채 걸리지 않았다. 토스트와 딸바 주스를 2
개씩 주문한 뒤, 근처 벤치에 앉았다.

"여유롭고 좋다. 여름아, 넌 혼자 있을 때 주로 뭐 해? 뭐 할 때 행
복한지 궁금해."

그가 토스트를 한 입 베어 물며 물었다.

"글쎄…. 내가 뭘 하더라? 음…. 넌?"

예상하지 못했던 질문에 당황스러웠다. 혼자 있을 때 뭘 했지?

2008년으로 돌아온 뒤론 바빠서 따로 뭘 할 시간이 없었고, 이전엔… 일하고 태형 씨 만나고 핸드폰 하고. 그 외에 딱히 기억에 남는 일이 없었다.

"난 며칠 전에도 말했지만 노래 들을 때 행복해. 근데 네가 뭘 좋아하는지 안 물어봐서."

"아! 난 피아노 치는 거 좋아해. 근데 안 친 지 너무 오래돼서 다 까먹었어."

그가 음악 이야기를 하자 피아노가 떠올랐다.

"까먹을 정도로 오래됐는데도 피아노가 여전히 좋아?"

"응. 내가 살면서 가장 열심히 했던 게 피아노거든. 피아노 건반 위에 손을 올릴 때면, 마치 다른 세계가 펼쳐지는 듯했어."

"근데 왜 요즘은 연주 안 해?"

그의 천진한 질문에 뭐라고 답해야 할지 막막했다. 일한다고 피아노는 신경 쓸 겨를이 없었다고 말할 순 없는 노릇이었다.

"그냥. 좋아하긴 하지만 내 전공은 아니잖아. 해야 되는 거 먼저 하려고."

"하지만 병행할 수도 있지 않아? 나도 약대 다니지만 노래는 늘 듣는데."

"노래 듣는 거랑은 좀 다르지. 일단 피아노도 없고 시간을 따로 내서 배우고 연습해야 하니까."

"나도 좋은 노래 찾으려고 시간 따로 내는걸? 하루에 2시간 넘게 노래 찾아 들어."

"2시간이나?"

"응. 널 행복하게 만드는 거면 시간을 투자해도 좋다고 생각해. 행복하려고 사는 건데 한 번뿐인 인생, 후회 없이 보내야지. 내가 오래 산 건 아니지만, 딱 하나 느낀 게 있다면 좋아하는 일을 미루지 말자는 거야. 언젠가는 하겠지, 하고 미루면 결국 못하게 되더라고."

"몇 개월 먼저 태어난 자의 깨달음인 거야?"

진지한 그의 얼굴이 귀여웠다.

"그럼. 더 먹은 밥그릇이 몇 갠데."

그의 말엔 전적으로 동의한다. 남들 눈치만 보고 해야 할 일들에 묶여 내가 무엇을 좋아하는지도 잊어버린 채 살았다. 우리는 모두가 죽는다는 걸 알고 있으면서도 내게 시간이 영원히 주어지는 것처럼 행동한다. 나 역시, 죽기 전까지 그랬다. 이 사실을 일찍 깨닫고 실천에 옮기는 그가 기특했다.

좋아하는 피아노 연주곡에 대한 이야기를 하며 학생들의 모습을 바라보았다. 점심시간이라 다들 밥을 먹으러 가는지 유동 인구가 많았다. 그중 한 여학생이 눈에 띄었다. 종이를 한 무더기 든 채, 담벼락에 벽보를 붙이고 있었다. 뭘 붙이는 걸까, 생각하는 순간 한쪽 손에 들고 있던 종이 더미가 바닥에 떨어졌다. 여학생이 당황하며 종이를 줍자 유현이가 토스트를 의자에 내려놓으며 말했다.

"여름아, 나 잠시만 저분한테 다녀올게. 먹고 있어."

"아는 사람이야?"

그는 내 말을 듣지 못한 듯 여학생에게 다가가서 한참 동안 무릎 한쪽을 꿇고 바닥에 떨어진 종이를 주웠다. 그들의 입 모양이 움직이는데 무슨 이야기를 하는지 들리지 않아서 답답했다. 발목도 아프면서 굳이 저기까지 가서 도와줬어야만 했나. 저 여학생이 유현이에게 반한 건 아닐까. 혼자 상상의 나래를 펼치고 있으니, 여학생이 배시시 웃으며 고개를 숙여 유현이에게 인사를 건넸다. 유현이도 미소로 화답한 뒤, 그녀가 들고 있던 종이를 한 장 들고서 내게 다가왔다.

"넌 다른 사람을 정말 잘 도와주는구나."

진심 반 비꼬는 마음 반으로 이야기를 하자 그가 웃으며 대답했다.

"봤는데 못 본 척하기가 좀 그래서. 그것보다 여름아, 이거 봐."

그가 여학생이 붙이던 전단지 한 장을 내밀었다. 그 종이엔 아마추어 연극배우를 모집한다는 글이 적혀 있었다.

"아까 그분이 붙이신 거야?"

"응. 너 연극 좋아하잖아. 종이 주우면서 여쭤봤는데, 규모가 꽤 크더라고. 이 극단에서 활동하다가 프로 극단으로 가는 사람도 있고."

그 짧은 시간 동안 많이도 이야기했네, 하고 투정 부리고 싶었으나 꾹 참았다.

"그렇구나. 근데 나랑은 별로 상관없는 이야기 같은데."

"자세히 봐. 주인공이 피아니스트야. 피아노를 연주할 수 있는 배우가 없어서 캐스팅에 어려움을 겪고 있대. 너한테 딱이지 않아? 피아노 잘 치고 연극 좋아하고."

그는 칭찬을 바라는 대형견처럼 빛나는 눈망울로 나를 바라보았다. 유현이 뒤로 흔들리는 강아지 꼬리가 보이는 것만 같아 풋하고 웃음이 나왔다. 연극을 좋아하긴 하지만 지금 중요한 건 취미 활동이 아니었다. 안유현, 오직 네가 중요하단 말이다.

"아냐, 나 피아노 연주한 지도 오래됐고. 내가 무슨 재주로 무대에 서겠어."

"여름아, 난 네가 해 봤으면 좋겠어. 피아노 치는 게 너무 좋아서 일부러 전공도 안 했다며. 영원히 좋아하고 싶어서. 피아노 연주, 다른 사람들한테 들려주고 싶지 않아? 난 네가 좋아하는 것을 포기하지 않았으면 좋겠어."

"……알겠어."

"잘 생각했어!"

그가 배시시 웃자 내 마음속 전구에도 불이 들어온 듯했다.

토스트와 주스 컵을 쓰레기통에 버리려 일어났을 때, 누군가 내 이름을 불렀다.

"여름아!"

"아…. 혜지야."

뒤를 돌아보니 혜지와 선우가 있었다.

"너 병원 다녀왔어? 같이 파스타 먹자니까 왜 여기서 토스트를 먹고 있어."

"아 그게……."

선우가 날 바라보는 눈빛이 신경 쓰여서 말을 잇기 어려웠다. 혜지는 그제야 유현이가 보인 듯 물었다.

"이분은?"

"아, 같이 아르바이트하는 친구야."

"안녕하세요. 약학과 안유현이라고 합니다."

유현이는 혜지와 선우를 향해 살짝 고개 숙여 인사했다.

"안녕하세요. 여름이 동기 김혜지예요."

그때, 선우가 헛기침을 하며 혜지를 보며 이야기했다.

"혜지야, 나 먼저 가 볼게. 교수님이 부르셔서 빨리 가 봐야 하거든."

"선배, 여름이도 있는데 같이 가지 그래요."

혜지의 말에 선우는 나와 유현이를 향해 고개를 살짝 숙여 눈인사를 했을 뿐, 걸음을 옮겼다. 혜지는 영문을 모르겠다는 표정으로 나를 바라보았다.

"여름아, 3시 수업 때 봐."

"아냐, 나도 가려고 했어. 같이 가자."

혜지를 따라나섰다. 유현이에게 "나 먼저 갈게. 수업 잘 들어가."라고 말했지만, 유현이는 아무 말도 없이 나를 응시할 뿐이었다. 그의 눈망울이 오늘따라 더 깊어 보였다.

"민주랑 세은이는 어디 갔어?"

같이 밥 먹으러 갔던 친구들이 보이지 않아 물어봤다.

"먼저 과방 올라갔어. 난 밥 먹고 잠시 문구점 들렀는데, 선우 선배가 있더라고. 근데 선우 선배랑 무슨 일 있어?"

"응. 사실 할 말이 있는데……."

"무슨 얘긴데 뜸을 들여. 어 저기 선우 선배다! 선우 선배!"

혜지가 우렁찬 목소리로 부르자 선우가 뒤를 돌아봤다. 선우는 우리를 보고 먼저 가기 민망했는지 잠시 서서 기다렸다. 우리는 혜지를 사이에 두고 함께 걸었다. 공강 시간이 길어서 싫다는 혜지의 투정에 그저 영혼 없이 입만 웃을 뿐이었다. 나는 혜지를 보는 척하면서 곁눈질로 선우의 표정을 살폈다.

숨 막히는 시간을 보내다 철학관에 도착했을 때, 잠시 화장실에 다녀오겠다고 말했다. 화장실에 들어와서 문을 잠근 뒤 긴 한숨을 내쉬었다. 혜지 어깨너머로 보이는 힘든 표정의 그를 보는 것이 괴로웠다. 한참 숨을 고른 후, 문을 열고 나오자 화장실 바로 앞에 있는 과방에서 동기들의 목소리가 들렸다. 과방 문을 열려고 손잡이를 잡으려다 멈칫했다. 선우의 목소리가 들렸기 때문이다. 선우와 동기들이 이야기를 나누고 있는 듯했다. 자신과 헤어진 지 얼마 지나지 않아 다른 사람을 만나는 날 원망하고 있는 걸까. 다른 사람의 눈치를 보지 않기로 했지만 무시하기 어려웠다. 그들 모두 나와 가까운, 소중한 사람들이었기 때문이다.

과방으로 들어갈 수 없어서 조금 일찍 강의실에 들어왔다. 강의실에 앉아 있자 혜지와 친구들이 들어왔다. 그들이 들어온 걸 알았지만 민망한 마음에 괜히 가방만 뒤적거렸다. 그때 혜지가 옆으로 다가와서 어깨에 손을 얹으며 말했다.

"여름아. 말하지 그랬어."

선우와 무슨 말을 했을까. 대답 없이 혜지를 바라보았다.

"선우 선배한테 헤어졌다는 말 들었어. 네 걱정 많이 하더라. 안 좋게 헤어진 거 아니니까 너 신경 많이 써 주라고 부탁하더라고. 힘든 일 있는 거 같으니 옆에서 지켜 달라고. 무슨 일 있는 거야?"

"아……."

이렇게 선한 사람들을 곁에 두고 그들을 의심하다니. 그들의 따뜻한 마음을 색안경 끼고 본 내가 초라하게 느껴졌다. 그의 배려심과 다정함을 알고 있었지만 새삼스럽게 그가 나보다 더 어른스러워 보였다.

"지금 말하기 힘들겠지? 나중에 술 한잔하자. 언니한테 다 털어냐. 도울 수 있는 한, 최선을 다해 도울 테니."

"그래, 고마워."

혜지의 다정한 말에 울컥 눈물이 나올 뻔했지만 꾹 참았다.

수업이 끝날 때쯤, 교수님께서 말씀하셨다.

"금요일에 개강 총회 있는 거 알고 있죠? 자세한 건 과대표 통해
공지할 테니, 그때 봅시다."

[유현아, 난 이제 수업 끝났어. 넌?]

집으로 가는 길, 유현이에게 문자를 보냈지만, 한 시간째 답이
없었다. 첫날이라 동기들이랑 이야기하느라 바쁜 걸까. 휴대폰을
든 김에 동기에게 전화를 돌리며 개강 총회 참석 여부를 물었다.
인원 조사라는 명목이었지만, 오랜만에 듣는 그들의 목소리가 반
가웠다. 같은 수업을 듣지 않아 아직 얼굴을 보지 못한 친구들도
있었기 때문이다.

일일이 전화를 돌리고 자주 가던 술집을 예약하자 어느덧 저녁
시간이 되었다. 유현이는 아르바이트하러 갈 시간이 되었음에도
불구하고 답이 없었다. 동기들과 어울려 논다고 내 문자를 보지 않
았을 걸 생각하니 서운했다.

D-361

눈을 뜨자마자 유현이에게 답장이 왔는지 확인하려 핸드폰을 열었다. 수신 메시지 표시를 보고 함박웃음을 지었으나, 그 내용을 읽고 표정이 급격히 어두워졌다.

[나도. 좋은 하루 보내.]

이게 다야? 문자가 왔는지 수십 번을 확인했는데, 겨우 이런 답장이라니. 내가 우선순위가 아닌 그에게 섭섭함이 밀려왔다. 감정을 담아 답장을 길게 썼다 지웠다를 반복했다.

몇 번의 연애를 통해 깨달은 것이 있다면, 감정이 격해졌을 때는 말을 아껴야 한다는 것이다. 하고 싶은 말을 꾹 참고 문자를 보냈다.

[응. 오늘 병원 갈 거지? 나도 갈 건데 같이 갈래?]

두 시간이 지나도록 답장도 없고 전화도 받지 않았다. 점차 서운함은 옅어지고 무슨 일이 있는 건지 걱정되기 시작했다. 한의원 위에 사는 건 알지만, 몇 호인지 몰라서 집으로 찾아갈 수도 없는 노릇이었다. 어쩔 수 없이 혼자 한의원으로 향했다.

"여름 학생, 따로 왔네요? 같이 올 줄 알았더니."

"유현이 왔었어요?"

"아홉 시쯤? 다리 한번 봅시다. 많이 좋아졌네요. 찜질 받고 나면 내일은 안 와도 되겠어요."

"감사합니다."

선생님께 인사를 하고 찜질을 받는 동안 머리가 복잡해졌다. '갑자기 왜?'라는 물음이 내 머릿속을 헤집고 다녔다. 한참 고민하다 유현이에게 문자를 다시 한번 남겼다.

[유현아, 무슨 일 있어?]

점심시간이 다 되어 갈 때쯤, 답장이 왔다.

[아니, 심리학개론 수업 듣느라 답장이 늦었네.]

수업 듣느라 답장을 못 했다고 하지만, 왠지 모를 불안함을 지울 수 없었다.

[그렇구나. 나도 오늘 등록해야겠다. 점심 같이 먹을래?]

[아니, 다른 약속이 있어. 수강 신청 성공해서 같이 수업 들으면 좋겠다.]

두 개의 상반된 표현이 나를 더 괴롭게 했다. 친구와 점심 약속이 있어서 거절했겠지만, 그게 전부가 아닐 거라는 느낌이 들었다.

학식을 먹고 심리학과 사무실로 향했다. 20명 언저리의 소수 인원 수업만 듣다가 100명이 넘는 대강의실에서 수업을 듣는다 생각하니 설렜다. 과 사무실을 나서는데 심리학과 1학년으로 보이는 학생들의 말소리가 들렸다.

"아까 약대 다닌다는 그 사람한테 번호 물어봤어?"

"번호는 못 물어봤어. 그래도 같이 모둠 과제하기로 해서 얼마나 다행인지. 자연스럽게 알게 되겠지?"

꺄르륵거리는 그녀들의 목소리를 듣고 있으니 마음이 불편했다. 심리학과 수업을 듣는 약대생이 얼마나 될까. 설마 유현이 이야기를 하는 걸까. 유현이일지도 모른다는 생각에 그들을 다시 한 번 바라보았다. 검고 긴 머리를 높게 묶은 그녀의 얼굴에선 빛이 나는 듯했다.

저렇게 매력적인 여성을 안 좋아할 남자가 있을까. 그녀가 말하는 사람이 유현이가 아니길 바라고 또 바랐다. 학과 사무실 앞에서 친구들과 해맑게 웃는 그녀를 바라보며 유현이에게 문자를 보냈다.

[유현아, 나 심리학개론 신청했어. 혹시 모둠 과제 있어?]

[응. 오늘 모둠 구성하긴 했는데, 수강 신청 변경 기간이라 목요일 되어야 확정될 거야.]

그녀가 말한 사람이 유현이일 것 같아 한숨이 나왔다. 그에게 더 적극적으로 다가가기 위해 전화를 했으나 받지 않았다. 몇 분 뒤 문자가 한 통 왔다.

[여름아, 나 선배들이랑 이야기 중이라서 전화 못 받아.]

그는 이 문자를 끝으로 그날도, 그다음 날도 연락이 오지 않았다. 내가 보낸 문자만 쌓여 갔기에 핸드폰을 열 때면 한숨부터 나왔다. 내 불안한 마음을 그대로 일기장에 적었다. 우리의 대화를 복기하며 내가 말실수한 것이 있는지 살펴보았으나, 그의 마음이 변한 이유를 알 수 없었다. 혹시 이번 생엔 그에게 내가 의미 있는 존재가 아닌 걸까.

D-359

목요일 오전 10시 30분, 긴장되는 마음으로 심리학과 강의실에 들어갔다. 강의실 중간쯤, 유현이의 넓은 등이 보였다. 하얀색 이어폰을 끼고 있는 걸 보니 노래를 듣는 듯했다.

그때, 심리학과 사무실 앞에서 봤던 여학생이 유현이를 향해 다가갔다. 그녀가 다가가자 유현이는 이어폰을 빼며 고개를 들었다. 그녀는 작고 예쁜 입으로 무언가를 이야기하고선 싱긋 웃었다. 여자인 나도 반할 수밖에 없는 미소였다.

불안한 예감은 틀린 적이 없다고 했나. 예상은 했지만, 실제로 마주하게 되니 몸이 굳어 강의실 뒤편에 우두커니 서 있었다. 내 뒤로 학생들이 줄지어 들어오는 바람에 등 떠밀려 유현이의 뒤통수가 보이는 곳에 가방을 내려 두고 앉았다. 여학생은 뭐가 그리 즐거운지 계속 종알거렸다. 그녀 앞에 앉아 있는 유현이의 표정을 볼 수 없는 것이 차라리 다행이었다.

교수님이 들어오시자 그녀는 친구들이 있는 자리로 돌아갔다. 그들은 뭐가 그리 좋은지 서로를 쿡쿡 찌르며 꺄르르 웃었다. 그녀가 자리로 돌아가자 유현이는 주위를 두리번거리더니 핸드폰을 만지작거렸다.

[여름아, 수업 시작했는데 어디야? 늦어?]

[나 강의실인데.]

속상한 마음에 딱딱하게 답장을 보내고 고개를 숙여 심리학과 전공 서적을 읽는 척했다. 유현이는 아마 나를 찾느라 고개를 이리저리 돌리고 있겠지. 이런 내가 참 초라했지만, 서운한 감정을 제어하기 어려웠다.

교수님께선 4명씩 자율적으로 모둠을 구성하라고 말씀하셨다. 그 말을 듣자마자 심리학과 여학생이 일어나서 유현이 쪽으로 걸어가는 것이 보였다. 그 모습을 멍하니 지켜보는데 내 앞줄에 앉은 남학생 2명이 몸을 돌려 나를 바라보았다.

"타과에서 오셨나 봐요? 저희는 심리학과 3학년인데 같이 모둠 과제하실래요?"

유현이가 여학생과 이야기를 나누고 있는 걸 보니 울컥하기도 했고, 그들 앞에서 너무 오래 고민하는 것도 예의가 아닌 것 같아 "그럴까요?"라고 대답했다. 그들은 함께 해서 좋다며 다른 한 명을 더 찾아보자고 말했다. 그때 두리번거리던 유현이가 내 쪽으로 걸어왔다.

"여름아, 여기 있었네. 왔으면 전화하지 그랬어. 모둠 과제 같이 하자."

네가 문자 한 통 없는데 내가 자존심 상하게 어떻게 또 먼저 전화를 하니? 하고 날 선 말이 튀어나갈 뻔했지만, 꾹 눌러 참으며 이야기했다.

"나 이분들이랑 같이 하기로 해서."

"아……."

유현이는 잠시 뜸을 들이다 그들을 바라보며 말했다.

"그럼 저도 같이 해도 될까요? 타과생이지만 피해 주지 않도록 열심히 할게요."

심리학과 학생 둘은 조금 찝찝하다는 표정이었지만, 알겠다고 이야기했다. 본과 수업인데 다른 과 학생이 둘이나 있으면 아무래도 자신들이 감수해야 할 것이 많아지기 때문일 것이다. 아니면, 관계가 묘해 보이는 남녀가 함께하게 되어서 그런 것일지도 모르겠지만.

그때, 그 여학생이 우리 쪽으로 다가왔다.

"유현 오빠, 다른 팀원 구했는데 같이 가요."

"가을아, 이분 우리랑 같이 하기로 했는데?"

내게 말을 걸었던 심리학과 3학년 남자분이 그녀에게 말했다.

저 사람 이름이 가을이구나. 계절 이름이라 기분이 묘했다. 유현이는 내 이름을 특별하다고 이야기했는데, 저 사람에게도 특별한 이름이라고, 잘 어울린다고 이야기했을까. 가슴에 돌덩이가 얹힌 듯 답답했다.

"네? 선배들 너무해요. 제가 먼저 같이 하기로 했는데."

"그랬어? 그럼 네가 같이 할래? 우리가 다른 사람 찾아보지 뭐."

그들은 차라리 잘됐다는 표정으로 그녀에게 이야기했다. 모둠 과제를 하다 보면 수업 시간 외에도 개인적으로 만날 일이 많아지지 않는가. 그것만은 안 된다.

"아, 저는 3학년 선배들이랑 꼭 같이 하고 싶은데요. 배울 게 많을 것 같아서요. 저희가 잘할게요. 그렇지 유현아?"

내가 다급하게 외치자 유현이는 당황한 표정으로 고개를 끄덕였다.

"그래, 그러자. 가을 씨, 죄송해요. 가을 씨는 본과라 친구들 많으니 저보다 더 좋은 팀원 구할 수 있을 거예요."

유현이는 그녀에게 상냥하지만 단호하게 말했다. 나와 함께 모둠 과제를 한다고 했지만, 가을 씨라고 부르는 유현이의 목소리가 머릿속에 맴돌았다. 나도 저 이름을 잊기 힘든데, 유현이도 계속 생각나겠지. 게다가 저렇게 아름다운걸.

"아쉽네요. 어쩔 수 없죠. 대신 다음에 밥 한번 먹어요."

그녀는 대답을 듣지 않고 싱긋 웃으며 뒤돌아섰다. 참 매력적이다. 구차하게 붙잡지 않고 당돌하게 다음을 기약하고 돌아가다니. 불안한 마음에 고개를 돌려 유현이를 바라보았지만, 그는 별생각이 없는 듯 교수님께서 모둠 과제로 내준 종이를 살펴볼 뿐이었다.

"여름아, 수업 끝나고 뭐 해?"

"나 12시 전공 수업 가야 해."

"이 수업 듣고 바로? 너무 빠듯한 거 아냐? 점심도 못 챙겨 먹겠네."

체력적으로 무리라는 걸 알지만, 그렇게라도 일주일에 2번, 주기적으로 유현이와 만나고 싶었다.

"아냐, 공강보다 쭉 이어 듣는 게 편해."

"그렇구나. 어제는 답장을 못 해서 미안. 선배들이랑 상의할 게 많아서. 학기 초라 조금 바빴어."

"아냐, 바쁘면 문자 못 하는 게 당연한 거지."

신경 쓰지 않는다는 투로 말했지만, 내심 아무리 바빠도 문자 한 통 할 시간도 없냐는 물음이 마음을 헤집고 다녔다.

결혼을 약속했던 태형 씨도 그랬다. 바쁘다며 하루 종일 연락을 못 할 때가 많았다. 아무리 바빠도 밥은 먹고, 화장실은 가지 않나? 근데 왜 문자 할 시간이 없었다는 건지. 그때도, 지금도 이해하기 어려웠으나 꼬치꼬치 캐묻는 건 매력을 떨어트린다는 걸 알기에 마음이 너그러운 척, 이해하는 척했다.

D-358

금요일 저녁 7시, 지하에 있는 술집에서 교수님 네 분과 전 학년 학생들이 모였다. 전부 다 모여도 30명 정도였다. 테이블 여섯 개에 모여 앉아서 교수님의 건배사로 개강 총회를 시작했다. 교수님의 짧은 인사가 끝나자 선우의 학과 일정 소개가 이어졌다. 그와 같은 공간에 있는 것이 어색했지만, 티 내지 않으려 애썼다.

그는 테이블 끝에서 고학번 선배들과 이야기를 주고받았고, 혜지와 나는 교수님 앞에 자리 잡고 앉았다. 한참 술이 들어가던 중, 박 교수님께서 날 보며 말씀하셨다.

"여름이, 분위기가 많이 달라진 것 같은데? 술도 예전보다 잘 마시고. 작년엔 소주는 써서 못 마시겠다더니."

옆에 계신 김 교수님께서도 그렇다며 동조하셨다.

"제가 그랬나요? 그땐 제가 어렸나 봐요. 교수님, 한 잔 더 받으세요."

"지금은 많이 어른스러워지셨나 봐요."

교수님은 내가 귀엽다는 듯, 맞장구쳐 주셨다. 초록색 병이 여러 개 쌓일 때쯤, 교수님께 넌두리를 했다.

"교수님, 삶이란 뭘까요. 대체 어떻게 살아야 하는 걸까요. 어차피 죽을 건데 이렇게 아등바등 살 필요가 있을까요? 우린 다 죽잖아요. 죽는다고요."

"여름이답지 않은 말이네. 늘 웃기만 해서 그런 고민 안 하는 줄 알았는데."

박 교수님께서 의외라는 듯 웃으며 말씀하셨다. 하지만 이내 울적한 내 표정을 보시곤 술잔을 내려 두고 말을 이으셨다.

"여름아, 니체의 영원 회귀 알지?"

"수만 번 다시 태어나도 이 모습 이대로 똑같이 산다는 말이요?"

"그래. 똑같이 반복되는 삶이라면, 그 속에서 우리가 할 수 있는 건, 지금 모습 그대로를 긍정하는 일밖에 없을 거야."

"하지만 전 지금 제 모습이 만족스럽지가 않아요."

"지나온 과거와 미래를 걱정하지 말고, 지금 이 순간에 충실하게 살아 보면 어떨까. 니체에 따르면 지금 이 순간은 무한히 반복되는, 영원한 시간이야. 우리의 삶은 죽은 후에 다시 반복되니까. 네가 여든까지 산다고 해 보자. 지금 이 순간이 영원히 반복되면 네가 산 80년보다 길 거야. 그렇기에 니체는 지금 이 순간을 가장 가치 있고 의미 있게 살아야 한다고 말한단다."

"지금 이 순간이 내 인생 전체보다 더 중요하다고요?"

"그래. 그러니 이 순간을 또 겪어도 좋을 만큼, 행복하게 즐겨야 해. 이번 강의 첫 시간에 한 말 기억나지? 아모르파티."

니체의 영원 회귀. 대학원생일 때 지겹도록 배웠어도 이해되지 않았는데, 지금은 알 것도 같다. 내게 주어진 1년이 지나 완전한 죽음을 맞이하게 되면, 니체 말대로 다시 같은 삶을 살게 될까. 그렇다면 이 1년은 영원히 반복될 내 삶의 일부분을 바꿀 수 있는 기회인 걸까.

"교수님, 그럼 영원히 살아야 할 이 삶을 어떻게 사는 게 좋을까요?"

"아이처럼 살아야지. 아이는 '왜 이 놀이를 해야 하는가?'라는 물음을 제기하지 않아. 그저 재미있어서 놀 뿐이지. 아이처럼 삶이라는 놀이에 빠져서 그것을 즐겨야 해. 놀다 보면 내 삶의 주인이 되어 그 순간을, 그 인생을 사랑하게 되지. 아모르파티에서 '아모르'가 '사랑'이란 뜻이거든. 자신의 인생을 사랑하는 것이야말로 최고의 삶이야."

"박 교수님, 술 마시는 자리에서까지 강의하면 애들 다 도망갑니다."

옆에서 김 교수님께서 웃으며 핀잔을 주셨다.

"그런가요? 자중해야겠습니다."

박 교수님은 오랜만에 흰 치아를 드러내며 환하게 웃으셨다.

"교수님, 저 잠시 밖에 나가서 바람 좀 쐬고 올게요."

내가 잠시 밖으로 나가자 혜지도 따라나섰다.

"여름아, 너 아까 그 질문 뭐야? 무슨 일 있어?"

"혜지야, 솔직하게 말할게. 나 사실 다른 사람을 좋아하게 됐어. 지난번에 네가 정문에서 본 사람 생각나지? 그 사람을 많이 좋아해."

혜지는 날 뭐라고 생각할까. 다른 사람이 좋다고 말하는 나를 욕할까, 선우를 불쌍하다고 생각할까. 직설적인 성격의 혜지였기에 침이 바짝 말랐다.

"그랬구나."

예상과 달리 혜지는 내 어깨에 손을 올려 토닥여 주었다. 토닥거리는 규칙적인 진동이 위로가 되었다.

"…선우 오빠 이야기는 안 물어봐?"

"난 선우 선배 후배이기 전에, 네 친구잖아. 아모르파티. 영원히 반복될 삶인데, 후회 없이 순간에 충실해야지."

"고마워, 혜지야."

작은 한숨을 내쉬며 말했다.

"좋아하는 사람이 생긴 건 기쁜 일인데, 왜 그렇게 힘들어 보여?"

"그 사람 마음이 헷갈려. 날 좋아하는 것 같았는데, 요즘은 아닌 것 같기도 하고."

"그럼 단도직입적으로 물어봐. 물론 아니라고 하면 괴롭겠지만, 어중간한 사이보다는 깨끗하게 정리된 관계가 마음 편하지 않아?"

혜지다운 깔끔한 방법이었다. 내가 원하는 것은 무엇일까. 머리가 혼란스러워서 한동안 바닥만 바라보았다.

"이제 들어갈까? 교수님 기다리시겠다."

그녀의 말에 함께 계단을 내려가다 멈췄다.

"혜지야, 미안한데 나 먼저 가 볼게. 마무리 좀 부탁해도 될까?"

"갑자기 어딜 가려고?"

"네 말대로 용기가 생겼을 때 부딪혀 보려고."

그런 나를 보고 혜지는 빙긋 웃었다.

시계를 보니 유현이가 아르바이트를 마치기 30분 전이었다. 빠른 속도로 카페를 향해 달렸다.

"여름아, 웬일이야?"

카페에 들어서자 사장님이 반갑게 맞이해 주셨다.

"지나가다 들렀어요. 마감 청소 도와드릴까 하고요."

"그럼 나야 고맙지. 얘들아, 여름이가 청소 도와준대. 오늘은 좀 더 일찍 퇴근해도 되겠다."

사장님께서 주방을 향해 말씀하시자 유현이랑 다른 아르바이트생이 고개를 내밀었다.

"유현아, 오늘 일 끝나고 같이 야식 먹을래? 할 말도 있고."

유현이는 놀란 듯했지만, 이내 침착하게 말했다.

"미안. 나 내일 아침 일찍 할머니 병원 가 봐야 해서."

"그래? 그럼 같이 퇴근하는 건 괜찮지?"

"응. 근데 너 술 마셨어?"

"얼굴 빨개? 에고, 조금밖에 안 마셨는데. 내가 홀 닦을 테니, 너도 커피 머신 마감 얼른 해. 일찍 퇴근하자."

화장실 거울에 비친 얼굴은 불타듯 엉망이었다. 얼마나 마셨지? 용기를 내어 그에게 왔는데 혹시 술주정처럼 보이진 않을까 걱정됐다. 주머니에서 사라진 나를 찾는 진동이 울렸지만, 유현이에게 집중하기 위해 핸드폰을 껐다. 크게 심호흡을 한 뒤, 손에 물을 묻혀 뺨을 톡톡 두드렸다. 정신 차리자, 백여름.

마감 청소를 하고 밖으로 나오자 부슬부슬 비가 내리고 있었다.

"내일부터 가을장마라더니, 벌써 비가 오네. 우산도 없는데."

유현이가 걱정되는 목소리로 말했다.

"이 정도 비는 맞아도 좋지. 오늘은 술도 깰 겸 내가 너 데려다 줄게."

"감기 걸리지 않겠어?"

"감기는 무슨, 얼마나 튼튼한데."

건물에서 나와 하늘을 바라보았다. 얼굴에 톡톡 닿는 비에 기분이 좋아서 빙그르르 돌자 유현이는 그게 뭐냐며 풋 하고 웃었다.

"그래, 그럼 나도 한번. 나 사실 비 맞는 건 처음이야."

그가 손으로 이마를 짚은 채 내 옆으로 다가왔다.

"왜? 비 맞는 거 싫어해?"

"어릴 때 몸이 좀 약했거든. 그래서 할머니께서 무슨 일이 있어도 비는 절대 못 맞게 하셨어."

"정말? 그럼 지금이라도 편의점 가서 우산 살까?"

"아냐, 어릴 때 이야기지 뭐. 우리 음악 들으면서 갈래?"

"비 오는데 어떻게 음악을 들어? MP3에 물 다 들어갈걸."

"가방에 넣고 제일 큰 소리로 틀면 될 것 같은데?"

유현이는 문 닫은 가게 처마 아래에서 비를 피하며 MP3를 꺼냈다. 그의 선곡은 어김없이 제인 노래였다. 사람이 몇 명 지나다니지 않는 거리에, 가방 속에서 나지막이 들려오는 제인의 음색이 감미로웠다. 우리는 노래를 흥얼거리며 발 맞춰 걸었다. 빗소리와 음악 소리 때문에 대화를 하려면 조금 더 가까이 붙어야 했다. 그러다 보니 자연스레 유현이의 손등과 내 손등이 계속 부딪혔다. 힘줄이 튀어나온 그의 살결과 토독이며 떨어지는 빗방울, 제인의 노랫소리가 어우러지자 마음이 간질거렸다.

"저기, 유현아. 사실 할 말이 있는데……."

그는 말없이 나를 향해 고개를 돌렸다. 긴장됐지만 숨을 한 번 크게 들이마신 후, 그의 온기를 느끼며 물었다.

"넌 나 어떻게 생각해? 나는……."

후드득— 갑자기 가랑비가 장대비로 변하며 세차게 내렸다.

"여름아, 잠깐 여기 공중전화 박스 안에서 기다리고 있어. 우산 사 올게."

그가 횡단보도 건너편에 있는 가게를 가리키며 말했다.

"나도 같이 가자."

"아냐, 혼자 갔다 올게. 너 감기 걸리면 안 되니까."

"비 맞으면 감기 걸리는 사람은 내가 아니라 너잖아."

소리쳤으나 그는 들리지 않는 듯 빠르게 뛰어갔다. 그가 뛰어가는 걸 지켜보는데 누군가 나를 부르는 소리가 들렸다.

"여름아!"

뒤돌아보니 선우가 헐레벌떡 뛰어오고 있었다.

"어… 왜 여기 있어?"

그가 왜 여기서 내 이름을 부르고 있는가에 대해 생각한다고 잠시 사고 회로가 멈췄다.

"혜지가 너 일찍 갔다고 하더라고. 너 우산 안 가져왔을 텐데 갑자기 비도 오고. 전화도 꺼져 있길래……."

"그래서 나 찾으러 뛰어 왔다고? 왜?"

"그냥 네가 걱정이 돼서……."

"…그걸 왜 오빠가 걱정을 해."

"미안해, 여름아. 잊어야 하는데 자꾸 생각나. 시험 공부한다고 너한테 못 해 준 것들만 떠올라서 힘들어. 내가 정말 잘할게. 한 번만 더 기회를 주면 안 될까?"

"아냐. 오빠 난…. 난 마음속으로 수십 번 수백 번도 넘게 헤어짐을 상상했어. 후회하지 않으려고 오래 고민하고 이야기한 거야. 지금 많이 취한 것 같으니 얼른 가서 쉬어."

"미안해, 여름아. 끝났다는 걸 아는데 마음대로 잘 안 돼. 취했나 보다. 미안해."

"괜찮아, 하지만 다음부터는 이런 일 없었으면 좋겠어. 불편해."

"그래, 미안해. 대신 마지막으로 부탁 하나 하자. 이 우산 네가 쓰고 가. 너 비 맞는 거 보고 싶지 않아."

"안 쓸래. 가져가."

그는 싫다는 내 대답을 듣지도 않은 채 억지로 내 손에 우산을 쥐여 주고 빗속으로 뛰어갔다. 처음 보는 약한 뒷모습이 안쓰러웠지만, 유현이가 더 중요했다. 내 선의가 누군가에겐 상처가 된다는 걸 알기에, 선우에게 일말의 여지도 주지 않겠다고 다짐했다.

선우의 뒷모습이 사라질 때쯤, 거센 비에 몸이 으슬으슬 떨리기 시작했다. 유현이는 왜 이렇게 안 오지? 우산 사러 멀리까지 간 건가 싶어 유현이를 찾아 나섰다. 그러나 건너편 가게에도, 그다음 골목에도 그가 보이지 않아 전화를 걸었다.

"유현아, 어디야?"

"너 바쁜 것 같아서, 집으로 가는 중이야. 우산도 있는 것 같길래."

"아, 봤어? 그냥 잠깐 이야기만 나눈 거야. 내가 그쪽으로 갈게. 오늘 꼭 하고 싶은 말이 있거든."

힘들게 마음먹은 만큼, 꼭 오늘 유현이에게 마음을 전하고 싶었다.

"할 말? 혹시 아까 너 어떻게 생각하냐고 했던 거? 당연히 좋은 친구라고 생각하지. 뭘 그런 거 물으려고 우리 집까지 와. 비도 오는데 조심히 들어가."

그는 아무렇지 않다는 듯 평소와 다를 바 없이 말했다. 그의 말투는 차갑지 않았지만, 그 안에 담긴 말들은 가시가 되어 나를 아프게 했다.

"…혹시 화났어?"

"내가 뭐라고 화가 나겠어. 화날 일은 없지. 난 그저 힘들고 싶지 않을 뿐이야."

"힘들다니, 그게 무슨 말이야? 일단 만나서 이야기하자. 아직 내 얘기 안 들었잖아."

"여름아, 미안하지만… 듣고 싶지 않아. 우리 잘 지내 왔잖아. 계속 지금처럼 잘 지내자."

그는 다정하게, 하지만 단호히 말했다. 전화를 끊고 있는 힘껏 유현이 집을 향해 달렸다. 한의원에 도착해서 무턱대고 엘리베이터에 탔지만, 그의 집이 몇 층인지 알 리 없었다. 전화를 걸었으나 그의 핸드폰은 꺼져 있었다. 내가 할 수 있는 건 그저 흐르는 눈물을 닦으며 입술을 깨문 채 새어 나오는 소리를 막는 것뿐이었다.

알 수 없는 그 계절의 끝

내 마음도 모른 채 쏟아져 내리는 장맛비를 맞으며 집으로 돌아왔다. 선우가 준 우산이 있었지만, 그 우산을 쓰면 안 될 것 같았다. 흐르는 빗속에서는 내 울음소리가 새어 나오지 않겠지. 빗소리에 숨어 많은 감정을 비워 냈다.

집에 도착하니 포근한 노란 이불이 보였다. 이불 속에 들어가서 몸을 녹이니 마음이 조금씩 진정됐다. 그때, 유현이에게 문자가 왔다.

[여름아, 잘 들어갔지? 마음이 쓰이네. 우리, 어색해지지 말자.]

내 진심을 듣지도 않고선 예전처럼 지내자고 말하는 그가 미웠다. 하지만 내게 남아 있는 선택지는 없었다. 옆에 있을 수만 있다면 어떤 관계여도 괜찮았다. 아니, 괜찮지 않지만 견뎌야 했다. 그가 더 이상 가까워지지 않기를 원한다면 지난 생의 유현이처럼 그의 마음이 열릴 때까지 기다리면 되는 문제였다.

그렇게 결심하고 나니 마음이 한결 편안했다. 그와 내가 같은 마음이 아닌 건 아쉽지만, 그건 내 마음대로 할 수 있는 일이 아니니. 차라리 잘된 일이다. 무턱대고 고백부터 했으면 그와 영영 보지 못하게 되었을 텐데. 내 입을 막아 준 거센 비가 오히려 고마웠다. 아주 가느다란 끈이라도 그와 이어져 있다면 그것만으로도 지난번

보다는 나은 삶이니. 크게 숨을 들이쉬고 나서 그에게 답장했다. 감정을 숨긴 채 드러내고 싶은 모습만 보여 줄 수 있다니, 문자란 얼마나 편리한가.

[응. 감기 조심하고 수업 때 봐.]

D-354

화요일 오전, 떨리는 마음으로 강의실 문을 열었다. 강의실 중간쯤에 유현이가 앉아 있는 것이 보였다. 멈칫했지만, 마음을 다잡고 유현이에게 다가갔다.

"여름아, 왔어? 내가 자리 잡아 뒀어."

유현이는 책상 위에 올려 둔 가방을 내리며 말했다.

"응. 고마워."

"오늘 전공 수업 끝나고 뭐 해? 정문에 만화방 생겼던데 같이 갈래?"

"…그러자. 재미있겠네."

긴장했던 나와 달리 그는 평소와 똑같았다. 나만 마음이 아픈 걸까. 그때, 가을 씨가 다가왔다.

"유현 오빠! 오늘 수업 안 올 줄 알았더니 왔네요? 감기 걸려서 주말 동안 아무것도 못 했다면서요. 이제 괜찮은가 봐요?"

"네. 괜찮아요."

"그럼, 이제 저랑 같이 밥 먹을 수 있어요?"

유현이는 당황스러운 듯 그녀를 바라보았다.

"여름이랑 같이 만화책 보러 가기로 해서요. 그리고 가을 씨, 미안하지만 이러시는 거 조금 불편해요."

"네. 근데 이제 반소매 입고 다니긴 춥지 않아요? 여름 지나고 가을이 오는 것 같은데."

그녀는 의미심장한 말을 남기고서 자신은 전혀 상처받지 않았다는 듯, 살짝 미소 지으며 친구들에게 돌아갔다. 혹시 저 아이 때문에 내 고백을 듣지도 않으려 한 걸까. 근데 왜 만남은 거절하는 건지 머릿속이 복잡했다. 어려운 수수께끼 앞에 마주한 기분이었다.

"너 주말에 아팠어? 비 맞아서 그런 거야?"

차마 번호를 교환했냐고 물을 수는 없었다.

"그런가 봐. 여름인데 감기나 걸리고. 정작 여름이는 멀쩡한데 말이지."

그가 킥킥대며 웃었다. 마치 며칠 전 일은 하나도 생각 안 나는 것처럼. 모든 걸 까맣게 잊은 것처럼.

그 후로 우리는 아무 일도 없었다는 듯이 함께 시간을 보냈다. 평일 공강 시간엔 오락실이나 만화방에서 웃고 떠들었고, 주말엔 맥주를 마시며 산책로를 거닐었다. 함께하는 동안 마음을 고백하려 했지만, 그는 번번이 다른 말로 화제를 돌리기 일쑤였다. 그에게 우리가 무슨 사이냐고 묻고 싶었지만, 그럴 수 없었다.

그저 아모르파티. 이 순간을 즐기기로 했다. 우리 관계를 규정짓지 않은 채, 이 순간의 행복감을 만끽하기로. 우리는 손을 잡는 등의 스킨십을 제외한, 연인이 할 수 있는 모든 걸 함께했다. 그러나 이 기쁨은 밤이 되면 사라졌다. 밤에 침대에 누울 때면, 서로를 구속하지 않는 이 관계가 사무치게 외로웠다.

괴롭다. 그를 온전히 내 편이라 밝힐 수 없는 것이. 그를 특별하게 생각하면서도 겉으로는 다른 친구와 같은 척하는 것이. 내가 그에게 하나밖에 없는 유일한 존재가 아니라는 것이.

오늘이 영원히 반복되어도 난 행복할까?

유현이와 이렇게 가까이서 웃고 떠들고 일상을 공유하는 정도라면, 평생 반복해도 괜찮은 삶일까. 모든 것에 만족할 순 없다며 마음을 다잡으려 했지만, 사실은 받아들이기 어려웠다. 나를 보는 저 반짝이는 눈빛, 늘 올라가 있는 입꼬리와 쉴 새 없이 주고받는 대화들. 이 모든 게 호감이 아니란 말인가. 너의 눈빛은 분명, 나를 좋다고 말하던 과거의 네 눈과 같은데, 왜 너의 입에서 나오는 말은 짙은 선을 긋고 있는지. 난 네가 너무 어렵다.

D-345

"여름아, 내일 MT 가는 날이네. 너네는 몇 시에 출발해?"

9월 셋째 주 목요일, 함께 식사를 하던 중 유현이가 물었다.

"우린 11시에 출발해. 도착하면 12시쯤?"

"그렇구나. 내일 교수님은 학회 일정이 생겨서 못 오신대. 그래서 말인데, 괜찮으면 우리 과랑 같이 놀래? 대신 우리가 술이랑 고기 많이 사 갈게. 운전하는 애들도 있어서 무거운 거 많이 들고 갈 수 있거든."

"그래? 술 들고 가는 게 늘 일이었는데 잘됐다. 애들한테 전화해서 물어볼게. 아마 좋아할 거야. 네가 운전하는 거야?"

"아니, 난 잘 못해."

"그렇구나. 운전할 수 있는 사람 있으면 너무 편하겠다. 그럼 부탁 좀 할게!"

D-344

다음 날, 동기들과 마트에서 장을 본 후 벽화 마을에 도착했다. 보통 MT는 바닷가나 계곡으로 많이 가는데, 왜 이번엔 산에 있는 벽화 마을이냐면서 툴툴대던 동기들도 그곳의 예쁜 벽화와 한적한 풍경을 보자 불만이 쏙 들어간 듯했다.

"우와! 여기서 내려다봐. 절경이다. 너무 멋진데?"

혜지가 말했다.

"그렇지? 짐 풀고 나서 사진 찍으러 가자. 여기 예쁜 곳 엄청 많아."

우리는 벽화 마을을 한 바퀴 돌며 구경한 후, 숙소로 돌아왔다. 앉아서 쉬고 있는데 어깨가 축축해졌다.

"한 판 하셔야지?"

민주가 물총을 들고서 혀를 날름거렸다.

"이민주, 너 먼저 시작하는 게 어딨냐? 반칙이야. 우리 물총도 얼른 줘."

혜지가 얼굴에 튄 물을 닦으며 말했다.

"그래. 정비할 시간 30초 줄게."

민주 말에 우리는 물총에 허겁지겁 물을 받아 넓은 마당에서 아이처럼 뛰어놀았다. 혜지는 물총으로 만족할 수 없는지, 수도꼭지

ᅟ

ᅟ

ᅟ

ᅟ

ᅟ

ᅟ

ᅟ

ᅟ

ᅟ

ᅟ

ᅟ

ᅟ

ᅟ

ᅟ

ᅟ

ᅟ

ᅟ

ᅟ

ᅟ

ᅟ

ᅟ

ᅟ

ᅟ

ᅟ

ᅟ

ᅟ

ᅟ

ᅟ

ᅟ

ᅟ

ᅟ

ᅟ

ᅟ

ᅟ

ᅟ

ᅟ

ᅟ

ᅟ

ᅟ

ᅟ

ᅟ

ᅟ

에 호스를 연결해서 우리를 향해 뿌렸다. 그에 대항하기 위해 혜지의 팔에 물총을 쏘는데 혜지가 하얗게 질린 얼굴로 호스를 바닥에 떨어트렸다.

"앗, 빈틈이다. 백여름, 공격하자!"

혜지는 민주의 말에 대꾸하지 않고 내 뒤를 응시했다.

"앗! 죄송해요. 어떡해……."

"뭐야, 갑자기 왜?"

뒤를 돌아보니, 물에 젖은 유현이와 친구들이 보였다.

"아…. 괜찮아요. 지난번에 한번 뵀었죠? 안유현입니다. 저희가 술 좀 가지고 왔는데, 어디 두면 될까요?"

"정말 죄송해요. 술은 저한테 주세요. 정말 죄송해요."

혜지는 미안해서 어쩔 줄 모르겠다는 표정으로 발을 동동 구르며 연신 사과했다.

"정말 괜찮아요. 대신, 짐 풀고 나면 그대로 갚아 줄 거예요."

유현이의 농담에 그제야 혜지는 안심이 된 듯 웃었다.

"유현아, 갈아입을 옷 있어? 에고, 다른 분들도 많이 젖으셨네요. 죄송해요."

유현이의 가방에 묻은 물을 털어 내며 말했다.

"괜찮아요. 여름 씨죠? 전 유현이 룸메이트 이성민이에요. 오늘 노는데 저희도 끼워 주셔서 감사해요."

그가 손을 내밀며 말했다.

"술도 가져다주셨는데 저희가 더 감사하죠. 오늘 같이 즐거운 시간 보내요."

그 얼굴을 어찌 잊을 수 있으랴. 지난 생에 그의 장난으로 유현이와 헤어지게 되었으니. 물론 그의 탓을 할 생각은 없다. 모두 내 잘못이었다.

짧게 통성명을 한 후 그들이 짐을 정리하러 간 사이, 민주가 내 팔을 찌르며 말했다.

"여름아, 오늘 저분들이랑 같이 노는 거야? 잘생긴 사람 되게 많다. 으아아 고마워 정말!"

"야, 이민주! 너 남자 친구랑 헤어진 지 얼마나 됐다고 그러냐."

옆에서 혜지가 민주에게 핀잔을 주었다.

"원래 사랑은 사랑으로 잊는 거야, 몰랐니? 너 지금 남자 친구 있어서 제대로 못 노니까 괜히 질투하는 거지? 김혜지 너도 그냥 놀아. 과팅도 제대로 못 해 봤잖아."

"무슨 소리야. 정말 못하는 말이 없다니까."

동기들은 신이 난 듯 까르르 웃었다.

시간이 좀 지난 후, 유현이와 친구들은 해먹과 커다란 평상 여러 개를 들고 나왔다.

"우와, 해먹도 들고 다니시나 보네. 사람 많으니 좋긴 좋다. 이런 것도 해 보고."

"그러게. 우린 늘 물총이 전부였는데 말이야. 내가 가서 도와줘야겠어."

민주는 쪼르르 달려가서 유현이 친구들과 어울렸다. 해가 질 무렵, 우리는 커다란 평상에 둘러앉아 삼겹살을 구우며 술잔을 돌렸다. 아이엠 그라운드 자기소개 하기, 팅팅 탱탱 프라이팬 놀이, 당연하지 게임을 하다 보니 시간 가는 줄 모르게 즐거웠다. 한참 흥이 오르던 중, 성민이 말했다.

"제가 약대에서 매운 거 제일 잘 먹는데 혹시 저랑 대결할 분 계십니까?"

"무슨 소리세요. 우리 혜지가 더 잘 먹어요!"

민주가 혜지 손목을 들고 흔들며 말했다. 혜지는 민주를 쏘아봤지만, 싫지 않은 듯 보였다.

"그럼 약학과 대 철학과로 붙읍시다! 이건 절대 질 수 없는 자존심 싸움이에요!"

성민의 말에 약학과 동기들이 박수를 쳤다. 우리도 질 수 없어 혜지를 향해 환호를 보냈다. 그렇게 성사된 학과 대항전, 청양고추를 잔뜩 넣은 라면을 먹는 그들의 얼굴을 빨갛다 못해 터질 것만 같았다.

모닥불을 피워 캠프파이어를 하자 분위기가 한층 고조되었다. 모두 술기운이 잔뜩 올라와서 흥겨운 대화가 이어졌다. 내가 요즘 유행하는 말장난을 했더니 유현이 친구 중 한 명이 활짝 웃으며 "여름 씨, 정말 귀여우시네요."라고 말했다. 그 말을 듣고 혹시 유현이는 어떻게 생각할까 싶어 바라보았지만, 유현이는 무표정으로 "주정뱅이야."라고 말할 뿐이었다.

"안유현, 그게 네가 할 소리냐? 여름 씨, 애 술 더 마시면 진짜 웃겨요. 완전 주정뱅이가 따로 없다니까요."

그의 말에 모두가 웃었다.

밤이 무르익고 친구들은 한 명씩 취해서 잠이 들었다.

"내가 노래 한 곡 할게."

술기운에 얼굴이 빨갛게 달아오른 유현이가 일어서자, 성민이 또 시작이라며 손사래를 저었다.

"쟤 말려. 철학과분들 다 들어가시겠다."

"왜요, 궁금한데! 들어 봐요, 우리!"

민주가 재밌다며 손뼉을 쳤다.

유현이는 성민의 만류에도 소주병에 숟가락을 넣은 후, 제인의 노래를 불렀다. 그가 딱 두 소절을 불렀을 때, 주위에 있는 모든 사람이 다 배를 잡고 웃었다. 처음 보는 모습에 나 역시 웃음을 멈출 수가 없었다. 그는, 음치였다. 그것도 정말 심각한 음치. 박자 무시, 음정 무시, 맞는 것은 가사뿐이었다.

모두가 웃었지만, 그는 꿋꿋하게 노래를 이어 갔다. 누구의 눈치도 보지 않고 눈을 감은 채 노래에 심취한 그의 모습이 너무 예뻤다. 그런 그를 보니 입가에서 미소가 떠나지 않았다.

1절을 모두 부른 뒤, 눈을 뜨고 나를 응시하는 그의 눈빛에 심장이 멎을 뻔했다. 그의 눈빛을 마주하자 친구들의 웃음소리는 들리지 않았다. 오직 유현이의 두 눈만 보였다. 성민이 그만하라며 숟가락을 빼앗았을 때야, 주변 소리가 들렸다. 잠시 동안 다른 세상에 와 있는 느낌이었다.

"어, 얘들아 위에 좀 봐. 별 정말 많아."

혜지가 위를 보며 말했다.

우리는 모두 '와!'라는 감탄사만 내뱉으며 반짝이는 별을 감상했다. 황홀하다는 표현은 이럴 때 쓰는 거겠지.

"벌써 2시네. 이제 자러 가자."

약학과 학생의 말에 사람들은 하나둘씩 숙소로 들어갔다. 유현이는 해먹에 누운 채 하늘을 응시했다.

"안유현, 여기 누워 있다가 잠들면 안 돼. 얼른 들어가자."

성민이 말했다.

"아냐. 별이 너무 예뻐서 조금 더 보고 싶어."

"네 고집을 누가 말리겠어. 그럼 먼저 들어간다."

걱정됐지만 다 같이 숙소로 들어가는 분위기라 나도 함께 들어왔다. 누워서 동기들이랑 이야기를 나누다 보니 어느새 새근새근 숨소리만 들렸다. 혹시 몰라 담요를 들고 마당으로 나가니, 유현이는 여전히 해먹에 누워서 하늘을 바라보고 있었다. 혼자서 무슨 생각을 하는 걸까.

"유현아, 아직 여기 있었네?"

담요를 덮어 주며 말했다.

"응. 별이 너무 예뻐서. 별을 보면 모든 걱정을 다 내려놓게 돼. 내가 너무 작은 존재인데 분수에 안 맞게 걱정을 많이 하나 싶기도 하고. 난 별 조금만 더 보다가 들어갈 테니 걱정 말고 들어가서 자."

"아냐, 나도 잠이 안 와서."

건너편에 있는 해먹에 앉았다.

"지금 아무도 없으니까 말인데, 내가 비밀 하나 말해 줄까?"

그가 몸을 일으켜 앉으며 말했다.

"비밀? 뭔데?"

"나 사실 외계인이야. 초능력이 있어."

그는 짐짓 진지한 얼굴로 말했다.

"뭐? 그럼 나 공중 부양 보여 줘."

나는 크게 웃음을 터뜨렸지만, 그는 장난이 아니라는 듯 나를 바라보았다.

"그건 못 해. 하루에 한 번씩만 할 수 있는데, 아까 별 본다고 능력을 썼어."

"그래? 그럼 순간 이동은?"

"할 수 있지. 눈 감아 봐."

눈을 감자 그가 움직이는 소리가 나서 피식 웃음이 새어 나왔다. 눈을 뜨자 그는 해먹을 묶은 나무 뒤에서 빼꼼 고개를 내밀고 있었다.

"대단한데. 다른 능력도 있어?"

웃음을 참으며 물었다.

"응. 마음을 읽는 초능력."

"그래? 그럼 내가 지금 무슨 생각 하고 있는데?"

"말해도 되겠어? 말하면 네가 부끄러워질 것 같은데?"

"뭐라는 거야."

애써 웃음 지으며 말했다. 그냥 던져 본 말이겠지만, 사실이었다. 난 그와 손을 잡고 싶다는 생각을 했으니까.

어색한 기운에 짧은 정적이 흘렀다. 그는 지금 무슨 생각 중일까. 우리는 한동안 말없이 하늘에 뜬 별만 응시했다.

"띠링띠링—"

침묵을 깬 그를 바라보았다. 그는 해먹에 걸터앉은 채 나를 바라보고 있었다.

"응?"

"띠링띠링, 왜 전화 안 받아."

그는 엄지손가락과 새끼손가락을 펴서 전화기 모양을 만들어

알 수 없는 그 계절의 끝

귀에 가져다 대며 다시 한번 말했다.

"어? 여보세요? 이렇게?"

당황스러웠지만 유현이처럼 손으로 전화 모양을 만들어 귀에
가져다 댔다.

"성민아, 나 너무 힘들어."

"성민이? 유현아, 너 뭐 하는 거야? 혹시 아직 술 덜 깼어?"

그가 하는 말과 행동이 이해되지 않았다. 그는 내 말에 대답하지
않고 자기가 할 말을 이어 갔다.

"정말 너무 힘들어. 별을 보면 난 참 보잘것없는 존재인데, 왜 이
렇게 힘이 드는 걸까."

"…무슨 일 있어?"

힘들다고 말하는 그의 표정을 보니 진심인 것 같아서 마음이 아
팠다. 내가 모르는 어떤 일이 있었던 걸까.

"나, 남자 친구 있는 애를 좋아하게 됐거든."

이게 무슨 마른하늘에 날벼락 떨어지는 소리란 말인가. 유현이
가 좋아하는 사람이 있어서 날 밀어낸 건지도 모르고…. 마음이 너
무 아팠다. 내 1년은 어떻게 되는 거지. 하긴, 모두에게 주어지는 1
년인데 누구나 후회 없이 살 수는 없는 거겠지.

"…그랬구나. 힘들겠네."

울컥하는 마음을 꾹 누르며 한 글자씩 힘주어 뱉었다.

"응. 남자 친구 있다는 걸 아는데 그 사람에게 자꾸 눈길이 가. 같이 걸을 때, 손등이 부딪치면 그 손을 잡고 싶어. 그 사람이 웃을 때면… 으스러지게 껴안고 싶어."

"그 사람은 네 마음 알아?"

가슴이 시렸지만, 애써 마음을 다잡으며 물었다. 내 마음대로 안 된다고 아이처럼 투정만 부릴 순 없는 일이었다.

"아니, 모를걸."

"왜?"

"좋아한다는 말을 못 했거든. 이 관계가 끝날까 봐 두려워서."

"그 사람도 너한테 마음이 있을 수도 있잖아. 너답지 않게 왜 눈치만 봐."

"설령 그 사람이 나를 좋아하더라도 나를 선택하지 않을 거야."

"그게 무슨 말이야? 너를 좋아하는데 선택하지 않는다니. 대체 그런 사람이 왜 좋은데?"

화가 났다. 내가 이토록 바라는 유현이를 힘들게 하는 사람이라니. 게다가 남자 친구도 있는 사람이라니. 유현이 너는 지난 생에

알 수 없는 그 계절의 끝

서도 그렇더니, 왜 이번 생까지 힘들게 사니. 그 사람이 내가 아니라는 것보다 유현이가 이번 생에서도 마음 아파한다는 사실이 더 속상했다. 유현이는 사랑받아 마땅한 사람인데, 그러지 못한 운명을 타고난 것일까.

"그냥 좋아, 그냥. 첫눈에 반했어."

지난 생에서 유현이가 내게 고백했을 때 했던 말이었다. 나한테만 하는 말은 아니었구나 싶어 마음이 허했다.

"어디서 처음 만났는데?"

"일하는 곳에서."

"일하는 곳이면 우리 카페? 손님이었어? 아님 진아 언니?"

"성민아, 너 진아 누나 알아? 게다가 언니는 또 뭐야."

아차, 우리 카페에 있는 사람이란 말에 너무 흥분하고 말았다. 그가 술을 많이 마시긴 했지만, 앞에 있는 나도 못 알아볼 정도라니. 처음엔 그냥 장난이라 생각했는데 그의 표정이 점점 심각해 보였다. 친구들이 말한 술주정이 노래가 아니라 이런 것이었나.

"네가 지난번에 말해 줬잖아. 일할 때 많이 도와준다고."

내 말에 그는 허공을 바라보며 말했다.

"그랬나? 근데 그 누나 말고. 카페에 면접 보러 간 날 만났어. 아

244

르바이트는 처음이라 떨리는 마음으로 들어갔는데 카운터에서 누가 엄청 밝은 목소리로 인사하는 거야. 그 사람은 내가 손님인 줄 알았겠지? 카운터에서 서성거리면서 서 있으니까 '뭐 주문하시겠어요?' 하고 웃으며 묻더라고. 그 미소를 보는 순간 머리가 멍해졌어. 내가 면접 보러 왔다고 하니까 사장님 잠시 자리 비우셨다며 커피를 한 잔 주더라. 같이 일하게 되면 좋겠다면서. 난 커피 마시면 잠을 못 자거든? 그래서 뜬눈으로 밤새 누워 있는데 계속 그 사람 얼굴이 떠오르더라고. 다행히 면접은 붙었는데 일하는 요일이 달라서 못 만났어. 그러다가 한 달쯤 뒤에 여기 답사 오면서 만났어. 정말 그 사람만 보인다는 말이 무슨 말인 줄 알겠더라. 눈물 날 뻔했지 뭐야."

그의 말을 듣는 시시각각 내 표정이 변했다.

오래 전, 카페에 면접 온 사람이 생각났다. 안경을 쓰고 있어서 몰랐는데, 그 말을 듣고 보니 유현이와 목소리가 똑같았다. 그래서… 지금, 내 이야기를 하는 거지? 나를 좋아한다고 말하는 거지? 근데 왜 나를 밀어낸 거지? 내가 아무 대답도 하지 않자 그가 나를 빤히 바라보며 말했다. 술 취한 사람의 눈빛이 아니었다.

"내가 그 사람을 너무 좋아하는데, 더 이상 만나지 못할까 봐 겁이 나."

무슨 말을 해야 할지 모르겠어서 아무 말도 할 수 없었다. 우리는 같은 마음이었던 건가. 그것도 모르고 서로 힘들어했던 건가. 나도 좋아한다고 말해야 했는데, 너무 놀라고 기뻐서 말 대신 눈물이 흘렀다. 그런 나를 지그시 보더니 그가 말했다.

"백여름, 너 왜 그러는데. 왜 남자 친구 있으면서 나한테 잘해 주는데. 애써 붙잡고 있는 마음 흔들리게, 너 정말 나쁘다."

그는 마음이 후련한 동시에 후회되는 듯, 인상을 찡그리며 고개를 푹 숙였다. 머리를 숙인 그에게 다가갔다.

"아냐, 나 남자 친구 없어. 나도 유현이 너 좋아해. 그것도 아주 많이."

그는 말없이 고개를 들어 물을 머금은 눈으로 나를 바라보았다. 나는 그 옆에 앉아 그의 손등 위에 손을 살포시 올렸다. 손에 느껴지는 그의 체온에 모든 걸 맡기고 싶었다. 그의 어깨에 얼굴을 묻자 그는 한동안 가만히 있다가 그제야 실감이 나는지 떨리는 목소리로 물었다.

"그러니까… 여름이 너도 내가 좋다고? 진심이야?"

"응. 나도 유현이 네가 좋아."

그의 손가락 사이로 내 손가락이 부드럽게 파고들었다.

"아……. 너무 신기하다. 내가 좋아하는 사람이 날 좋아할 확률은 굉장히 희박하다고 생각했거든. 이 많은 사람 중에 같은 마음인 게 참 신기하고 소중한 일이잖아."

떨리는 입술로 한 글자씩 내뱉는 그의 목소리에 내 입가에는 금세 웃음이 번졌다.

"내가 유현이 너 좋아하는 줄 몰랐어? 여러 번 말하려 했는데 그때마다 네가 말을 돌려서 난 네가 나 싫어하는 줄 알았어."

"혹시 그 말일까 싶긴 했는데…. 남자 친구 있는 채로 그 이야기 하는 게 싫었어. 끝이 정해진 관계잖아. 네 마음이 그렇다고 해도 넌 남자 친구를 택할 거라고 생각했어."

"왜?"

"여름이 넌 책임감도 강하고, 싫은 소리도 못하고……. 그리고 나한테 진심이라면 남자 친구랑 헤어지는 게 먼저라고 생각했거든. 네가 그냥 스쳐 지나가는 감정으로 말해 버리면, 우리 관계는 돌이킬 수 없으니까. 그냥 서로 좋아한단 것만 알고 우리 관계가 끝날까 봐."

"대체 왜 남자 친구 있다고 생각한 거야? 난 남자 친구 이야기한

적 없는 것 같은데."

"우리 답사 간 날, 여름이 네 남자 친구한테 전화 왔었잖아."

"아… 맞아, 그때는 남자 친구 있었지. 근데 그날 헤어졌어."

"그랬구나. 계속 만나는 줄 알았어. 정문에서 마주쳤을 때도 네가 남자 친구 따라갔고, 철학과 동기들 앞에서도 나 피하는 것 같았거든. 또… 비 오는 날, 나 우산 사러 간 사이에 남자 친구랑 안고 있었잖아."

"내가? 아냐 그럴 리가. 그땐 이미 헤어진 뒤였는걸. 절대 아냐. 나한테 남자 친구 있는지 물어보지……."

대체 어떤 상황이 그렇게 보인 걸까. 비가 너무 많이 와서 잘못 본 걸까. 세차게 내리던 비가 원망스러웠다.

"사실 너희 과 사람한테 물어봤었어. 내 동기랑 너희 과 1학년이 기숙사 룸메이트더라고. 그래서 물어봐 달라고 했는데… 예쁘게 만난다고 하더라고."

"그랬구나. 1학년이라서 내가 헤어진 줄 몰랐나 봐."

"그러게. 너한테 직접 안 물어보고 뒤에서 묻고 다녀서 미안해. 너한테 직접 물어보면 네가 나랑 만나는 데 죄책감을 느낄 것 같아서. 친구로라도 옆에 있고 싶었어."

"그랬구나. 아냐, 지금이라도 서로 오해를 풀었으니 괜찮아. 근데 사실 난 네가 가을 씨 좋아하는 줄 알았어. 따로 연락하는 것 같길래⋯⋯."

"가을 씨가 모둠 과제 같이 하는 형님들께 내 번호를 물어봤나 봐. 연락 오길래 가을 씨한테 나는 너 좋아한다고 말했어."

"나 좋아한다고 말했는데도 그렇게 계속 다가오는 거야? 대단하네. 사실 가을 씨는 같은 여자가 봐도 멋있어, 자기 마음에 솔직하고 당당하고."

"그런가? 난 너밖에 안 보여, 여름아. 나는 사계절 없이 영원히 여름에 살고 싶어."

우리는 해먹에 앉아 별을 보며 그동안 있었던 일에 대해 두런두런 이야기를 나눴다. 한 달 동안 서로에게 마음이 향했으면서 각자 가슴 아파하고 고민했던 일들이 많았다. 진작 알았으면 더 좋았겠지만, 지금이라도 알게 되어서, 너와 나의 마음이 같아서 기뻤다.

"유현아, 나 사실 내가 먼저 고백하고 싶었어. 나 한 번도 고백 안 해 봤거든."

"그래? 그럼⋯ 고백 취소! 없던 일로 하자. 나 초능력 있으니까 내가 시간을 뒤로 돌릴게. 자, 이제 됐어!"

"뭐래, 이렇게 멍석 깔아 주면 못 해."

내가 고개를 젓자 유현이는 무슨 말이냐는 표정으로 날 보며 물었다.

"여름아 너 왜 안 자고 나왔어? 난 별 보고 들어가려고. 추운데 어서 들어가서 자."

그의 모습에 웃음이 나왔다. 부끄러웠지만, 그의 상황극에 맞춰 내 마음을 고백하기로 했다. 마지막 1년인데, 내가 하고 싶었던 건 후회 없이 다 해야지. 지난 인생과는 확연히 다른 삶을 살 거야.

"유현아… 좋아해."

입으로 내 마음을 뱉으니, 부끄러워서 아랫입술을 꽉 깨물었다. 그는 그런 내가 귀엽다는 듯, 웃으며 말했다.

"너무 좋은데? 좀 더 참고 기다릴 걸 그랬나 봐."

"으이구, 정말."

그때 부스럭거리는 소리가 들려서 고개를 돌리니 성민이 신발을 신고 있었다.

"뭐야, 안유현 너 아직도 안 자? 어, 여름 씨도 계셨네요?"

"이제 자야지. 넌 왜 나왔어?"

"화장실 가려고. 아까 맥주를 너무 많이 마셨나 봐. 근데 너… 지금 여름 씨랑 손잡고 있는 거냐?"

그는 흥미로운 눈으로 우리 둘을 번갈아 보았다. 유현이는 우리 사이를 말해도 되겠냐는 듯 나를 바라보았다. 내가 고개를 끄덕이자 유현이는 잡은 손을 위로 들며 말했다.

"응. 우리 만나기로 했어."

"뭐? 얘들아, 일어나 봐! 안유현 연애한대!"

"야, 이성민!"

유현이가 다급히 그의 입을 막았다. 지난 삶이랑 변한 게 없는 성민을 보니 웃음이 새어 나왔다.

"왜, 알려야 될 거 아냐! 우리 과대 드디어 연애한다고!"

성민이 유현의 손을 잡아떼며 말했다.

"됐거든, 얼른 화장실이나 가. 새벽인데 애들 다 깨겠어."

"유현아, 나도 이제 들어갈게. 밤이 너무 늦었네. 너도 성민 씨랑 같이 들어가."

"더 이야기하고 싶은데……."

"우린 이제 시간이 많잖아. 내일 아침에 보자."

"알겠어, 여름아. 좋은 꿈 꿔!"

숙소로 들어가서 혜지 옆에 자리를 잡고 누웠다. 10년 넘게 꿈꿔

알 수 없는 그 계절의 끝

왔던 순간이 현실이 되다니! 유현이와 있었던 일들이 스쳐 지나갔다. 그의 말을 듣고 이전 일을 떠올리니 마음 아팠던 그의 행동들이 이해가 됐다. 내가 좋다고 말하는 그 눈동자를 상기하다, 필름이 끊기듯 잠에 들었다.

*

다음 날, 밝은 빛에 눈을 떴다. 주위를 둘러보니 아무도 없었다. 이미 이불보는 다 개어 있었고, 부엌도 깨끗하게 정돈되어 있었다. 창문으로 마당을 보니, 동기들은 유현이 친구들과 이야기를 나누고 있었다. 내가 늦잠을 잤구나. 얼른 씻고 나가야지. 화장실로 들어가니 혜지가 수건으로 머리를 말리고 있었다.

"여름아, 일어났어? 너 너무 곤히 자서 안 깨웠어. 아, 아까 유현 씨가 너 찾더라."

"그래? 알려 줘서 고마워. 지금 몇 시야?"

"11시. 너 요즘 잠 잘 못 잔다고 했잖아. 오랜만에 푹 잤겠네."

"응. 정말 개운해. 나도 얼른 씻어야겠다."

기지개를 켜며 말했다.

"다른 애들은 준비 다 했어. 너랑 내가 마지막이니까 서두르자!"

12시까지 퇴실해야 했기에 서둘러 세수하고 옷을 갈아입은 후, 밖으로 나섰다. 유현이는 친구들과 함께 자동차에 짐을 싣고 있었다.

"유현아, 잘 잤어?"

"응. 근데 우리 어제 무슨 일 있었어? 술을 너무 많이 마셨는지 기억이 안 나네."

"뭐…?"

당황스러운 마음에 무슨 말을 해야 할지 몰라 두 눈동자만 이리저리 굴렸다. 입술을 살짝 깨물자 그는 못 참겠다는 듯 온 얼굴로 웃었다.

"장난이야, 장난. 너무 떨려서 한숨도 못 잤어. 근데 넌 너무 푹 자더라고. 약 올라서 심술 한 번 부렸어."

"아, 정말!"

주먹으로 유현이 팔을 툭툭 치자 그가 해사하게 웃었다.

"너희도 곧 출발하지? 학교 도착하면 연락해. 영화 보러 가자."

"너 잠 못 잤는데 좀 자야 하는 거 아니야?"

"괜찮아. 잠자는 거보다 너 보는 게 더 좋아."

알 수 없는 그 계절의 끝

"그래도. 그럼 좀 쉬다가 4시쯤 정문에서 만날까?"

"네가 그러고 싶다면 그렇게 하자. 내가 4시에 너희 집 앞으로 데리러 갈게. 이건 괜찮지?"

"알겠어. 조심히 가, 유현아."

유현이와 약학과 친구들이 먼저 출발한 뒤, 우리도 뒷정리를 마치고 나섰다. 학교로 돌아가는 길, 동기들에게 유현이와 만나게 되었다는 말을 하자 동기들은 모두 자기 일인 양 기뻐했다.

집에 도착해서 쉬고 있으니 유현이에게 문자가 왔다.

　[여름아, 미안한데 6시에 봐도 될까?]

　[응. 어제 못 자서 피곤했지? 더 천천히 봐도 돼.]

　[아냐, 6시면 충분해. 같이 밥 먹고 영화 보자.]

6시가 되어 집 밖으로 나서니 입구 앞에 하얀 차 한 대가 보였다. 잘 보이는 곳에 서 있으려고 자동차 앞으로 지나가려는 순간, 자동차 문을 열고 유현이가 내렸다.

"뭐야, 너 운전할 줄 알아?"

"아니 잘 못해. 선배한테 부탁해서 6시간 특훈 받았어."

"운전 연습하느라 늦게 보자고 한 거였어? 밤새웠다면서 좀 쉬지 그랬어."

"첫 데이트이기도 하고…. 여름이 네가 운전하는 사람 멋있다고 하길래……."

그는 쑥스러운 듯 고개를 살짝 숙여 웃었다.

"난 그냥 운전하면 MT 때 편하겠다고 한 건데…. 차는 어디서 난 거야?"

"선배한테 빌렸어. 할머니 댁에 삼촌이 안 쓰는 차 한 대 있는데 다음엔 그거 타고 데리러 올게."

"아냐, 나는 버스가 편해. 그래도 신경 써 줘서 고마워."

가까이 다가가 손을 잡으니 그의 뺨이 붉어졌다.

"응, 타셔요. 얼른."

그가 자동차 문을 열어 주며 말했다. 드라마에서 본 걸 따라 하는 서툰 아이 같아서 웃음이 났다.

"내가 옆에 차 오는지 봐 줄게. 처음 운전하면 차선 바꾸는 거 어렵지 않아?"

"응. 주차도 어렵더라. 여름이 넌 면허 있어?"

"아, 아니 없어. 그래도 운전할 때 옆에서 도와줄 정도는 될 거야."

면허가 있냐는 그의 물음에 순간적으로 '당연하지'라고 말할 뻔했다. 통근 시간이 길어서 하루에 2시간씩 운전대를 잡고 있었기 때문이다. 긴장되어 한껏 움츠러든 어깨와 목이 안쓰러우면서도 고마웠다. 주위를 살피는 것만으로도 힘겨워 보여서 말없이 곁눈질로 그를 바라보았다. 잘하고 싶은데 마음대로 되지 않아 난처한 표정의 그를 보는 내내 미소가 떠나지 않았다.

우리는 버스로 10분이면 갈 거리를 돌고 돌아 30분이 넘게 걸려 도착했다.

"배고프지? 내가 너무 서툴러서 미안해."

"아냐, 노래 들으면서 드라이브하니까 좋던데."

"다행이다. 뭐 먹을래?"

그가 메뉴판을 보며 말했다. 피자 종류를 보니 문득, '여름의 피자'가 떠올랐다.

"피자랑 떡볶이 먹을까? 아, 네가 말한 '여름의 피자' 검색해 봤는데 안 나오더라. 잘못 기억하고 있는 거 아냐?"

"그런가? '여름의 피자' 맞는 것 같은데……."

"비슷한 이름도 다 검색해 봤는데 안 나오더라고. 맛이 궁금했는데."

"여기도 맛있을 거야. 아참, 나 우리 연극 볼 때 받은 영화 관람권

들고 왔어."

그가 가방 앞주머니에서 영화 티켓을 꺼내며 말했다.

"드디어 들고 왔네. 계속 깜빡하더니."

내 말에 유현이가 웃으며 말했다.

"사실 깜빡한 건 아니었어. 이 영화표는 뭐랄까, 나한테 마지막 기회였어. 너랑 사이가 멀어져도 '이 영화표로 같이 영화 보자'라고 말할 수 있으니까. 그래서 아껴 뒀었지."

유현이는 영화를 보는 내내 꾸벅꾸벅 졸았다. 의자에 기댄 그의 머리를 살짝 받쳐 내 어깨에 기대게 했다. 내 어깨가 그보다 훨씬 낮아서 목이 아플 법한데도 불편한 내색 없이 곤히 잠들었다. 그의 아이 같은 얼굴과 선이 굵은 손의 부조화가 사랑스러웠다.

영화가 끝나고 차를 선배에게 가져다준 뒤, 조금 더 걷기로 했다. 선선한 밤바람이 기분 좋게 뺨에 닿았다. 대화를 이어 가려 노력했지만, 간질거리는 마음에 짧은 정적조차 어색해서 침이 말랐다.

"으, 근데 우리 너무 어색하다. 그렇지 않아?"

내가 먼저 입을 뗐다.

"맞아. 나도 사실 아닌 척하느라 힘들었어. 어색하다고 고백하고 나니까 좀 낫네. 근데 난 이 어색함도 좋아. 나중이 되면 느낄 수 없는 거니까."

"그건 그래. 근데 사귀다 헤어지면 친구 한 명을 잃는 건데 무섭진 않았어?"

"나 너랑 안 헤어질 건데?"

그의 말에 기분이 좋으면서도 한편으로 씁쓸했다. 헤어지지 않더라도, 나는 내년 8월이면 이곳에 없기 때문이다. 1년 뒤, 내 삶을 이어 살아갈 나도, 나라고 할 수 있을까? 생각에 빠져 걷다 보니 사람이 없는 좁고 으슥한 골목이 나왔다.

"보통 드라마에서 보면 이런 골목에서 뽀뽀하던데."

그는 말하고 나니 민망한지 나를 바라보지 않고 반대쪽 벽을 응시하며 걸었다.

"뭐야, 진짜. 안유현, 너."

말은 거절하고 있었지만 이미 내 입꼬리는 한껏 올라간 뒤였다. 사실 한참 전부터 그의 뒷목을 어루만지며 입을 맞추고 싶었다. 이 사람이 내 사람이란 걸 온몸으로 느끼고 싶었다. 하지만 나는 장난스럽게 그를 밀어냈다. 서로의 몸을 탐닉하기 전에만 가질 수 있는 간질거림과 애타는 마음을 오래 느끼고 싶었다. 처음 입을 맞추면 온몸이 간지럽지만, 시간이 지나면 일상적으로 하는 입맞춤 그 이상도 이하도 아니게 된다. 우리의 1년이 오랜 시간 뜨겁길 바라는 마음으로, 억지로 그를 밀어냈다. 어쩌면 그보다 내가 더 힘들었을지도 모른다.

"여름아, 주위에 친구들 있어?"

"아니, 없어."

"그럼 한번 안아 보자."

그가 두 팔을 벌려 내 등을 포근히 감싸 안았다. 그의 품은 따뜻하고 향기로웠다. 한참을 안고 있다가 밀착했던 몸 사이에 공간이 생겼을 때, 그가 내 눈과 코를 지그시 바라보는 게 느껴졌다. 그리고 그 시선은 천천히 내 입술에 내려와 앉았다. 내 입 끝에 머무는 그의 시선이 뜨거워서 나도 모르게 손으로 입을 가렸다.

"유현아, 그, 나중에……."

"야속하네. 대신 나도 부탁이 있어."

귀엽다는 듯, 웃음을 머금은 유현이는 골목 모퉁이를 가리키며 말했다. 가까이에서 보니 이전에 유현이가 가져왔던 연극 포스터가 붙어 있었다.

"넌 내가 연극을 했으면 좋겠나 봐?"

"당연하지. 네가 무대에 서는 걸 보고 싶어. 피아노 연주도 듣고 싶고."

"알겠어. 그렇게 할게."

"정말이지? 오예!"

"이제 그만 들어가자. 내가 데려다줄게. 너 한숨도 못 잤잖아. 얼른 자고 내일 또 보자."

"아쉬운데…. 그리고 데려다준다고 하지 마, 백여름. 내가 데려다줄 거야. 매일매일 하루도 빠짐없이."

"그건 싫은데? 나도 너 데려다주고 싶어. 그럼 내기해서 이긴 사람이 데려다주기 할까?"

"좋아, 그럼 오늘은 무슨 내기 하지?"

"음, 웃음 참기 어때?"

"너 실수한 거야. 나 간지럼 하나도 안 타."

그가 승리를 예감한 듯 입꼬리를 올렸다.

"그래? 그건 두고 보면 알겠지. 자, 시작!"

나는 말이 끝나자마자 그의 옆구리에서 손가락을 움직였다. 그러나 그는 미동도 없었다.

"뭐야, 진짜네? 말도 안 돼."

"자, 그럼 이제 내 차례야."

"아니, 잠깐만! 사실 나는 간지럼 너무 많이 타. 벌써 간지러워지려고 해. 네가 간지럼 안 타는지 몰랐으니까 나한테 기회를 한 번 더 줘."

"정말 안 탄다니까. 다시 해도 똑같을걸. 어디 해 봐."

그는 양팔을 뻗어 겨드랑이를 내어 주었다. 내가 먼저 간지럽히면 이길 거라 생각하고 내기를 제안했는데, 착각이었다. 어떻게 사람이 간지러움을 참을 수가 있지? 나는 간질이면서도 내가 간지러운데. 그럼 다른 방법으로 웃게 해야지.

"그래, 시작한다. 내 눈 똑바로 봐."

나는 그의 눈을 바라보았다. 그는 내가 바라보자 기분이 좋은지 벌써부터 눈은 웃고 있었다. 입꼬리를 올리지 않으려 힘을 꾹 주고 있는 모습이 사랑스러웠다.

그의 눈이 반달이 되어 갈 때쯤, 나는 까치발을 들고서 그의 볼에 입을 맞추었다. 참으려 했는데, 그의 눈빛을 보니 나도 모르게 내 몸이 움직였다. 내가 입을 맞추자 그는 "하" 소리를 내며 벅찬 표정으로 웃었다.

"내가 졌어. 이길 수가 없는 게임이었네. 네가 먼저 시작한 거다? 입에만 뽀뽀 안 하면 되는 거지?"

알 수 없는 그 계절의 끝

261

내가 수줍게 고개를 끄덕이자 그는 이마, 볼, 정수리, 어깨, 코에 이리저리 입을 맞추었다. 쪽쪽 소리가 귓가에 들리자 몸이 뜨거워지는 느낌이 들었다. 이렇게 뽀뽀하는데 입에만 못하게 하는 게 무슨 소용인가 싶었지만, 그래도 최대한 천천히 시작하고 싶었다. 입이 허락되는 순간, 그 뒤는 와르르 무너지게 되어 있으니.

"유현아, 사람들 보겠어."

본능을 애써 누르며 말했다. 물론 내 말과 다르게 내 입꼬리는 내려올 줄을 몰랐다.

"미안, 너무 예뻐서."

그는 초승달 모양 눈으로 나를 바라보았다. 누군가에게 이렇게 사랑받는 기분은 실로 오랜만이었다.

"그럼 내가 데려다주는 거지? 얼른 가자. 너 잠을 너무 못 잤어. 지금 술도 안 마셨는데 이러는 거 보니까 잠에 취한 것 같아."

우리는 서로를 바라보며 해사하게 웃었다.

그를 데려다준 뒤, 집에 돌아오자마자 펜과 일기장을 꺼냈다. 감정이 조금도 새어 나가지 않게, 고스란히 간직하고 싶었다. 일기를 덮고 창문을 바라보니 앙다문 입 밖으로 웃음이 새어 나오는 행복한 표정의 내가 보였다.

다음 날 아침, 눈을 뜨자마자 핸드폰을 확인했다. 유현이의 문자를 보고 배시시 웃음이 새어 나왔다.

[여름아, 오늘 아르바이트 가는 날이지? 놀러 갈게.]

그의 문자에 알겠다고 답장을 한 뒤, 기분 좋게 카페로 향했다. 사장님께선 싱글벙글한 나를 보고 "기분 좋아 보이네, 여름이."라고 말씀하시며 창문을 여셨다. 유현이는 언제 올까? 설레는 마음으로 계속 출입구만 바라보았다.

한 시간 뒤, 문을 열고 들어오는 유현이를 보며 사장님께서 말씀하셨다.

"유현이 오늘 일하는 날 아닌데, 커피 마시러 온 거야? 평소보다 더 멋진데. 무슨 일 있어?"

"네. 여자 친구 만나기로 했거든요."

유현이가 웃으며 대답했다.

"너 여자 친구 생겼냐?"

진아 언니가 주방에서 고개를 내밀었다.

"그러게. 여기서 만나기로 한 거야? 여자 친구 오면 모르는 척할 테니 걱정 말고. 너희도 입조심해."

사장님이 나와 언니를 보고 말씀하셨다.

"사장님, 그럼 저 여자 친구랑 같이 커피 마셔도 돼요?"

유현이의 얼굴이 장난기 많은 아이처럼 씰룩였다.

"당연하지. 토스트도 만들어 줄게."

"정말이죠? 여름아, 뭐 먹을래? 사장님이 너 쉬어도 된대."

유현이가 고개를 돌려 날 보며 말했다. 사장님과 언니의 표정이
시시각각 변했다.

"뭐라고? 아니, 이게 무슨 일이야. 설마 너희 둘…?"

사장님은 우리를 번갈아 보며 말했다.

"네. 저희 만나요, 사장님."

유현이가 내 손을 잡으며 말했다.

"우와, 살다 보니 이런 일이 다 있네. 잘됐다, 너희 둘 잘 어울린
다고 생각했거든. 약속대로 커피랑 토스트 만들어 줄 테니 앉아
있어."

"아니에요, 사장님. 근무 시간인걸요. 유현이가 장난친 거예요."

내가 말을 끝내기도 전에 사장님이 말을 가로채며 말했다.

"아냐, 지금은 손님도 거의 없는데 뭐. 대신 먹고 와서 두 배로 일
해야 해."

"그래, 먹고 와. 사장님이 한 입으로 두말하시는 분은 아니시지. 암."

진아 언니가 말을 거들었다. 우리는 등 떠밀려 창가 자리에 앉았다. 늘 일하던 곳이지만 유현이와 단둘이 앉아 있으니 새삼스러웠다.

"유현아, 커피가 목으로 넘어가는지 코로 들어가는지 모르겠어."

언니랑 사장님의 눈빛이 부담스러운 나와 달리, 유현이는 담담해 보였다.

"난 너무 좋은걸? 사장님한테 꼭 말씀드리고 싶었거든. 따지고 보면 사장님 덕분에 너랑 만날 수 있었던 거니까."

"그렇네. 아르바이트 같이 안 했으면 만날 일도 없었겠다. 아, 유현아 나 오늘 알바 마치고 연극 지원하러 가려고."

"정말? 나도 가도 돼? 같이 가고 싶어."

"그래. 그럼 4시에 다시 만나자."

그와 이런저런 이야기를 나누다 15분 뒤, 손님이 들어오는 소리에 자리에서 일어났다. 유현이는 사장님에게 인사를 하고 집으로 돌아갔다. 손님의 주문을 받는 나를 바라보는 사장님과 언니의 눈빛이 예사롭지 않았다. 계속되는 뜨거운 눈빛에 지금까지의

알 수 없는 그 계절의 끝

265

일을 실토하자 사장님과 언니는 소리 없는 비명을 지르며 축하해 주었다.

아르바이트를 마친 뒤, 계단을 내려가니 유현이가 기다리고 있었다. 원서를 접수하는 곳은 일하는 곳에서 버스로 세 정거장 거리였기에 함께 걸어가기로 했다.

"지금까진 별생각 없었는데, 막상 오디션 보려니까 좀 떨리네."

"오늘 서류 내고 면접까지 보는 거지?"

"응. 이왕 오디션 보는 거 붙었으면 좋겠다. 내가 연극 무대에 서는 건 상상이 안 되지만, 좋은 경험일 것 같아. 오랜만에 피아노 칠 수 있는 것도 좋고."

"걱정 마. 느낌이 좋아. 내 느낌은 거의 다 맞거든. 이 건물 지하인 거 같은데 같이 내려갈까?"

유현이가 건물을 살펴보며 말했다.

"아냐, 여기서부터는 나 혼자 갈게. 주변 카페에서 기다릴래?"

"그럴게. 잘하고 와, 여름아!"

그의 응원을 뒤로하고 지하로 내려갔다. 문을 여니 한쪽 벽면을 가득 채운 거울과 짙은 나무색 피아노만 보일 뿐, 아무도 없었다.

무턱대고 들어가는 건 실례인 것 같아 큰 소리로 인사했다.

"어떻게 오셨어요?"

사무실에서 30대 초반으로 보이는 남성이 나왔다.

"그… 연극 오디션 보려고 왔어요."

가방에서 지원서를 꺼내어 건넸다.

"아, 배우분이시구나. 반갑습니다. 저는 조연출이에요. 대표님!
면접 보러 오셨어요!"

그냥 대학생들끼리 재미로 하는 연극인 줄 알았는데 대표도 있
단 말인가, 일이 커지는 것 같아 긴장됐다.

"반가워요, 연출가 홍미란입니다. 들어오세요."

문을 열고 나온 대표님은 조금은 날카로운 인상의 40대 여성이
었다. 사무실로 들어가자 진한 커피 향이 났고 수많은 대본집이 책
상 가득 널브러져 있었다.

"안녕하세요, 백여름입니다."

누가 들어도 긴장된 목소리였다.

"철학과 2학년이군요. 연극 무대에 선 경험이 있나요?"

그녀는 지원서에 눈을 고정한 채 물었다.

"아뇨, 하지만 연극을 자주 봤어요."

나는 지금까지 재밌게 본 연극의 제목과 이유를 설명했다.

"그렇군요. 경험이 없어도 괜찮습니다. 우리 극단이 추구하는 바가 아마추어 배우로 프로 무대를 만드는 것이니까요. 어떤 배역에 지원하고 싶으신가요?"

"그… 배희선이요."

"이유가 있나요?"

그녀는 고개를 들고 의아한 눈빛으로 나를 바라보았다.

"제가 피아노를 좋아해서요."

그녀의 남다른 눈빛에 주눅이 들어 목소리가 작아졌다.

"그래요? 피아노 잘 치는 배우를 구하기 힘들었는데. 피아노 연주 바로 들어 볼 수 있을까요?"

피아노를 연주한 지 한참 지났기에 걱정이 앞섰다. 면접을 본다는 건 알았지만, 이렇게 바로 피아노를 칠 줄은 몰랐다. 이럴 줄 알았으면 미리 연습이라도 좀 하고 올걸……. 하지만 이미 엎질러진 물이 아닌가. 틀리더라도 최선을 다해 보자는 생각으로 피아노 건반에 손을 올렸다. 몇 건반을 두드리니 조율이 잘 된 피아노라 기분이 좋았다.

"준비되면 시작해요. 어떤 곡이든 좋아요."

그녀의 말에 심호흡을 하고 리스트의 '라 캄파넬라'를 연주했다. 연주회에 나가기 위해 오래 연습했던 곡이라 몸이 기억하고 있는지 손이 자동으로 움직였다. 피아노 선율에 긴장이 눈 녹듯 녹아내렸다. 기분 좋게 연주를 마치자, 대표는 만족한 듯 나를 바라보았다. 이전의 날카로운 표정은 온데간데없이 사라졌다.

"연주가 수준급이네요. 혹시 좀 더 대중적인 노래도 들어 볼 수 있을까요? 가요도 좋고요."

"잠시만요……."

갑작스러운 요구에 당황스러웠다. 클래식 위주로 연주했기에, 떠오르는 대중가요가 없었다.

그때, 제인의 '그때 우리는'이 불현듯 떠올랐다. 지난 생에 외국으로 떠난 유현이가 생각날 때마다 연주했던 곡이었다.

아직 발매되지 않은 노래인데, 괜찮겠지? 지금 바로 연주할 수 있는 가요는 이것밖에 생각나지 않았다. 연주를 하는 중간, 대표님은 조연출과 이야기를 주고받았다. 무슨 말인지 잘 들리진 않았지만 긍정적인 느낌이 들었다. 1절 연주가 끝났을 때, 그녀는 나를 보며 말했다.

"좋네요. 처음 듣는 노랜데, 제목이 뭐죠? 연극에 이 노래를 올리면 좋을 것 같은데."

"감사합니다. 오래전에 들었던 노래라… 제목이 잘 기억나지 않네요."

내년 겨울에 발매될 노래라 제목을 모른다고 둘러댔다.

"아쉽네요. 사실 아직 마지막 연주곡을 정하지 못했거든요. 가장 중요한 신인데 마음에 쏙 드는 노래가 없었어요. 이 노래가 딱인 것 같은데, 다음에 기억나면 알려 줘요."

"네. 그렇게 할게요."

다음이란 말이 합격이란 소린지 긴가민가했다.

"한 달 뒤에 합격자 발표가 있어요. 함께하게 되면 연락할게요. 오늘 와 주셔서 감사해요. 혹시 연락할 일이 생기면 이 번호로 연락하세요."

연출님은 연극 포스터를 건네주셨다. 그 포스터엔 극단의 대표 번호가 적혀 있었다.

"네. 감사합니다."

인사를 하고 계단을 올라갔다. 긴장이 풀렸는지 다리가 후들거렸다. 취업 면접 볼 때만큼 떨렸지만, 나름대로 잘 대처한 것 같아서 아쉽진 않았다.

그때, 조연출님이 계단 아래에서 큰 소리로 말씀하셨다.

"여름 씨, 조심히 가요. 함께하면 좋겠네요."

"감사합니다, 조연출님."

인사를 나누고 유현이에게 전화를 걸었다. 전화 벨소리가 바로 앞에서 들렸다.

"유현아, 왜 카페 안 가고 여기서 기다렸어. 다리 아프지 않아?"

"넌 더 긴장될 텐데 어떻게 내가 혼자 쉬고 있어. 많이 떨렸겠다. 근데 손에 든 건 뭐야?"

유현이가 반으로 접은 종이를 보며 물었다.

"연극 포스터야."

"어디 보자. 홍보용 벽보랑 좀 다르네? 우리 이거 맨날 갖고 다니자."

"이거? 왜?"

"포스터의 기운을 가득 모아서 붙으라고. 이참에 내 핸드폰 배경까지 이걸로 바꿔야겠어."

"그게 뭐야. 미신이야?"

그는 이미 핸드폰으로 포스터를 촬영하고 있었다.

"하수구 귀신을 믿는 네가 할 소리는 아니지. 너 싫으면 내가 매

알 수 없는 그 계절의 끝

일 들고 다닐게. 파일에 끼워 둬야겠다."

내가 연극을 하길 왜 이렇게 바라는지 이해할 순 없었지만, 나를
위하는 마음이 느껴져서 고마웠다.

D-331

10월 첫째 주 목요일 오전, 심리학과 수업을 듣던 중 학과 사무
실에서 문자가 왔다.

[교수님 사정으로 오늘 12시 수업은 휴강합니다.]

함께 문자를 본 유현이는 공책에 '그럼 같이 점심 먹자.'라고 쓰
며 배고픈 표정의 아이를 그렸다. 귀여운 그림을 보니 웃음이 나왔
다. 우리는 수업을 듣는 둥 마는 둥 서로에게만 온 신경을 쏟았다.

"오늘 무슨 수업 들었는지 하나도 기억 안 난다. 곧 중간고사인
데 말이야."

수업이 끝나고 유현이가 기지개를 켜며 말했다.

"나도 그래. 우리 다음부턴 떨어져 앉을까?"

"아니, 같은 모둠끼리 그게 무슨 소리야! 절대 안 돼!"

그는 뾰로통한 표정으로 인쇄물을 정리했다. 프린트물을 넣는
파일 첫 장에는 연극 포스터가 붙어 있었다.

"뭐야, 진짜 포스터 붙여 놓은 거야? 어째 나보다 네가 더 원하는 것 같다?"

"네가 좋아하는 걸 하면 나도 좋으니까."

그때, 가을 씨가 종이 뭉치를 들고서 우리 쪽으로 걸어왔다. 가을 씨도 이제 나랑 유현이가 만나는 걸 알 테니, 별 말하지 않겠지? 애써 되뇌며 괜찮은 척했으나 불안한 마음이 엄습했다.

"유현 오빠, 잠시만 나가서 이야기할 수 있을까요?"

"여기서 말해요, 가을 씨."

그 말에 그녀는 상체를 숙여 유현이 얼굴 가까이 다가와 작은 목소리로 말했다.

"이거 족본데 잘 챙겨 두세요. 교수님 늘 비슷한 문제만 내시거든요."

"괜찮아요. 안 주셔도 돼요."

유현이는 가을 씨에게서 멀어지며 단호하게 말했다.

"거절하시면 저 민망해요. 여자 친구분이랑 같이 보세요."

"아뇨, 정말 괜찮아요."

"네, 그럼."

그녀는 상처받지 않았다는 듯 싱긋 웃으며 고개를 살짝 숙여 인사했다. 유현이는 본체만체 책과 파일을 정리해서 가방에 넣었다. 가을 씨의 시선이 파일에 붙은 연극 포스터에 머무는 게 느껴졌다.

"유현아, 뭐 먹으러 갈래? 오랜만에 점심 같이 먹네."

가을 씨를 신경 쓰지 않는다는 걸 보여 주고 싶어서 일부러 큰 소리로 말했다.

"그러게. 아르바이트 때문에 늘 저녁에 보다가 한낮 데이트라니, 너무 좋다. 포장마차 떡볶이 먹을까? 너 좋아하잖아."

"좋지!"

포장마차 떡볶이는 학교에서 조금 떨어진 강변 산책로에 있었다. 지난 생에 유현이와 친구가 되기로 한 날, 농구장에 누워서 이 떡볶이를 먹었던 것이 떠올랐다. 옛 기억을 떠올리니 가슴 한편이 아릿했다.

"근데 나 오후 강의 전공 책을 집에 두고 와서 잠시 갔다 와야 해. 같이 갈래?"

"그러자. 좀 걷고 나면 더 맛있을 것 같아. 아침엔 쌀쌀하더니 낮엔 덥네."

카디건을 벗어 어깨에 두른 채 그의 집으로 향했다.

"유현아, 다녀와. 여기서 기다릴게."

그의 집 현관에 서서 말했다.

"아냐, 들어와. 지금 성민이 없어서 괜찮아."

동기들의 아지트로 사용한다는 그의 공간이 궁금해서 신발을 벗었다.

"우와, 남자 둘이 사는 집이 이렇게 깔끔해? 너 우리 집 오면 깜짝 놀라겠다."

"사실 어제 청소했거든. 평소였으면 너 부르지도 못해. 방에서 책 가져올 테니까 냉장고에 있는 음료수 꺼내 마셔."

그가 웃으며 말했다.

냉장고엔 여러 종류의 음료수가 보였다. 그중, 망고 주스를 꺼내어 한 입 마셨다. 달콤하고 부드러운 맛이 혀끝에 맴돌았다. 망고 주스를 들고 유현이 방에 들어서자 회색 체크무늬 이불이 놓인 작은 침대 하나, 액자가 놓인 탁자, 책상, 옷장, 그리고 커다란 CD 박스가 보였다.

"우와, CD 엄청 많네. 너 노래 정말 좋아하는구나?"

"응. 제일 좋아하는 건 제인 2집이야. MP3로 듣는 것보다 CD 플레이어로 들으면 더 좋더라고. 들어 볼래?"

"좋지."

CD를 넣은 동시에, 철컥— 하고 문 열리는 소리가 들렸다. 유현이와 나는 동시에 눈이 아주 커졌다.

"성민 씨 온 건가?"

작은 소리로 속삭였다.

"그런가 봐. 일단 여기 있어."

그는 침대를 가리켰다. 혹시나 친구가 들어올 수도 있으니, 이불 안에 숨으라는 뜻 같았다.

나는 고개를 끄덕이고 까치발을 든 채 이불 안으로 들어갔다. 친구 때문에 어쩔 수 없이 침대에 눕게 되었지만, 기분이 묘했다. 그는 이불을 내 머리끝까지 덮어 주고선 아무렇지도 않게 밖을 향해 말했다.

"야, 왔냐?"

"어, 오늘 집에 일찍 왔네?"

성민이 방문을 벌컥 열며 말했다.

"응. 책 두고 가서."

유현이가 책꽂이에서 책을 빼는 소리가 들렸다.

"아침에 잘 좀 챙기지. 배고프다. 밑에 내려가서 국밥 먹을래?"

성민의 목소리가 점점 가까워지는 게 느껴졌다. 그러더니 털썩

소리와 함께 침대가 꿀렁였다. 망했다. 성민이 침대에 앉은 것이다.

"난 배 안 고파. 야, 그것보다 너 왜 밖에서 입던 옷으로 내 침대에 앉냐. 더러워, 나가."

"뭐라는 거야. 맨날 그랬으면서. 어, 전화 왔다. 여보세요."

성민이 침대에 앉은 채 킥킥대며 전화를 받았다. 조금이라도 움직이면 들킬 것 같아서 숨도 제대로 쉬지 못했다.

"야, 애들 떡볶이랑 김밥 사서 온대. 그거 먹으면 되겠다."

"애들? 지금?"

그가 당황한 것이 느껴졌다.

"응. 뭘 놀라. 너 어째 오늘 좀 이상하다? 됐고, 거실에 게임기 세팅하자. 오늘은 꼭 이겨서 형님 소리 좀 들어야겠어."

유현과 성민이 거실로 나가는 소리를 듣고, 이불을 살짝 걷어 깊은숨을 내쉬었다. 그러나 침대 밖으로 나오긴 위험했기에 일단 누워서 상황을 지켜보는 수밖에 없었다. 아까는 긴장돼서 몰랐으나 유현이의 이불에서 그의 체취가 느껴졌다. 따뜻하고 포근한 향이었다.

곧이어 문밖에서 왁자지껄한 소리가 들렸다. 친구들이 너덧 명쯤 온 듯했다. 아, 그러고 보니 내 신발은 치웠으려나? 그나마 구두가 아니라 운동화여서 다행이었다. 눈만 내민 채 방을 구경하다가 방문이 달칵, 열리는 소리에 급히 이불을 뒤집어썼다.

"여름아, 나야."

숨죽이고 있으니 유현이가 작게 내 이름을 불렀다.

"들키면 어쩌려고 들어왔어."

입 모양으로 뻐끔뻐끔 말했다.

"괜찮아. 잘 둘러댔어. 심리학과 과제가 있어서 공부한다고 했어."

그걸 친구들이 믿나 싶었지만, 친구들은 시끄럽게 게임 하느라 정신이 없어 보였다.

"이제 어떡하지? 어떻게 나가?"

"애들 수업 있어서……."

"뭐라고? 뭐라 하는지 모르겠어."

내가 말을 못 알아듣자 그는 침대에 살포시 앉아 허리를 숙여 내 귓가에 속삭였다. 깜짝 놀란 나머지 몸이 움츠러들었지만, 그는 이 상황이 재미있다는 듯 소리 없이 쿡쿡 웃으며 나를 바라보았다.

"나도 누워야겠다."

그가 이불을 살짝 걷고 내 옆에 누웠다.

아직 더운 10월 초, 선풍기 한 대 없이 제인 노래를 들으며 한 침대에 누워 있는 우리.

서로의 얼굴을 마주 보기엔 너무 가까운 거리였기에 우리는 천장만 바라보고 있었다. 침이 바짝바짝 말라갈 때쯤, 유현이가 작은 소리로 무어라 말했다. 그의 말이 잘 들리지 않아 입 모양을 보기 위해 몸을 왼쪽으로 돌려 누웠다. 그도 말을 하려고 고개를 돌렸는지, 그의 입술이 내 입술 바로 앞에 있었다.

우리는 한동안 그 거리를 유치한 채 가만히 있었다. 시간이 얼마나 지났을까, 우리는 누가 먼저라 할 것 없이 코를 마주 대고 작은 소리와 함께 입을 맞추었다. 느긋하고 부드러운 입맞춤. 방에 갇힌 상황 때문인지, 뜨거운 날 조용한 노랫소리 때문인지, 시원한 망고 주스 때문인지. 꿈꾸는 듯 달콤하고 부드러웠다.

오랜 시간 서로의 입술을 탐하던 우리는 자연스럽게 잠이 들었다. 잠을 잘 못 자는 내게는 더할 나위 없는 행복이었다.

햇빛에 눈을 뜨니 아무 소리도 들리지 않았다. 시계를 보니 3시였다. 이렇게 오래 자는 달콤한 낮잠은 실로 오랜만이었다. 내가 일어난 소리에 그도 눈을 떴다. 창문으로 들어오는 햇빛이 눈부신지 손으로 햇빛을 가리고 입가에 미소를 머금은 채 가볍게 입을 맞췄다. 키스하지 말자고 한 지 얼마나 됐다고, 이렇게 쉽게 그를 받아들이다니. 역시 생각과 본능은 다른가 보다. 하지만 더 이상 재지 않고 행복하기로 했다. 그는 다른 사람과 달리 변하지 않을 거라고, 영원히 행복할 거라는 확신이 들었다. 사랑이 시작될 때 누구나 빠지는 착각이 아니길 바랄 뿐이었다.

D-293

찬바람이 부는 11월 초, 유현이와 함께 저녁을 먹고 있는데 주머니 속에서 진동이 느껴졌다.

[연극 〈마지막 노래〉의 배희선 역 : 백여름]

덧붙여 연습 장소와 일정이 적혀 있었다.

"유현아, 문자 봐! 나 캐스팅됐어!"

"역시 그럴 줄 알았다니까. 축하해, 여름아!"

내가 정말 캐스팅되다니, 얼떨떨했다. 연극 보는 건 좋아했지만 무대에 선다는 건 상상해 본 적 없었다. 아니, 정정한다. 늘 꿈꿔 왔으나 가능하리라 생각하지 않았다.

연극 무대를 볼 때마다 저기 서는 배우들은 얼마나 좋을까, 온몸에 전율이 돋겠지 하고 부러워했다.

"믿기지가 않아. 다음 주 목요일 6시에 첫 연습한대! 너무 떨려."

"알바 끝나고 데리러 갈게. 너 연습 마치고 나서 데이트하자."

"좋지. 대신 네 집까진 내가 데려다줄 거야."

"그건 내기로 정하기로 했잖아? 매일 웃음 참기 할까 보다, 너 맨날 지게."

"간지럽히기는 안 돼."

말이 끝나기도 전에 나를 간지럽힐 태세를 갖춘 유현이를 보니 웃음이 나왔다.

D-282

기온이 뚝 떨어진 11월 중순, 오후 6시 연극 첫 연습 날.

떨리는 마음을 진정시키려 숨을 고른 뒤 문을 열자 몇몇 사람들이 나와 같은 표정으로 자리에 앉아 있었다. 심사받는 자리도 아닌데 이렇게 긴장되다니. 게다가 내가 주인공이라니, 이게 말이 되는 일인가. 나보다 대단한 사람들 앞에서 내가 주인공을 할 생각을 하니 설렘보다 걱정이 앞섰다.

사무실에서 웅성웅성 소리가 들리더니 연출님이 문을 열고 나

오셨다.

"반갑습니다, 연출가 홍미란입니다. 오늘 앙상블 배우 한 분은 개인 사정으로 30분 정도 늦는다고 하니 먼저 시작하죠. 캐스팅 보드에 적힌 순서대로 간단하게 본인 소개하면 어떨까 싶네요. 배희선 역 백여름 씨, 괜찮죠?"

그녀가 날 보며 말했다. 첫 순서라 긴장돼 크게 심호흡을 하고 일어섰다.

"안녕하십니까, 백여름입니다. 많이 부족하지만 운이 좋아 무대에 설 기회를 얻었습니다. 잘 부탁드립니다."

나에게 주목된 많은 시선에 마음이 울렁였다. 호기심 어린 눈빛으로 바라보는 사람들도 있는 반면, 주인공치고 평범하다는 탐탁지 않은 눈빛으로 바라보는 사람들도 있었다.

다른 배우들도 한 명씩 본인의 이름과 연극에 지원한 계기를 이야기했다. 다니던 회사를 그만두고 꿈을 위해 다시 대학교에 들어간 사람부터, 자기가 뭘 좋아하는지 몰라서 무턱대고 연극을 신청해 봤다는 사람, 그리고 부모님께 무대 위의 모습을 보여 드리고 배우의 꿈을 허락받고 싶다는 사람까지. 다양한 사연으로 모인 이들에게 마음이 쓰였다.

자기소개가 끝난 뒤, 잠시 짧은 쉬는 시간이 주어졌다. 그 사이 나는 피아노 앞에서 연출님과 이야기를 나누었다.

"제가 잘할 수 있을지 모르겠어요. 팀에 피해를 주지 않아야 할 텐데 걱정이에요."

"여름 씨는 충분히 능력 있어요. 그리고 우리 극단은 대부분 비전공자예요. 하지만 9개월 뒤, 무대에 설 때는 모두 프로가 된답니다. 시작점이 어디냐는 중요하지 않아요. 중요한 건 무대 위에 섰을 때 실력이죠. 프로만 뽑는 건 회사에서 경력직만 채용하는 것과 같죠. 그건 아무도 발전할 수 없는 최악의 선택이라 생각해요. 아마추어로 시작해서 프로로 무대에 오르는 것, 그리고 무대 후의 인생을 다시 선택하는 것, 그것이 바로 우리 극단이 추구하는 방향입니다."

연출님의 이야기에 가슴이 찡했다. 그래, 이번 1년은 나를 믿어 보자.

"자, 시간 됐으니 연습 시작할까요. 음, 어떻게 시작하면 좋을까. 그래, 피아노 연주로 시작하는 게 좋겠어요. 우리 극은 노래의 감정 선을 따라 흘러가니까요. 여름 씨, 갑작스럽지만 부탁해도 될까요?"

"네, 그럼요."

수록된 곡 중 연습해 온 곡을 연주했다. 어둡고 슬픈 느낌의 곡이었다. 연주를 마치니 박수와 환호성이 터져 나왔다. 서로에 대한 경계심이 옅어지고 서먹한 공기가 부드러워지는 것이 온기로 느껴졌다.

"대단하죠? 연주자가 없어서 극본을 바꿔야 하나 고민했는데 다행이지요. 다들 한 곡 더 듣고 싶어 하는 것 같은데 오디션 볼 때 들려줬던 곡, 부탁해도 될까요?"

"지난번에 쳤던 곡이요? 뭐였는지 잘⋯ 아."

생각났다. 제인의 '그때 우리는'.

내년 겨울에 발매될 노래라 고민됐지만, 터져 나온 박수 소리에 내 손은 이미 움직이고 있었다. 유현이가 교환 학생을 간 후, 눈을 감고도 칠 수 있을 정도로 많이 연주했던 곡이었다. 연주를 하며 아무에게도 들리지 않을 만큼 작은 소리로 가사를 읊조렸다.

"시간이 지나고 모두가 변해도 당신은 내가 알던 그때에 머물 수 있나요. 변한 우리가 되기 전에 마지막으로 눈에 담고 싶어요. 지금 모습, 이 느낌 그대로 간직하고 싶어요. 당신이 없는 이 길에서 추억을 만나는 나. 눈을 감으면 당신이 돌아올 것 같아요."

유현이가 떠났을 때 부르던 노래를, 유현이와 함께하는 지금 부르게 되니 기분이 묘했다. 노래가 한 소절가량 남았을 때, 문이 열리는 소리가 들렸다. 그 소리에 무심코 뒤를 돌아보았다가 건반을 헛짚었다. 출입구엔 갈색 코트를 입고서 빛나게 웃고 있는 가을이 서 있었다.

"늦어서 죄송해요. 오늘 학과 시험이 늦게 끝났어요. 이가을이라고 합니다. 잘 부탁드려요."

늦게 들어왔는데도 불구하고 사람들은 벌써 그녀의 매력에 매료된 듯 보였다. 연습 내내 그녀는 여러 사람에게 빙 둘러싸여 있었다. 어떻게 끝냈는지도 모를 만큼 정신없는 첫 대본 리딩이 끝난 시간, 사람들이 짐을 챙기러 떠나고 가을과 둘이 남게 되었다.

"여름 언니라고 불러도 되죠? 오빠는 같이 안 왔어요?"

그녀는 내 뒤 너머를 기웃거렸다.

"누구요?"

"유현 오빠요. 같이 안 해요?"

"네. 저만 해요."

"에이, 망했네. 전 유현 오빠가 하는 줄 알고 신청한 건데. 뭐, 어쩔 수 없죠. 연극은 처음인데 나름 재밌을 것 같아요."

나를 앞에 두고 내 남자 친구를 찾다니. 속상했지만, 그녀의 존재에 동요한다는 것을 들키고 싶지 않았다.

"네. 잘 지내봐요. 사적인 감정은 여기서는 배제하자고요."

"그럼요. 전 언니한테 아무 감정도 없어요."

그 말에 마음 깊은 곳에서 뜨거운 무언가가 울컥하고 올라오는 듯했다.

"그런데 가을 씨. 유현이 제 남자 친구인 거 아시죠?"

"알죠. 언니 남자 친구면 좋아하면 안 되나요?"

"네? 무슨 그런……."

그녀의 질문에 말문이 턱 막혔다.

"좋아하는 건 제 마음인 거 맞죠? 도를 넘는 행위는 안 하고 있는 것 같은데. 전 그냥 너무 멀지 않은 곳에서 기다리는 거예요. 저 기다리는 거 잘하거든요."

늘 당당했던 가을 씨의 눈빛이 오늘은 왠지 좀 처연해 보였다. 더 이상 말을 섞어도 얻는 것이 없을 것 같아 달갑지 않은 눈인사를 주고받은 뒤 유현이에게 전화를 걸었다.

"유현아, 나 이제 끝났어. 생각보다 재밌더라."

"다행이네. 나도 거의 다 왔어."

몇 분 지나지 않아 손을 흔드는 유현이가 보였다. 내가 기다릴까 봐 헐레벌떡 뛰어오는 그의 모습이 참 예뻤다. 그는 두 팔을 벌려 나를 와락 안으려다 잠시 멈칫했다.

"여름아, 왜 가을 씨가 여기 있어?"

"가을 씨도 신청했대. 같이 연습하게 됐어."

"아…. 너 불편하진 않아?"

"응, 근데 왜 뛰어오고 그래. 천천히 와도 되는데."

그녀를 곁눈질로 살피며 의식하지 않은 척, 유현이를 바라보았다.

"조금이라도 빨리 보고 싶어서."

유현이는 조금도 그녀가 신경 쓰이지 않는 듯, 사랑에 빠진 눈빛으로 말했다.

"아이고, 누가 말려. 가자."

우리는 팔짱을 끼고 가게가 많은 골목을 걸었다. 그러다 로션을 다 쓴 것이 생각나서 화장품 가게로 들어갔다. 유현이는 가게 안으로 들어오지 않고 매니큐어가 놓인 입구에서 서성였다. 직원에게 추천받은 로션을 구입한 후, 그에게 다가갔다.

"왜 안 들어오고 여기 있어?"

"그냥, 왠지 뻘쭘해서."

"속옷 가게도 아니고 화장품 가게인데도?"

"아는데 괜히 그래. 로션이랑 크림도 있지만 그 외에 남자가 쓸 건 거의 없잖아. 그래서 금남의 구역처럼 느껴진달까."

"그럴 수도 있긴 하겠네."

주위를 둘러보니 화장품 가게 안의 손님은 모두 여성이었다. 괜히 장난을 치고 싶어서 앞에 있는 매니큐어를 보며 말했다.

"유현아, 손 줘 봐. 매니큐어 발라 줄게."

"뭐? 싫어. 내가 너 발라 줄게."

"나 이게 로망이었단 말이야. 대신 티 안 나게 손가락 하나에만 바를게. 제발!"

눈을 찡긋하며 두 손을 모아 부탁하자 그는 어쩔 수 없다는 듯 손을 내밀었다. 샘플로 나와 있는 노란색 매니큐어 뚜껑을 열자 그가 기겁한 표정을 지었다. 그가 마음을 바꾸기 전에 얼른 네 번째 손가락에 노란 매니큐어를 두 번 발랐다. 망연자실한 표정이 귀여워서 웃음이 나왔다. 내 약지 손가락에도 노란 매니큐어를 바르며 그에게 말했다.

"짠. 커플링 같지 않아? 금반지야."

"그래서 노란색인 거야? 이왕 바르는 거 하얀색 할걸. 다이아몬

드처럼 보이게."

"그럴 걸 그랬네. 안유현, 커플링인데 지우기만 해 봐."

"남들이 보면 욕할 것 같지 않아?"

"언제부터 다른 사람 신경 썼다고 그래. 남 신경 쓰지 말고 원하는 걸 하며 살자던 사람이 누구시더라?"

"그래도 이건 아니지."

그는 안면 근육을 찡그렸지만, 은근히 이 상황을 즐기는 듯 보였다. 처음 발라 보는 매니큐어가 신기한지 한참을 바라보다가 옷에 묻을까 손가락을 쭉 펴고 걸어가는 모습이 우스웠다.

"바람 부니까 좀 춥다. 금방 겨울 되겠네."

그가 색이 바뀐 낙엽을 바스락 밟으며 내 손을 자기 주머니에 넣었다.

계절이 네 번 바뀌면 나는 다시 BCD 카페로 돌아가야 하기에, 한숨이 나왔다. 그와 손을 맞잡은 이 순간이 시리도록 소중했다. 그는 바람이 지나가는 걸 느끼는 듯 살포시 눈을 감았다. 그러고선 가방에서 MP3와 이어폰을 꺼낸 뒤, 이어폰 한쪽을 내 귀에 꽂아 주었다.

"난 이렇게 후회할 일은 하지 않을 거야."

유현이 노래를 들으며 말했다.

"어떤 일?"

"이 가사 말이야. 연인을 놓치고 후회하잖아. 노래나 영화에서 연애에 관한 내용을 많이 다루잖아? 그거 보면 뭘 해야 되고 뭘 하면 안 되는지 다 나오는데 왜 다들 거기서 깨달음을 얻지 못하는지 모르겠어. 후회하는 장면을 다 보여 주는데 말이야. 난 이별 노래 들을 때마다 다짐해. 나는 저렇게 하지 않겠다고. 여름아, 난 너를 절대 아프게 하지 않을 거야."

그가 짐짓 진지한 얼굴로 말했다. 노래 가사에 저토록 의미 부여하고 공감하는 것이 웃기기도 하고 감동적이기도 했다.

"안유현, 너 노래 들으면서도 내 생각하는 거야?"

"당연한 거 아냐? 난 맛있는 거 먹을 때도, 아름다운 풍경을 봤을 때도, 하다못해 지나가는 개미를 봤을 때도 네 생각하는데."

"개미 보면서 날 생각한다고? 무슨 생각을 하는데?"

그를 골려 줄 마음으로 말도 안 되는 걸 물었다.

"다양하지. 여름이 네가 어릴 적 개미로 장난친 적이 있을까? 불개미한테 물린 적이 있을까? 이런 생각들."

"웃겨, 안유현."

내 입가에는 금세 웃음이 번졌다.

"유현아, 우리 집에 왔다 갈래?"

그의 주머니 속에서 손깍지를 낀 채 말했다.

"너희 집에… 내가 가도 돼?"

"당연하지. 너 내 남자 친구잖아."

"아… 처음 놀러 가는 거니까… 맛있는 거 사 가야지."

그는 붉어진 얼굴을 옷소매로 가리며 슈퍼로 들어갔다.

"들어와, 너희 집보다 훨씬 좁긴 하지만."

노란 이불이 놓인 1인용 침대와 탁자, 그리고 옷장이 전부인 방이었다.

"실례합니다."

멋쩍은 듯 느린 걸음으로 들어오는 그를 보니 웃음이 났다.

"누구한테 말하는 거야. 그냥 편하게 있어. 갑자기 내외하니까 나도 어색하네. 너 이렇게 불편하게 있을 거면 그냥 네 집에 가."

장난스럽게 그를 현관 밖으로 밀어내자, 그가 웃으며 신발을 벗었다.

"어, 이거 네 일기장이야?"

여전히 어색한 듯, 두리번거리던 그가 침대 머리맡에 놓인 연두색 일기장을 가리켰다. 나는 어릴 적부터 꾸준히 일기를 썼다. 일기는 다른 사람들 눈치를 보지 않고 내 마음을 털어놓을 수 있는 유일한 곳이었다.

"응. 네 욕이 엄청 많이 적혀 있지."

혀를 빼꼼 내밀며 말하자 그는 씩 웃으며 내 일기장에서 눈을 떼지 못했다.

"내 이야기 뭐라고 쓰여 있는지 너무 궁금한데. 보여 주면 안 돼?"

"에이, 절대 안 되지."

일기장을 등 뒤로 숨기자, 그는 장난스러운 표정으로 일기장을 잡으려는 시늉을 했다.

"딱 한 장만. 너무 궁금해."

일기장을 다른 사람에게 보여 준다니. 그것도 애정이 가득 묻어나는 글을 당사자에게 보여 준다고 생각하니 부끄럽고 민망했다. 하지만 글로 내 진심을 전할 수 있을 것 같아 알겠다고 대답했다.

우리는 침대에 허리를 기댄 채 바닥에 앉았다. 그에게 등을 돌린 채 앉아, 어떤 글을 보여 줄지 찾아보았다. 유현이와 함께 야시장 간 날 적은 일기를 보여 주자 그의 얼굴은 기분 좋은 듯 씰룩였다.

"너 엄청 자세하게 쓴다? 이걸로 책 내도 되겠어."

"진짜 그럴까 봐."

"이렇게 글로 읽으니 색다르네."

이야기를 나누다 보니 슈퍼에서 사 온 맥주 네 캔을 모두 비웠다.

"유현아, 조금만 기다려. 맥주 더 사 올게. 하이트 마실 거지?"

"밤인데 널 어떻게 보내. 내가 다녀올게. 아님, 같이 가든지."

"손님을 심부름시킬 순 없지. 그럼 수수께끼로 정할까? 네가 단어 하나를 생각하면, 내가 질문해서 맞추는 거야."

"그래, 못 맞추면 내가 사러 가는 거지? 어려운 단어로 해야겠네. 음, 정했으니 질문해도 돼."

유현이가 자세를 바꿔 앉으며 말했다.

"뭐야, 전투태센데? 어디에서 볼 수 있어?"

"생명이 있는 곳이면 어디든 볼 수 있지. 지금 여기에도 있어."

"우리 집에? 크기는 어느 정돈데?"

그에게 여러 번 질문해서 손바닥보다 작으며 움직이고 물건이 아니라는 힌트를 얻었다.

"혹시 우리 몸에 있어?"

"맞아. 많이 가까워졌는데?"

"우리 몸에 있는 손바닥보다 작은 움직이는 거라. 알겠다! 손가락 맞지?"

내가 우쭐한 표정을 짓자 그는 씩 웃었다.

"마지막으로 바꿀 기회를 줄게. 정말 손가락 할 거야?"

"당연하지. 내가 속을까 보냐. 아니다, 굳히기 질문! 손에 있는 거 맞아?"

큰 눈을 일부러 더 크게 뜨고선 유현이를 바라보았다.

"음, 맞지. 근데 손 말고 다른 곳에도 있어. 얼굴에도 있고."

"뭐야, 손에도 있고 얼굴에도 있는 게 어딨어. 더 헷갈리네. 모르겠어, 정답은 뭐야?"

"정답은 맥박이야."

"안유현 너무했다. 맥박이 뭐야, 상상조차 못 했네. 근데 맥박이 얼굴에도 있어? 어디?"

볼, 이마, 눈, 코 등 다 만져 보았지만 맥박이 뛴다는 느낌을 받을 수 없었다.

"여기."

그는 양쪽 눈 옆 관자놀이를 큰 손으로 짚었다. 그가 짚어 준 곳을 만지니 정말 맥박이 뛰는 게 느껴졌다.

"우와, 신기하다. 나 여기서 맥박 뛰는 거 처음 알았어."

"그래? 난 조금만 긴장해도 관자놀이에서 맥박이 빠르게 뛰어서 온 얼굴이 흔들리는 느낌인데."

"뭐? 말도 안 돼. 봐봐."

그의 관자놀이를 만져 보려고 가까이 다가가자 그의 이불에서 맡았던 것과 같은 체취가 코끝을 간질였다. 향기 때문에 잠시 멈칫하자 그가 내 손을 잡아 자신의 관자놀이에 대었다. 유현이 말대로 아주 빠른 속도로 뛰고 있었다. 쿵쿵쿵.

마치 130으로 맞춰진 메트로놈 소리 같았다. 관자놀이에서 나는 진동인지, 가슴에서 뛰는 심장 소리인지, 시계의 초침 소리인지 알 수 없도록 모든 소리가 섞였을 때, 우리는 누가 먼저라고 할 것도 없이 고개를 돌려 입을 맞추었다. 시간이 한참 지난 뒤, 우리는 자연스럽게 침대 위로 몸을 뉘었다. 쿵쿵쿵 메트로놈 소리가 그렇게 시킨 듯이. 짧은 주기의 진동이 몽롱하고 아름답게 들릴 때, 그의 다부진 몸을 끌어당겼다. 그는 조금 당황하는 듯했지만, 이내 내게 더 깊숙이 다가왔다.

그의 손끝이 스치는 곳마다 세포들이 반응했다. 내 몸이 이렇게 민감했었나. 처음 느끼는 어색하고 기분 좋은 감각의 울렁임. 일렁이는 마음을 따라 몸을 움직이니 그도 내 속도에 맞춰 움직였다. 입술이 섞이는 소리와 함께 깊은 곳에서 그를 받아들였다. 조금씩 새어 나오는 나른한 숨소리와 더 빨라진 메트로놈 소리에 정신이 혼미해졌다. 우리는 밤새 서로의 몸을 탐닉하다가 동이 틀 때쯤 누가 먼저랄 것 없이 동시에 잠에 빠져들었다.

D-281

"아, 수업 가기 싫다. 너랑 같이 있고 싶은데 어쩌지."

다음 날, 유현이가 침대에 누운 채 긴 손끝으로 10시 알람을 끄며 말했다.

"몇 시간 못 자서 피곤하겠다. 그래도 가야지. 과제 제출 날이잖아."

졸린 눈을 비비며 몸을 일으켜 세웠다.

"일단 이리 와 봐, 여름아."

그가 아직 옷을 입지 않아 맨살을 드러낸 나의 허리를 가볍게 잡았다. 못 이기는 척, 그의 손을 따라 노란 이불 속으로 들어갔다. 그는 조금만 더 이렇게 있자며 내 어깨를 감싸 안았다. 포근하고 아늑한 품에 다시금 눈을 감았다. 코끝에 맴도는 기분 좋은 향을 따라 가슴팍에 입을 맞추자, 그는 그 키스에 화답하듯 양손에 조금 더 힘을 주어 나를 안았다.

"여름아 넌 오늘 수업 없지? 일어나지 말고 조금 더 자."

"응, 조심히 다녀와."

그가 양치하러 화장실에 들어가는 것을 본 뒤, 다시 무언가 툭 끊기듯 잠이 들었다. 불면증으로 평생을 고생한 나였는데 유현이를 만난 이후로는 잠을 잘 잔다. 그와 함께 있으면 마음속 깊은 곳에 있는 불안이 사라지는 느낌이 든다.

띵동, 초인종 소리에 눈을 비볐다. 택배 시킨 게 없는데 누구지? 침대 옆에 벗어 둔 티셔츠와 반바지를 걸치고 조심스레 문을 열었다. 유현이가 죽이 든 종이 가방을 들고 서 있었다.

"왜 벌써 왔어? 수업 안 갔어?"

"과제만 제출하고 나왔어. 너무 보고 싶어서 안 되겠더라."

그가 뒷목을 긁적이며 말했다.

"뭐야, 그게. 오늘 밤에도 볼 텐데."

"그래도 지금 보고 싶었단 말이야."

그는 눈을 동그랗게 뜨고 나를 바라보았다.

"강아지 같아, 너."

"개 아니고 강아지 맞지?"

그가 확인하듯 눈썹을 추어올렸다. 그러고선 종이봉투를 내려 두고서 나를 번쩍 들어 안았다. 다리를 그의 허리에 감싸자 그는 배시시 웃으며 나를 안아 침대로 걸어갔다. 살포시 나를 내려 두고서 이마에 입을 맞춘 뒤 그가 말했다.

"지금 무슨 생각해?"

"네가 개인지 강아진지 고민 중. 행동을 보니 개인 것 같은데."

"뭐?"

그가 대형견처럼 머리를 내 어깨에 비비적거렸다. 너무 귀여워서 그만 웃음이 터져 나왔다.

"근데 죽은 왜 사 왔어? 너 어디 아파?"

"아니, 날씨가 쌀쌀해서 사 왔어. 목이 살짝 데일 듯한 죽을 먹으면 마음까지 뜨뜻해지잖아. 그 느낌이 좋아."

그가 죽을 꺼내며 말했다. 한 입 먹으니 그의 말대로 몸이 녹아내리는 느낌이었다. 따뜻한 죽을 나눠 먹은 뒤, 그의 머리카락에 코를 묻었다.

그날 밤, 카페 마감 시간에 맞춰서 가게로 향했다. 문을 열고 들어서자 마지막 손님이 외투를 걸치고 있었고, 아르바이트생들은 청소 중이었다.

"여름아, 10분만 기다려 줄래? 거의 다 끝나가."

"응. 나도 도울게."

그의 말에 행주를 들고 홀을 한 바퀴 닦으며 콧노래를 불렀다. 청소를 마친 그가 옷을 갈아입고 나왔다.

깍지를 낀 채 손을 흔들며 걷는데 그의 손가락에 칠한 노란색 매니큐어가 사라진 것이 보였다.

"안유현 너 뭐야. 왜 매니큐어 지웠어?"

"아르바이트하는데 손님들이 이상하게 바라보는 것 같아서 지웠어. 다행히 카페에 리무버가 있더라고."

"민망해서 커플링을 지워? 너 앞으로 내 몸에 손대지 마. 커플링 잃어버린 벌이야."

사실 매니큐어를 지워도 상관없었지만, 그를 골리기 위해 짐짓 마음 상한 척, 손을 내팽개쳤다.

"뭐? 말도 안 돼. 미안해. 얼른 다시 화장품 가게 가자. 내가 열 손가락 다 칠할게. 어휴, 커플링을 빼다니 내 손이 잘못했네, 잘

못했어."

"안 돼, 이미 늦었어. 노 터치야 이제."

내 손을 잡으려는 그의 손등을 가볍게 때리니 그가 안절부절못
하며 말했다.

"으아, 애가 없어졌어. 애가 타서 없어져 버렸어. 옆에 있는데 손
도 잡지 말라니 너무 가혹하잖아."

"잘못했으니 벌 받아야지."

이거 생각보다 너무 재미있는데? 애타서 쩔쩔매는 그가 귀여웠
다. 매번 생각하지만 정말 강아지 같다니까. 그는 울상이 되어 눈썹
과 입꼬리가 내려가더니 몇 초 뒤, 슬며시 웃으며 나를 바라보았다.

"뭐? 왜? 아무리 말해도 안 돼."

그러자 그가 대답 없이 내 어깨와 옆구리, 그리고 볼을 손가락으
로 쿡쿡 찔렀다.

"어? 뭐 하는 거야 안유현?"

그는 개의치 않고 계속 내 몸 구석구석을 꾹 눌렀다.

"아이고, 내 손이 또 잘못했네. 미안, 내 손은 나랑 다른 인격체라
서. 얘가 자꾸 실수를 하네. 어라? 또 실수하네?"

그는 계속해서 나를 간지럽혔다. 내가 웃음을 터뜨리자 그는 행

복에 겨운 표정으로 내 볼에 입을 맞췄다.

"뭐야, 이제 입에도 다른 인격이 생긴 거야?"

내 말에 우리는 가볍게 웃으며 입을 맞췄다.

"아, 정말. 안유현, 너 너무 좋아."

"넌 내가 너 좋아하는 거 발끝에도 못 미쳐. 더 분발해, 백여름."

'난 네가 좋아서 인생 마지막 1년을 이때로 돌아왔어.'라는 말이
혀끝에 맴돌았다. 이 기분을 뭐라 설명해야 할까. 너무 행복하고
소중해서, 이 행복이 깨질까 봐 두려운 마음. 그런데 깨질 것을 알
고 있기에 더욱 사무치는 그 마음.

D-220

나무 바닥에서 올라오는 한기에 입김이 나오는 1월의 연습실.

"백여름, 제대로 안 해? 주인공이 전혀 돋보이지가 않아. 다른 배
우들 사이에 묻힌다고."

홍미란 연출가의 말에 한없이 작아졌다. 내 인생에서도 조연으
로 살았던 내가 주인공을 맡게 되었으니 어찌 보면 당연한 일이었
다. 그녀는 흥분이 가라앉지 않은 듯, 말을 이었다.

"여름이 넌 발성도 좋고 연주 실력도 좋은데 눈빛에 자신감이

없어. 소극장 연극은 관객들과 아주 가까이에서 소통해야 돼. 속눈썹 떨림 하나까지도 다 전해진다고. 게다가 주연 배우는 그 극을 이끌어 가야 하지. 주연 배우가 매력이 없으면 아무도 이 연극을 기억해 주지 않아. 내가 볼 때 여름이는 참 매력 있거든? 그런데 본인이 그걸 모르는 것 같아서 답답해. 하지만 계속 기다릴 순 없어. 자꾸 이렇게 하면 주인공을 교체하는 수밖에 없으니 제대로 해."

"네, 열심히 하겠습니다."

죄송하고 부끄러운 마음에 고개를 푹 숙였다.

그때, 가을의 자신감 있는 높은 목소리가 연습실을 가득 메웠다.

"연출님, 제가 한번 연기해 봐도 될까요?"

그녀는 특유의 싱그러움과 당당함으로 무대를 장악했다. 내 역할을 미리 연습이라도 한 것처럼 대사를 모두 외우고 있을 뿐만 아니라, 표정도 풍부해서 배희선이란 역할이 빛이 났다.

"가을이, 연습했나 보네?"

"연습은요. 그냥 여름 언니 하는 거 보면서 조금씩 익힌 거죠."

"잘하네. 혹시 피아노 연주도 되니?"

가을이 건반에 손을 올렸다. 그녀의 피아노 소리가 연습실에 울려 퍼졌다.

"왜 오디션 때는 피아노 안 쳤어? 조금 더 연습하면 무대에서 연주하는 것쯤은 일도 아니겠는데."

"감사해요. 첫 연극이라 주인공은 좀 부담스러워서요. 남들에게 피해 주면 안 되니까요. 조금씩 성장하고 싶었어요."

그녀의 말에 내 귓불이 빨개졌다. 홍미란 연출가는 조금 고민하는 듯하더니, 입을 열었다.

"아직 공연까지 시간 많이 남았으니까 너희는 배희선이랑 앙상블 역할 둘 다 연습해. 연극 전에 더 잘하는 사람이 배희선으로 무대에 올라갈 거야. 가을이는 피아노 연주 숙지하고, 여름이는… 자신을 사랑하는 연습을 해."

그녀의 말에 가슴이 짓눌린 듯 숨쉬기 어려웠다. 남들이 보기에도 내가 나를 사랑하지 않는 것처럼 느껴지는 걸까. 난 늘 누군가를 동경했었다. 요즘은 가을 씨가 바로 그 대상이다. 자신을 사랑하는 게 너무나 잘 느껴져서 더 사랑스러운 그녀였다. 다른 사람의 시선에 개의치 않고 자신만의 방식으로 삶을 살아 내는 것, 나는 하지 못하는 것이었다.

연출님은 처음으로 내게 큰 소리로 호통을 치셨고, 다른 배우들은 우리 눈치를 보았다. 모두를 불편하게 만든 이 상황이 견디기 힘들었다. 주인공에 걸맞은 실력과 태도를 갖추지 못한 나 자신에게 화가 났다. 밖으로 나가서 바람을 쐬니, 영하의 날씨에 입김이 나왔다. 생겼다 사라지는 입김을 멍하니 바라보고 있는데 조연출이 담요를 들고 나왔다.

"여름아, 속상하지? 대신 사과할게. 대표님도 나쁜 뜻은 없으셨을 거야."

그가 내 어깨에 진한 녹색 담요를 덮어 주며 말했다.

"알아요. 위로 감사해요, 조연출님."

"한 명이 실수해서 다른 배우들이 대기하는 시간이 길어지면, 팀이 와해되거든. 대표님이 화를 내지 않으셨으면 팀원들 사이에 불화가 생겼을지도 몰라."

"그랬군요."

내가 좀 더 성장해야, 나를 믿어 주는 많은 배우와 스태프들에게 피해를 주지 않아야지 하며 수십 번 다짐했다.

연습이 끝난 뒤, 데리러 왔다는 유현의 문자에 주위를 살폈다. 길 건너편에 그의 하얀 자동차가 보였다. 걸어 다녀도 된다고 이야기했지만, 그는 한사코 필요하다며 삼촌이 안 쓰는 오래된 자동차를 가지고 왔다. 처음엔 서툰 운전이 불안했지만, 이제 초보 티를 꽤 벗었다. 매서운 바람에 옷깃을 꽉 여미고 횡단보도를 건너니 조수석 창문이 아래로 내려갔다.

"여름 씨, 잘 지내셨어요?"

유현의 룸메이트 성민이었다. 그는 유현이에게 운전 강습을 받고 있다고 말했다.

"놀랐지? 얘가 100일 기념으로 여자 친구랑 드라이브하고 싶다면서 운전 알려 달라는 거야. 그래서 오늘 운전 가르쳐 주는데 절교할 뻔했잖아."

"야, 그 정도는 아니었지. 그래도 덕분에 많이 연습하긴 했다. 운전 연습하다가 여름 씨 연습 마칠 시간이라기에 데리러 왔어요. 제가 뒤로 갈게요."

조수석에서 내리려는 그의 모습에 재빨리 말했다.

"아니에요, 제가 뒤에 타면 되죠, 뭘."

"너희 이렇게 이야기하는 거 너무 보기 좋다."

유현이가 흐뭇한 표정을 지으며 말했다. 초보에게 운전을 가르쳐 달라고 하는 성민 씨도, 이 실력으로 운전을 가르쳐 주는 유현이도 귀여웠다. 하지만 연극 연습 때문에 너무 힘들었던 터라, 별

말 없이 뒷좌석에서 바깥 풍경만 바라보았다.

우리 학교에 다 와 갈 때쯤, 성민이 유현에게 말했다.

"여름 씨 데려다주고, 영화관까지 한 번 더 가 보자."

"너 바쁘지 않아?"

"나? 안 바쁘지."

"아냐, 너 바쁠걸? 집에서 뭐 할 거 있지 않아?"

"없는데?"

성민이 의아하다는 눈으로 그를 바라보았다.

"있을걸?"

"아, 나 내리라고?"

유현이 고개를 끄덕이자 성민은 씩 웃으며 가방을 챙겼다.

"아니에요, 성민 씨. 저 오늘 피곤해서 바로 집으로 갈 거예요. 연습 마저 하세요."

극단에서 받은 우울함과 스트레스가 유현이에게 전해질까 봐 함께 있고 싶지 않았다. 유현이와 함께 있을 땐 즐거운 모습만 보여 주고 싶었다.

"저도 그러고 싶은데 이 녀석 눈빛이 지금 안 일어나면 안 될 것 같네요. 안유현, 나 오늘 여자 친구 집에서 잘 거야. 여름 씨, 저 먼저 갈게요. 이 녀석 성질은 더럽지만, 잘 부탁해요."

그가 미소를 띤 채 유현이에게 눈을 흘기며 말했다.

"옆으로 와, 여름아. 저 자식은 눈치 없이 계속 앞에 타고 있냐."

"옆에 타나 뒤에 타나 똑같지 뭐. 그리고 몇 분 움직이지도 않는데."

"아냐, 손잡고 싶어서 죽을 뻔했단 말이야. 오늘 운전 연습하는 내내 자기 여자 친구 자랑만 하는데, 속 터져 죽는 줄 알았어. 여름이 네가 백 배 더 사랑스러운데 말이지."

그를 보고 싱긋 미소 지었지만, 그는 내 기분을 바로 알아차렸다.

"연습할 때 안 좋은 일 있었어?"

"그런 거 아냐. 그냥 좀 피곤해서 그래. 나 집에 데려다줄 수 있어?"

"…알겠어."

그는 풀 죽은 표정으로 나를 집에 데려다주었다.

"괜찮은 거 맞지? 무슨 일 있으면 연락하고."

"응. 데려다줘서 고마워, 유현아."

그는 비 맞은 강아지 같은 표정으로 나를 바라보았다. 그러나 내가 지금 그에게 해 줄 수 있는 건 애써 웃으며 괜찮다고 말하는 것

밖에는 없었다. 나 혼자 이겨 내야 하는 문제였다.

   그와 헤어지고 침대에 누우니 스스로를 사랑하는 연습을 하란 연출님 말이 맴돌았다. 나는 왜 나를 사랑하지 못할까. 왜 다른 사람 눈치만 보면서 후회 가득한 삶을 살았을까. 게다가 그렇게 살지 않겠다고 과거로 돌아왔는데도, 여전하다니.

   이런저런 생각들이 꼬리를 물어서 괴로웠다. 잡념에 괴로울 때면, 욕조에 뜨거운 물을 받아서 몸을 녹이곤 했다. 하지만 자취방엔 욕조가 없기에 목욕탕에서 씻고 찜질방에서 자려고 짐을 챙겼다. 목욕 바구니를 들고 집을 나서려는데 유현이의 표정이 떠올라서 그에게 문자를 보냈다.

   [유현아, 나 찜질방 갈 건데 같이 갈래?]

   [응응]

   [응응응응]

   [응응응응응응]

   그는 문자를 보낸 지 10초도 지나지 않아 '응'이란 글자를 여러 번 쓴 문자를 보냈다. 그 문자를 보니 웃음이 나와서 전화를 걸었다.

   "아깐 무뚝뚝하게 말해서 미안해. 사실 극단에서 좀 힘든 일이 있었거든."

"그랬구나. 나는 힘든 일 있을 때, 누가 옆에서 말하는 게 싫어서 가만히 있었어. 혹시 위로해 주는 걸 더 좋아했으려나?"

"아냐, 충분히 위로가 됐어. 고마워."

그의 배려에 작게 감탄했다.

"다행이네. 지금 바로 출발할게. 목욕 천천히 하고 전화해."

온탕에 몸을 맡기며 물속 깊은 곳까지 들어갔다. 발끝부터 어깨까지 전해 오는 뜨거운 온기가 내 마음을 어루만져 주었다. 이 따스함이 이렇게 위로가 되다니. 두 번째 생인데도 처음처럼 한심하게 사는 것 같아 힘들었는데 따뜻한 물에 들어오니 조금씩 정신이 들었다. 그래. 피아노 연주도 백번은 연습해야 틀린 곳을 고칠 수 있는데 어찌 인생이 한 번 연습하고 두 번째 산다고 완벽할 수 있겠어.

우리는 첫 번째 생을 살 때면 생각한다. 과거로 돌아갈 기회가 주어진다면, 이렇게 살지는 않을 텐데. 하지만 실제로 그 기회가 주어지고 두 번째 삶을 살면서 느꼈다. 두 번째도 실수투성이구나. 여러 번 한다고 잘할 수 있는 건 아니구나. 그러니 처음이란 변명 대신, 최선을 다해 그 순간순간을 살아가야 하는 거구나.

몸을 푹 적신 뒤, 유현이가 기다리는 찜질방으로 올라갔다. 대학가 찜질방은 잠만 자러 오는 사람 몇 명이 전부라 조용했다. 우리도 구석진 곳에 자리를 잡고서 목침을 베고 누웠다. 더 이상 가까이 오지 않고 조금 떨어진 곳에서 나를 바라보며 누워 있는 그가 사랑스러웠다. 아, 위로는 이렇게 하는 거구나. 너무 가까이 가지도 않고, 그렇다고 멀리 떨어지지도 않고. 적당한 거리에서 그 사람이 스스로 회복하고 일어나도록 도와주는 것. 그의 언행을 통해 나는 위로라는 것의 형체를 본 느낌이었다. 이런 사람이 내 남자친구라니, 이렇게 행복할 수가 없었다.

따뜻한 온도, 따스한 눈빛, 가끔 내 머릿결을 스치는 따사로운 손길. 나는 그 어느 때보다 깊은 잠에 빠져들었다.

*

3월 초 봄 내음이 날 무렵, 옆 건물에 커다란 빙수 전문점이 생겼다. 사장님은 계속된 적자로 힘들어하셨지만, 정이 많아 우리에게 일을 그만두라고 말씀하지 못하셨다. 그걸 눈치챈 우리는, 사장님께 일을 그만두겠다고 말씀드렸다. 사장님께선 끝까지 함께

하지 못해서 미안하다고 하셨지만, 우리는 장사가 안 되어 처진 사장님의 어깨가 안쓰러울 뿐, 바쁘고 행복한 날들을 보냈다. 자금이 넉넉하진 않았지만, 새벽 기차로 정동진 여행을 가고 교복을 입고 놀이공원 데이트도 즐겼다. 태형 씨와 근사한 레스토랑에서 식사했을 때보다, 유현이와 포장마차에서 떡볶이를 먹는 게 더 행복했다.

D-88

유현이와 거의 온종일 붙어 있다시피 한 날들이 지나고 6월, 초여름 특유의 흙냄새가 코끝에 맴도는 캠퍼스.

"일요일에 야시장 갈까? 여름엔 카오산 로드지."

점심 식사를 하러 가는 길, 유현이에게 물었다.

"미안. 나도 가고 싶은데 이번 주말에도 할머니 병문안 가야 해."

"요즘 자주 가네? 할머니 많이 편찮으셔?"

"걱정할 정도는 아냐. 근데 자주 찾아뵙고 싶어서. 내가 가면 좋아하시거든. 오랜만에 야시장 가고 싶은데 아쉽다."

"다음에 가면 되지 뭐. 나도 병문안 같이 갈까? 인사도 드릴 겸."

"아냐, 뭐 하러. 나 혼자 갔다 올게. 걱정 마."

여러 번 함께 가자고 말했으나 유현이는 끝내 거절했다. 아직 가족에게 소개하기엔 불편한 걸까.

정문을 지나던 중, 한 체구 작은 백발의 할머니와 눈이 마주쳤다. 그냥 지나치려는데 할머니께서 아는 척을 하셨다.

"유현아, 할미다."

유현이는 많이 놀란 듯 눈이 동그랗게 커졌다. 그리고 내 쪽을 한번 힐끗 보더니 말을 이었다.

"할머니? 웬일로 오셨어? 연락도 없이."

"출발할 때 전화했는데 안 받더라고. 내 새끼, 몸은 괜찮고?"

"응. 핸드폰은 어쩌고?"

"핸드폰은 두고 왔지. 가지고 다니는 게 영 습관이 안 되어서 말이야. 이거 전해 주려고 왔다. 이렇게 중요한 걸 두고 가면 어떡하니, 우리 똥강아지."

할머니께서는 검은 비닐봉지를 내미셨다. 그의 표정에 동요가 스쳐 가는 것이 보였다.

"고마워, 할머니. 몸도 안 좋으면서 뭘 학교까지 전해 주러 오셨어. 내가 가면 되는데."

"유현아, 아무리 생각해도 학교를 그만 다니고……."

"할머니, 식사는 하셨어? 밥 먹으러 가자. 여름아, 나중에 연락할게."

그는 아연한 표정으로 할머니 말을 끊으며 자리를 뜨려 했다.

"만난다는 그 아가씬가 보네. 같이 먹어요. 손주 며느리 될지도 모르는데 맛있는 밥 사 줘야지."

"안녕하세요, 할머니. 처음 뵙겠…."

"할머니, 불편하게 무슨. 얼른 가요. 여름아, 전화할게."

그가 내 말을 끊으며 할머니 손을 잡았다. 평소랑 다른 그의 모습을 한동안 바라보았지만, 그는 뒤돌아보지 않고 걸어갔다.

반나절이 지난 후, 전화가 왔다.

"여름아, 연락이 늦어서 미안해. 잘 들어갔지?"

"괜찮아. 할머니께서 뭐 전해 주러 오신 거야?"

"그냥 이것저것. 내가 할머니 댁에 뭐 좀 두고 갔었거든."

"어떤 거?"

"별거 아냐. 그냥 반찬이랑 옷 같은 것들."

"그거 전해 주러 여기까지 오셨다고? 할머니께서 널 정말 사랑하시나 보다. 근데 할머니 생각보다 되게 정정해 보이시던데."

유현이는 내 말을 듣고 한동안 대답이 없었다. 그 짧은 정적에서 나는 왜인지 그의 어두운 표정이 머릿속에 그려졌다.

"아, 그러니까…. 우리 할머니는 허리도 많이 굽고 걷는 것도 힘들어하시거든. 근데 너희 할머니께서는 편찮으신데도 되게 건강해 보이셔서. 멋지시기도 하고."

"편찮으신데도 손자 학교 온다고 꾸미고 오셨나 봐."

"그렇구나. 할머니는 가셨어?"

"아니, 사실 나 지금 할머니 댁이야. 이번 주에 검진이 많아서 옆에 있어 드려야 할 것 같아."

"너 수업은 어쩌고? 곧 기말고사잖아."

"어쩔 수 없지 뭐. 일주일 정도 있다가 갈게."

"응. 유현아 그… 아까 할머니께서 학교 그만 다니라고 하셨잖아. 간병 때문이야?"

"아냐, 그냥 공부만 하는 게 안쓰러워서 그러셨나 봐. 여행 좀 다니라고. 신경 쓰지 마."

갑자기 할머니 댁에 가다니. 그것도 일주일씩이나. 할머니는 정정해 보이셨는데 내가 모르는 속사정이 있는 걸까. 불안한 그의 눈빛이 떠올랐다. 어떤 사정인지 궁금했지만, 유현이가 더 이상 말하고 싶어 하지 않는 듯 보여서 캐묻지 않기로 했다. 때가 되면 다 말해 주겠지.

D-87

다음 날, 점심을 먹으며 유현이에게 전화했지만 받지 않았다. 그에게 문자가 온 건 늦은 밤이었다.

[여름아, 여기서 처리해야 할 일이 많아서 핸드폰을 잘 못 봐. 연락 안 돼도 걱정하지 마. 다음 주에 보자.]

전화라도 해 주지, 겨우 문자 한 통이라니. 유현이는 이후로도 일주일 내내 전화를 받지 않았다. 그저 첫날과 똑같이 늦은 밤에 걱정하지 말란 문자만 남길 뿐이었다.

D-79

과방에서 혜지와 이야기를 나누고 있는데 유현이에게 문자가 왔다.

[여름아, 나 학교 거의 다 왔어. 같이 저녁 먹을래?]

그를 만날 생각에 들떠서 얼굴이 씰룩였다.

"벌써 5시네. 백여름, 너 오늘 연극 연습 안 하는 날이지? 같이 저녁 먹자. 돈가스 어때?"

혜지가 기지개를 켜며 물었다.

"미안, 지금 유현이 오고 있대서."

"유현 씨 없을 때만 나랑 먹지? 너, 섭섭해."

혜지가 장난스럽게 쏘아보며 말했다.

"오랜만에 보는 거니까 봐주라. 너도 남자 친구랑 먹어."

혜지의 팔을 한 번 툭 치고 가방을 맨 뒤, 집으로 갔다. 오랜만에
만나는 만큼 예쁘게 보이고 싶어 옷장에서 하얀색 원피스를 꺼내
입었다.

삼십 분 뒤, 정문에서 유현이를 만났다.

"유현아, 일주일 동안 힘들었지? 피곤해 보여. 살도 좀 빠진 것
같고."

팔짱을 끼며 말했다.

"어제 잘 못 자서 그런가 봐. 살 빠진 것 같아? 이상해?"

그는 머쓱한지 얼굴을 쓱쓱 만졌다.

"아니, 멋져. 뭐 먹을래? 오랜만에 만났는데 떡볶이랑 맥주 먹
을까?"

"나 이제 맥주 줄여 보려고. 병원에 오래 있었더니 건강이 최고인 것 같아. 좀 쌀쌀한데 죽 먹으러 갈래?"

"추워? 그럼 죽 사서 우리 집으로 가자."

초여름의 시원한 바람에도 춥다고 말하는 그가 걱정됐다. 오랜만에 만난 그에게 묻고 싶은 말이 많았지만, 그의 얼굴엔 피곤이 가득했다.

"너 많이 힘들어 보여. 누워서 좀 쉴래?"

"아냐. 잠을 못 자서 그렇지 괜찮아. 밥 다 먹었으면 산책할까?"

"그래. 그럼 나 양치만 하고 올게."

그는 내가 양치하는 짧은 시간 사이에 새근새근 잠이 들었다. 아직 이른 저녁이었지만, 그가 푹 쉬도록 불을 끄고 커튼을 쳤다. 부모님을 대신해 할머니께 효도하는 모습이 대견하면서도 안쓰러웠다.

유현이는 이후로도 종종 할머니 댁에서 하룻밤을 자고 왔다. 할머니 댁에 다녀온 다음 날이면 체력적으로 힘든 건지 마음이 아린 건지, 부쩍 말수가 줄었다. 내가 말할 때도 허공을 바라보며 멍하니 있을 때가 많았다. 특히 할머니 건강에 대해 물어보면 늘 그냥 괜찮다며 얼버무렸다. 불편한 이야기는 하고 싶지 않은 걸까. 유현이에게 할머니는 부모님과 같기에 나도 마음이 아팠다.

D-59

7월의 첫날, 연극 연습을 마치고 계단을 올라가자 그가 보였다.

"유현아! 오래 기다렸어? 조금 늦게 마쳤지."

애교스러운 말투로 유현이의 팔을 잡았다.

"아냐, 연습 어땠어?"

"오늘은 앙상블 연습했는데, 배희선 역할이랑 또 다른 매력이 있더라. 다른 배우들이랑 소통하며 연기하는 것도 재밌고. 주인공 연습할 땐 늘 혼자라 좀 외로웠거든."

유현이는 내 말을 들으며 고개를 끄덕였다.

"유현 오빠!"

새초롬한 목소리에 뒤를 돌아보니 가을이 보였다.

"그때 부탁한 거요, 될 것 같아요. 저 그런 거 잘하거든요."

가을은 곁눈질로 나를 힐끗 보더니 다시 유현을 보고 말했다. 유현이 당황하며 머뭇거리자 가을은 "아, 내 정신 좀 봐. 대본을 두고 왔네."라고 말하며 쌩하니 연습실로 돌아갔다. 몇 개월을 봐도 적

응되지 않는 그녀였다.

"유현아, 무슨 말이야? 뭘 부탁했는데?"

"아, 그게 사실…. 그, 선배가 가을 씨 친구를 좋아한대. 그래서 자리 한번 마련해 달라고 하더라고. 그래서 부탁한 거야. 별건 아니고."

"근데 왜 나한텐 말 안 했어?"

"그냥, 별일 아닌 것 같아서. 속상했으면 미안해."

유현이가 가을 씨와 연락하고 있다는 사실에 약간의 배신감을 느꼈다. 하지만 기분 나쁜 티를 내서 좋을 건 없으니 다른 말로 화제를 돌렸다. 함께할 시간이 두 달밖에 남지 않은 지금, 굳이 불편한 이야기로 분위기를 냉랭하게 만들고 싶진 않았다.

"아냐, 됐어. 강변 산책로 쪽으로 걸어갈까? 더우니까 맥주 마시고 싶네. 넌 오늘도 안 마실 거야?"

"응. 난 음료수 마실게. 가자."

속상해야 하는 쪽은 나인데, 왜인지 유현이의 표정이 굳어 있었다. 무슨 일인지 물어보고 싶었지만 알 수 없는 그의 표정에 쉽사리 입을 뗄 수 없었다.

한동안 말없이 맥주를 마시며 걷던 중, 한적한 농구 코트가 보였

알 수 없는 그 계절의 끝

319

다. 지난 생에 유현이와 함께 누워서 노래를 들었던 곳이었다.

"유현아, 우리 여기서 쉬다 갈까?"

유현이 답이 없어 고개를 돌리자, 그는 바닥을 바라보며 멍하니 터덜터덜 걷고 있었다.

"내 말 듣고 있어? 왜 그래."

"아 미안, 다른 생각 좀 하느라고. 뭐라고 했어?"

"여기에서 쉬다 가자고. 오랜만에 누워서 하늘 볼까?"

우리는 가방을 베개 삼아 농구 코트 중앙에 누웠다. 구름이 많아 별은 보이지 않았다.

"우리 처음 만난 날, 벽화 마을 차도에 누웠던 거 생각나네. 너 그땐 길거리에 눕는다고 뭐라고 했었잖아."

조금은 기운이 돌아온 듯한 유현의 말에 나도 기분이 좋아졌다.

"맞아. 너랑 있으면 다른 세상에 와 있는 것 같아. 특히 하늘 보고 누워 있을 때면 말이야."

그는 주머니에서 노란색 MP3를 꺼내 이어폰 한쪽을 건넸다. MP3에선 어김없이 제인의 '일기'가 흘렀다. 그는 눈을 감고 노래를 들었다. 그를 따라 눈을 감자 제인의 음색과 살랑이는 공기의 흐름이 선명하게 느껴졌다.

다음 노래는 뭘 들을지 물어보려고 고개를 돌렸다가 멈칫했다. 그의 두 눈엔 눈물이 맺혀 있었다. 어떻게든 울지 않으려고 입을 꽉 다물고 있는 모습이 안쓰러웠다. 내가 어떻게 해야 하는 걸까. 무슨 일이냐고 물으려다 그가 예전에 한 말이 떠올랐다. 그는 힘들 땐 말없이 가만히 옆에 있어 주는 게 좋다고 했었다. 그래서 그냥 그의 손을 잡은 채 다시 눈을 감았다. 그의 MP3에선 제인의 다른 노래들이 연이어 재생됐다. 몇 곡이나 더 들었을까. 옆에서 기척이 느껴져서 눈을 떴더니, 유현이가 몸을 일으켜 세웠다.

"누워서 노래 들으니까 좋다. 이제 갈까?"

유현인 아무 일도 없었다는 듯, 살짝 미소 지으며 말했다. 그를 따라 나도 바지에 묻은 먼지를 살짝 털어 내며 일어섰다. 애써 웃으며 그와 몇 마디를 나눴지만, 끝내 정적이 흘렀다. 우리는 서로의 손을 꽉 쥔 채 말없이 걸었다.

"유현아, 우리 집에서 자고 갈래?"

동문 주변에서 그에게 물었다. 그는 조금 고민하더니 고개를 저었다.

"아니. 나 내일 아침에 할 일이 있어서."

"알겠어. 가서 푹 쉬어."

팔을 벌려 그의 허리를 감싸 안았다. 내 머리를 쓰다듬는 유현의 손길에 울컥해서 허리에 두른 팔에 힘을 꽉 주었다. 그러자 그가 들리지 않을 정도로 작은 한숨을 푹 내쉬며 내 어깨에 머리를 기댔다. 집에 돌아와서도 그늘진 그의 얼굴이 머릿속에서 떠나지 않아 펜을 들었다.

— 언제부터인지 모른다. 나를 보는 그의 눈빛엔 사랑만 있는 것이 아니라, 여러 감정이 섞여 있는 것 같다. 어떤 날은 두려움이 보이고, 또 어떤 날은 슬픔이 보인다. 언뜻 엿보이는 그의 마음을 아는 척하지 않았다. 나만 모르는 척하면 없는 일인 듯, 지나갈 것 같았다.

D-46

"나도 얼른 보고 싶어. 자기야, 그럼 내일 봐. 저녁 맛있게 먹구."

혜지가 과방 구석에서 전화를 끊으며 행복한 표정을 지었다.

"김혜지, 누가 보면 너만 남자 친구 있는 줄 알겠다. 자기 없는 사람은 서러워서 살겠나. 오래됐는데도 깨가 쏟아지네, 아주."

민주가 혜지를 흘겨보며 장난스럽게 말했다.

"무슨. 지난달까지만 해도 찬바람이 불었는데. 좋긴 여름이 얘가 매일 좋지."

혜지가 눈썹을 올리며 나를 바라보았다. 내가 입술을 앙다문 채 어깨를 으쓱하자 민주가 약 오른다는 듯 내 볼을 살짝 꼬집었다.

"백여름. 그 표정 뭔데. 맨날 자기 얘기는 잘 안 한다니까."

"잠시만, 전화 왔다."

주머니에서 울리는 진동을 확인하니, 유현이었다.

"여름아, 오전에 전화했었네. 지금 봤어."

"괜찮아. 우리 저녁에 영화 보러 가는 거 알지? 6시에 정문에서 볼까?"

종일 연락이 되지 않아 섭섭했지만, 티 내지 않았다.

"아, 영화 보기로 한 게 오늘이었나? 어쩌지, 학과 일로 바빠서 오늘은 못 볼 것 같은데."

"아… 그럼 영화는 보지 말고 잠시 얼굴만 볼까? 내가 약대로 갈 게. 우리 며칠 동안 못 봤잖아."

"미안, 진짜 바빠서. 다음에 보자."

한동안 보지 못했는데 오늘 약속까지 파투 나니 마음이 착잡했다.

"뭐야, 너 표정이 왜 그래. 유현 씨가 뭐라 그래? 자꾸 숨기지 말고 얼른 털어놔 봐. 언니들이 너보단 연애 고수지."

민주의 장난스러운 말에 혜지가 피식 웃었다.

"아냐, 별일 없어."

"별일 없는 사람 표정이 아닌데?"

"진짜 별건 아닌데…. 유현이가 뭔가 묘하게 변한 것 같아서. 연락도 잘 안 되고, 내 말도 잘 까먹고."

얕은 한숨을 내쉬며 투정 부리듯 말했다. 우리 사이에 큰 문제가 생긴 건 아니지만 요 근래 나보다 다른 것에 집중한 그에게 서운한 건 사실이었다.

"권태기 아냐?"

듣고만 있던 혜지가 말했다.

"권태기는 무슨. 우린 싸운 적도 없는걸."

"권태는 싸우는 거랑 달라. 그냥 뻔하고 편해진 거지. 친구랑 노는 게 더 재밌고 같이 있으면 할 말도 없고. 상대의 일상이 궁금하지 않은 거야. 혹시 같이 만날 때 핸드폰 자주 보지 않아?"

"아냐, 좀 달라지긴 했지만 날 보는 눈빛은 똑같아."

"그럼 다행이고. 우린 권태가 심하게 왔었거든. 만나면 재미없고, 이럴 거면 왜 만나나 싶고. 늘 똑같은 일상만 같이 보내니까 서로에게 매력을 느끼지 못했나 봐. 여행 다녀오니까 좋아지더라고. 권태기는 아니라지만, 여행 한번 가 봐. 더 좋아질걸?"

내가 고개를 끄덕이자 이번엔 민주가 말했다.

"사랑꾼은 빠지시고. 언니가 많이 만나 봤잖아. 갑자기 변한 거면 둘 중 하나야. 새로운 여자가 생겼거나, 알던 여자가 새롭게 보이거나."

민주는 엉뚱한 헛소리가 진리라도 된다는 듯 말했다.

"그건 절대 아냐. 이민주, 뭐라는 거야 진짜."

"어떻게 확신하냐? 특히 약대는 믿을 수가 없어."

흥분한 민주를 보고 내가 의아한 표정을 짓자 혜지가 중간에서 말했다.

"민주 얘, 약대랑 소개팅했다가 일주일 만에 차였거든. 얼마 안 됐어."

"뭐? 누구랑? 근데 왜 나한텐 지금 말해."

"네가 우리랑 같이 다닐 시간이 있었냐. 일주일도 아니다, 6일이야. 지 첫사랑을 다시 만났다나 뭐라나. 장난치는 것도 아니고. 주변에 유현 씨 좋다고 알짱대는 애 없어?"

민주의 말에 아주 잠깐 가을이 떠오르긴 했지만, 이내 고개를 저었다.

"됐네요, 됐어. 우리 민주 언니 노래방 가서 스트레스 푸셔야겠네. 여름 동생도 저녁 약속 취소된 거 같으니 노래방 갔다가 돈가스나 먹자."

혜지가 탁자에 걸쳐 둔 파란 모자를 쓰며 말하자 민주는 웃으며 혓바닥을 살짝 내밀었다.

유현이가 왜 변했는지는 알 수 없었지만, 친구들과 이야기하다 보니 기분이 조금 나아졌다. 권태와 바람이 아니라는 확신이 들었기 때문이다. 둘 다 아니라면, 나에게 말하기 힘든 개인적인 일이 있겠지. 그를 위로해 주고 힘이 되어 주고 싶었다.

문득 지난 생에 유현이가 내 사물함에 핫초코를 넣어 두었던 것이 생각났다. 핫초코를 마시면 나를 생각하는 그의 마음이 그대로 전해졌었다. 여름이니까 시원한 초코우유를 가져다주면 기뻐하겠지?

"미안한데 너희끼리 먼저 가. 나는 잠깐 유현이 보고 뒤따라 갈게."

"어련하시겠어요. 얼른 와."

혜지와 민주가 핀잔주듯 말했다.

교내 매점에서 초코우유를 사서 약대로 향했다. 갑자기 만나자
고 하면 당황할 테니, 음료만 사물함에 넣어 둬야지. 2층 한쪽 벽면
을 가득 채운 사물함 개수에 놀랐지만, 다행히 학번을 외우고 있어
서 그의 사물함을 금방 찾을 수 있었다.

사물함 안엔 전공 책과 공책 몇 권이 가지런히 놓여 있었다. 초
코우유를 넣은 뒤 손을 빼다가 오른쪽에 있는 검은색 공책이 음료
쪽으로 쓰러졌다. 공책을 똑바로 세워 두려다 유현이 노트 필기가
궁금해서 살짝 열어 보았다. 공책엔 전공 필기가 아니라, 알아볼
수 없게 날려 쓴 문자들과 수많은 숫자 그리고 매몰차게 그은 엑스
표시만 가득했다.

놀란 마음에 다음 장을 넘겨 보아도 앞장과 같았다. 비슷한 페
이지를 죽 넘기다가 마지막 장을 보고 멈칫했다. '아닌 건 아닌 거
다.'라는 문장만 반복해서 양쪽 가득 적혀 있었다. 무슨 뜻인지 알
수 없었지만 뭔가 고민이 있는 건 확실해 보였다. 검은색 공책을
다시 세워 두고 문자를 보냈다.

[유현아, 사물함에 초코우유 넣어 뒀어. 맛있게 먹어.]

문자를 보내고 몇 시간 뒤, 친구들과 돈가스를 먹고 있는데 답장이 왔다.

[고마워, 여름아. 잘 마실게.]

*

다음 날도 약대로 향했다. 사물함 속의 다른 짐은 그대로였지만, 이상한 글씨가 쓰여 있던 검은색 공책은 없었다. 음료를 넣어 둔 뒤 유현이에게 문자를 보냈다. 내심, 오랜 시간을 내진 못하더라도 내가 약대에 왔다고 하면 잠시라도 시간을 낼 줄 알았다. 하지만 유현이는 나오지 않았고, 일주일간 만날 수 없었다.

D-36

유현이를 보지 못하는 시간이 길어지자 점점 불안하고 조급해졌다. 그가 혼자 일어날 수 있게 옆에서 기다려 주어야 하지만, BCD 카페로 돌아갈 시간이 얼마 남지 않았기 때문이다. 이런 내 마음을 알았는지, 오늘 연극 연습 마치고 보자는 문자가 왔다.

연극 연습을 마치고 반가운 표정으로 달려가 안기자 그는 몸을 살짝 뒤로 빼며 큰 손으로 내 등을 토닥였다. 오랜만에 하는 데이트인데도, 그의 표정은 여전히 굳어 있었다. 애써 분위기를 띄우기 위해 그에게 연극 연습할 때 있었던 일을 조잘거렸다. 내가 쉼 없이 이야기할 동안 그는 나를 바라보기만 했다. 입은 웃고 있지만, 눈은 왜인지 슬퍼 보였다.

"유현아, 몸 안 좋아? 피곤해?"

"아니. 괜찮은데?"

"그럼 다행이고. 오늘은 집까지 데려다주는 거 간질이기로 정할까? 나 간지럼 안 타려고 연습 많이 했어. 너 절대 나 못 이길걸."

일부러 짓궂은 표정을 지으며 분위기를 바꿔 보려 했다. 그러면 유현이가 '에이, 그래 봤자지.'라고 말하며 호탕하게 웃을 줄 알았다. 그러나 유현은 입꼬리를 희미하게 올리며 말했다. 눈은 웃지 않은 채로.

"그랬어? 그럼 내가 진 걸로 하자."

그의 말에 맥이 탁 풀려 버렸다.

"안유현, 너 왜 그래?"

"내가 뭘?"

"웃지도 않고… 평소랑 너무 다르잖아."

괴로운 마음에 띄엄띄엄 말을 뱉었다.

"네가 데려다주고 싶은 거 아니었어? 뭐가 문젠데?"

조금은 날이 선 그의 대답에 당황스러웠다. 적막한 공기가 이어지자 착잡한 마음이 들었다. 그가 힘들 때 옆에서 자리를 지켜 주어야 하는데, 투정 부린 내가 한심했다.

"아무것도 아냐. 문제없어. 참, 우리 다음 주에 여행 갈래?"

속상한 마음을 숨긴 채 그의 손을 잡으며 말했다. 벌써 7월 말이었기에 다른 문제를 일으키고 싶지 않았다.

"갑자기 여행?"

"응. 거제도 가자. 바다도 보고, 풍차도 보면 기분 좋아질 거야."

"그러자. 내가 가는 길이랑 숙소 알아볼게."

그는 피곤한 듯 고개를 젖혔지만, 의외로 흔쾌히 응했다.

"나도 찾아볼게. 재밌을 거야."

그래. 역시 그가 변했을 리 없어. 학과 일에 기말고사도 바쁜데 할머니 간병까지 하느라 피곤했던 거겠지. 다 기분 탓이야.

D-30

뜨거운 햇볕에 정신까지 몽롱해지는 날, 정문 앞 카페에서 그를 만났다. 여행 가는 날만 기다리는 나와 달리, 큰 감흥이 없어 보이는 그의 모습에 기운이 빠졌다.

"유현아, 여행 가는 거 별로야? 그냥 집에서 쉴까?"

"아니? 가야지."

그가 건조하게 말했다. 내심 그가 진짜 안 간다고 할까 봐 불안했는데 다행이었다. 거제도에서 가고 싶은 곳을 이야기했지만, 그는 심드렁한 표정으로 창문만 바라보았다. 적극적이지 않은 그의 표정에 심기가 불편해진 내가 입을 다물자 우리 사이엔 정적이 흘렀다. 옆에서 다른 연인이 장난치는 소리가 귓가에 들리니 내 신세가 더 처량하게 느껴졌다.

그때 그의 핸드폰이 울렸다. 그는 "잠시만."이라고 말하며 카페 밖으로 나갔다. 유리창 너머의 그는 무언가 즐거운 일이 있는 듯 보였다. 접시에 놓인 초콜릿을 하나 집어 먹으며 희미하게 미소 짓는 그를 바라보았다. 나와 함께 있을 때는 다른 생각에 골몰하여 혼이 나간 느낌이었는데……. 속에서 울컥 뜨거운 것이 올라왔다.

"무슨 좋은 일 있어?"

통화를 마치고 들어온 그에게 물었다.

"일은 무슨."

알 수 없는 그 계절의 끝

331

그는 내가 아닌 핸드폰을 바라보며 대꾸했다. 내가 예민한 걸까. 김혜지, 괜히 권태기라는 말을 해서는. 작은 변화에도 불안함이 엄습해 오는 이 기분이 싫었다. 한동안 정적이 흐르다가 그가 먼저 말문을 열었다.

"숙소 예약한 거 문자 왔어. 여기 맞지?"

그가 건네준 핸드폰 화면엔 숙소 입실 시간과 주변 볼거리 등이 적혀 있었다. 문자를 살펴보는데 새로운 문자가 왔다. 그가 핸드폰을 바로 가져가는 바람에 내용은 읽지 못했지만, 분명히 보았다. '가을 씨'라고 저장된 이의 번호를.

"…가을 씨랑 연락해?"

목소리가 떨려 나왔지만, 애써 또박또박 말했다.

"연락은 무슨. 그냥 물어볼 거 있다고 문자 온 거야."

"…그랬구나."

담담하게 대꾸했지만, 울고 싶었다. 그는 내 표정이 일순간 일그러진 것을 보았을 텐데도 별다른 반응이 없었다. 더 캐묻고 싶었지만 그럴수록 더 멀리 도망간다는 것을 알고 있기에 애써 입을 다물었다. 내 마지막 선택에 오점을 남기고 싶지 않았다. 앞으로 딱 한 달만 이전처럼 행복하게 살고 싶었다.

설마 아까 그 전화도 가을 씨일까? 의심이 계속해서 커졌으나 생각하지 않으려 애썼다. 생각할수록 눈덩이처럼 커지는 의심을 감당할 자신이 없었다. 계속 함께 있으면 그를 탓하게 될 것 같아 집으로 돌아왔다. 따뜻한 물로 샤워를 한 뒤, 침대에 기대어 앉았다. 일기장을 펼치니 두 눈엔 말갛게 눈물이 고였다.

— 아주 작은 것에도 상처받는다. 햇빛은 따사롭고 바람은 시원한데, 이것을 누릴 수 있음에 감사해야 하는데⋯⋯. 내 이름을 불러 주지 않는 너에게, 웃음소리로 북적이는 카페에, 생각보다 달콤하지 않은 초콜릿에, 이런 작은 것들에 흔들린다.

D-28

뜨거운 태양이 내리쬐는 8월, 우리는 거제로 떠났다. 지난 생에 선우와 함께 와서 유현이를 생각했던 곳이었다. 가을 씨의 연락을 보고 마음이 혼란스러웠지만, 이번 여행은 내 삶의 마지막 여행이기에, 마음껏 사랑하고 충분히 행복하고 싶었다. 만약 유현이의 마음이 변했어도, 많이 웃고 떠들다 보면 돌아올 거란 기대감에 부풀었다.

여름의 거제는 여전히 아름다웠다. 조금 들뜬 나와 달리, 유현이는 차분해 보였다. 하지만 이틀 전과 달리 대화에 집중했고 중간중간 미소 지었다. 작은 미소만으로 그동안의 마음고생이 보상받는 기분이었다. 우린 아주 밝지도, 아주 가라앉지도 않을 정도의 텐션으로 대화를 주고받았다.

바람의 언덕을 둘러보고 몽돌 해변에서 동그란 돌맹이를 몇 개 던진 뒤, 숙소에 도착했다. 펜션 주인분께선 우리가 예약했던 바비큐를 내어 주셨다. 내가 샤워를 하고 나오니, 유현이는 발갛게 익은 얼굴로 고기를 굽고 있었다. 말을 걸 수 없을 만큼 열심이었다. 그 모습이 지금까지 서먹하게 군 것에 대한 사과로 느껴졌다.

"유현아, 고기 구워 줘서 고마워. 숯불에 구워 먹으니까 더 맛있다."

그에게 환한 미소를 보이자 그가 흐르는 땀을 닦으며 말했다.

"다행이다. 많이 먹어, 여름아."

그가 내 이름을 부르는 게 얼마 만인지. 드디어 내가 알던 그로 돌아온 것 같았다.

"많이 더웠지. 콜라 줄까?"

"나도 오늘은 맥주 마실게."

"오랜만에 같이 맥주 마시니까 좋다."

하이트 캔을 따서 그에게 건넸다. 우리는 나쁘지 않은 분위기로 대화를 이어 갔다.

먹은 걸 정리하고 숙소로 들어가려 하는데 유현이 무언가 결심한 표정으로 말했다.

"여름아, 우리 산책할래? 걷고 싶어. 할 말도 있고."

그가 하려는 말이 무엇일까, 궁금하기도 하고 두렵기도 했다. 어두운 오솔길 사이, 눈이 부시지 않을 정도의 은은한 가로등이 불을 밝히고 있었다. 먼발치에서 들리는 파도 소리와 사방에서 들리는 귀뚜라미 소리가 조화로웠다.

"여름아."

한참을 걷다가 멈춰 선 그가 나를 불렀다. 그의 얼굴을 바라보았다가 눈을 피했다. 내가 알던 그의 눈빛이 아니었다. 그런데 어디선가 이런 눈을 본 적이 있는 것 같다는 기시감. 그 느낌을 몇 초 뒤에 알 수 있었다.

"그만 만나자."

"어?"

그의 마음이 이전과 다르다는 건 알고 있었지만, 이별까지 생각한다고는 상상조차 하지 못했다. 혹시 말을 잘못 뱉은 건 아닐까. 그가 내게 헤어지자고 할 리 없다. 슬프기보단 혼란스러웠다. 정신이 아득하여 깊은숨만 들이마셨다.

"나 교환 학생 가기로 했어."

"아… 그래? 근데 그거랑 헤어지는 거랑은……."

"가을 씨랑."

그가 내 말을 끊으며 말했다. 그의 말에 심장이 덜컥 내려앉았다. 심장에서 피가 한꺼번에 모두 빠져나가는 것 같았다. 그 이름 하나가 내가 할 수많은 질문을 덮어 버렸다. 더 이상 이유를 묻지 말라고, 완전히 선을 그어 버린 것이다. 그녀는 매력적이었지만 유현이가 흔들리지 않는다고 확신했었다. 그녀를 향한 그의 눈빛엔 분명어떤 감정도 담겨 있지 않았다. 그런데 이게 무슨 일이란 말인가.

나는 그 자리에 서서 그의 눈을 바라보았다. 세상이 멈춘 것 같이 고요했다. 계속 들리던 파도 소리와 귀뚜라미 소리도 들리지 않았다. 곧이어 입 밖으로 새어 나온 작은 신음 이후, 귀뚜라미 소리가 다시 들렸다. 마치 시간이 멈췄다가 다시 흐르는 듯했다.

눈물을 흘리지 않으려 애써 입술을 깨물었다. 그를 붙잡아야 하는데 계속 울기만 할 순 없었다. 적어도 내 마음은, 내 진심은 그에게 전해야 하지 않겠는가. 하지만 무슨 말을 어떻게 꺼내야 할지 아무 생각도 나지 않았다. 머릿속이 하얗다는 말은 관용 어구인 줄 알았는데, 정말 단어 그대로 새하얗게 변했다. 정신을 차리기 위해 입술을 세게 깨물었더니 연한 피 맛이 입 안에 감돌았다. 그는 내 입술을 바라보곤 미간을 찌푸렸다.

"그게 무슨…. 왜…….."

시야가 부옇게 번지고 목이 메었다.

"일부러 여행 와서 이야기했어. 학교 주변에서 말하면 너 그 장소에 갈 때마다 기분 안 좋을 것 같아서. 조금 떨어진 곳에서 이야기하면 좋지 않을까 하고."

가슴 아픈 말을 내뱉으면서도 그의 표정은 흔들리지 않았다. 아니, 어쩌면 더 부드러웠다. 그래, 지난 생에서도 그랬다. 그는 따뜻한 표정으로 나에게 이별을 고했다. 그때도, 설마 가을 씨였을까. 그와 함께 교환 학생을 간다던 사람.

유현이는 여전히 따뜻했고 그의 눈빛은 여전히 사랑 같았다. 그러나 그 입에서 나오는 말은 그것과 정반대의 것이었다. 내가 너란 사람을 이렇게 몰랐던 걸까. 다정한 눈과 다르게 매서운 말을 뱉는 그 입을 바라보며 혹시 이게 꿈은 아닐까 생각했다. 도망치고 싶은데 보이지 않는 무언가가 내 발을 잡고 놓아주지 않는 악몽 같았다.

"가을 씨랑 오래 만났어?"

당장이라도 떨어질 것 같은 커다란 물방울을 억지로 머금은 채 간신히 입을 열었다.

"아니, 얼마 안 됐어. 좋은 사람… 이더라고."

그는 여전히 담담한 얼굴로 말했다. 억지로 살짝 올리려는 입꼬리가 마치 어금니를 꽉 깨물고 있는 것처럼 보였다. 그는 애매한 사람이 아니었다. 이쪽저쪽 재며 고민하는 나와 달리, 그는 한 방향으로 우직하게 걷는 사람이었다. 그가 이렇게 모진 말을 내뱉는 경우라면, 나에 대한 마음 정리를 모두 마친 것이 분명했다.

하얀 머릿속에 검은 실들이 여기저기서 튀어나와 얽히고설켰다. 시간이 얼마 없다. 그는 내가 붙잡아도 떠나갈 것이다. 그러나 내가 할 수 있는 유일한 일은, 그를 붙잡는 것뿐이었다. 내가 너를 보기 위해 미래에서 왔다고, 나는 한 달 뒤면 이 세상을 떠나니, 제발 딱 한 달간만 아무 일도 없었던 것처럼 나를 사랑해 달라고. 아니 내가 너를 사랑하게만 해 달라고. 아주 잠시만 그 자리에 머물러 달라고 외치고 싶었다. 하지만 수많은 생각의 실타래는 꼬이고 뒤엉켰는지, 입 밖으로 나오지 못했다.

"유현아. 유현아. …유현아. 이건 아니야. 우리가 이렇게 끝나면 안 되잖아."

생각들에 걸려 넘어진 나머지, 계속 그의 이름만 불렀다.

"다른 할 말 없으면 이만 갈게."

내 눈을 응시하던 그가 뒤돌아섰다. 매일 어루만지던 그의 넓은 등이 너무나 멀게 느껴졌다. 축 처진 어깨 아래, 손가락 끝이 미세하게 떨리고 있었다. 그는 멈칫하더니 다시 나를 바라보았다.

"그리고 마지막으로 할 말이 있는데… 네 일기장에서 나에 대한 내용은 지워 줬으면 좋겠어. 그렇게 자세히 기록되어 있는 거, 불편해."

그와 내가 사랑한 기억들, 그 추억들까지 없앴으면 좋겠다니. 검은 하늘이 안개 낀 듯 뿌옇게 보였다.

"유현아, 나한테 한 달만 시간을 줘. 딱 한 달만."

마지막 남은 힘을 짜내어 그를 붙잡아 보았지만, 그는 일말의 여지도 주지 않았다.

"아냐. 우리 좋았던 시간까지 얼룩지게 하진 말자. 알잖아, 이런 말이 길어질수록 추억도 변색되는 거."

그의 모진 말에 내 팔은 힘없이 아래로 툭 늘어졌다. 정신을 붙잡고 있지 않으면 금세라도 쓰러질 것 같았다. 그는 표정 없는 두 눈으로 나를 응시했다. 몇 주 전, 그의 수첩 마지막 장에 빼곡히 적혀 있던 문장이 떠올라 가슴이 시큰거렸다. '아닌 건 아닌 거다.' 뜻을 물어보지 못했는데, 나를 향한 말이었나. 그에게 나는 더 이상 의미 있는 존재가 아닌 걸까.

점점 멀어지는 그의 등을, 수평선 너머로 지는 해를 보듯 한참 바라보았다. 그는 서서히 멀어지더니 아예 암흑 속으로 사라졌다. 원래 존재하지 않았던 것처럼, 세상이 깜깜했다. 왜 이렇게 마음대로 되는 일이 하나도 없을까. 적막한 밤거리에 마음이 소리 없이 무너져 내렸다. 발아래를 지탱하는 무언가가 내려앉아 깊은 구덩이 속으로 끝없이 가라앉는 기분이었다. 한참을 울다가 동이 트고 햇살이 몸을 비출 때쯤 지쳐 잠이 들었다.

D-27

다음 날, 문을 두드리는 소리에 일어났다. 퇴실 시간이 한참 지났는데 내가 나오지 않아 펜션 주인분이 찾아온 것이다. 죄송하다고 인사한 후, 제대로 씻지도 않은 채 무작정 거리로 나섰다. 아무 생각도 나지 않았다. 어젯밤을 생각하면 무너져 내릴 것 같아서, 그냥 발걸음 가는 대로 걸었다. 모르는 동네를 하염없이 걷다 보니 발가락이 아팠다. 나무 의자에 앉아 신발을 벗으니 어제 있었던 일이 꿈이 아니라는 사실이 실감 났다.

그가 날 떠났다. 그 사실을 인정하자 눈물이 쉴 새 없이 흘렀다. 눈물이 볼을 타고 턱 아래에 고여 무릎에 떨어졌다. 나를 아는 사람이 아무도 없는 이곳에서 소리 내어 엉엉 울었다. 지나가는 할아버지께서 혀를 차기도 하고, 동네 꼬마가 이상하게 바라보기도 했지만 상관없었다.

내 우주가 무너졌다. 메마른 눈이 따가워서 벤치에 기대어 눈을 감았다. 눈을 감아도 발갛게 아리는 잔상들이 마음속을 헤집었다. 시린 눈을 뜨니 구름 한 점이 보였다. 문득, 그를 처음 만난 벽화 마을이 떠올랐다. 그곳에 가면 모든 것이 원래 자리로 돌아올 것만 같았다. 그곳에서 그가 이어폰을 낀 채 노래를 흥얼거릴 것만 같았다. 마음을 추스르고 신발을 신은 뒤, 벽화 마을로 향했다.

몇 시간이 걸려 도착한 벽화 마을엔 그와의 추억이 곳곳에 배어 있었다. 그를 처음 만난 버스 정류장, 핸드폰 번호를 주고받았던 길거리 사진기, 밤새워 서로를 향해 고백했던 하나 민박까지. 보는 내내 웃음이 나오다 눈물이 고였다 반복했다.

한참을 걷다 보니, 그와 함께 누웠던 한적한 차도가 보였다. 혼자 그 차도에 누워 파란 하늘을 바라보니, 깊고 맑은 그의 눈동자가 아른거렸다. 영원할 것 같던 그의 마음이 변했다는 것을 납득하기 어려웠다. 우리가 왜 헤어져야 해. 내가 뭘 잘못한 걸까. 꼬리를 무는 자책이 심장을 찌르듯 아렸다.

눈부신 햇살에 잠시 눈을 감으니 멀리서 대화 소리가 들렸다. 이 한적한 곳에 사람이 있다니, 혹시 유현이가 아닐까. 얼른 몸을 일으켜 소리가 나는 쪽으로 걸었다. 웅성이는 소리가 가까워질수록 심장이 빠르게 뛰었다. 내 기대를 비웃기라도 하듯, 그곳엔 우리랑 나이가 비슷해 보이는 한 커플이 산책을 하고 있었다. 한숨을 폭 내쉬고 그들이 향하는 쪽으로 시선을 돌리자, 주택을 개조한 예쁜 2층짜리 건물이 보였다. 가까이 걸어가서 그 간판을 보고 심장이 멎을 뻔했다.

'여름의 피자' 유현이 말했던 피자집이었다. 그때 여기를 지나치지 않고 다른 길로 둘러 갔었나. 하지만 큰길은 하나뿐인데. 서로의 이야기에 집중하느라 놓친 걸까. 아님, 건물에 불이 꺼져 있어서 보지 못했던 걸까. 안으로 들어가려다 사람들의 웃음소리에 발걸음을 멈췄다. 너와 함께 왔으면 참 좋았을 텐데. 우리가 그때 찾지 못했던 곳이라고, 네가 좋아하는 가게가 아직 있다고 말해 주면 참 좋을 텐데.

그에게 전화를 걸었다. 어쩌면 내 연락이 우리의 예쁜 날들을 더럽힐 수 있다는 것을 알지만, 그럼에도 전화를 걸 수밖에 없었다. 하지만 이런 걱정조차 무의미하다는 듯, 유현이 목소리 대신 전화를 받을 수 없다는 알람음만 귓가에 맴돌았다.

D-19

그가 이별을 고한 지 열흘, 먹지도 자지도 못해서 눈두덩이가 퀭하니 어두웠다. 연극 연습은 고사하고 온종일 손은 그의 번호를 누르고, 발은 그의 집을 찾았다. 하지만 그를 만날 순 없었다. 그 대신 나온 성민만 멋쩍은 듯 말했다.

"오늘도 유현이 없어요. 여름 씨, 제가 따끔하게 혼낼게요. 그런 나쁜 놈은 잊어버려요."

"어떻게 잊어요. 마지막인데. 이번이 마지막인데 어떻게 제가 유현이를 잊어요."

목소리가 떨려 나왔다. 성민은 애써 울음을 삼키는 내가 안쓰러운 듯 한숨을 쉬며 말했다.

"여름 씨는 더 좋은 사람 만날 수 있을 거예요."

그때, 안에서 부스럭거리는 소리가 들렸다.

"유현아, 너 안에 있지? 유현아, 잠깐만 이야기 좀 해."

대답이 들리지 않자 더 큰 소리로 울부짖었다.

"딱 한 번만 더 이야기하자고. 제발."

하지만 그 뒤에 들려오는 말소리는 유현이가 아닌 성민의 것이었다.

"여름 씨, 유현이 집에 없어요. 다음 학기엔 휴학하고 어디 멀리 간다고 하던걸요. 지금 집에도 며칠째 안 들어오고 있어요."

다리에 힘이 풀려 주저앉아 엉엉 울고 말았다. 그러자 옆집 문이 열리더니 한 여인이 나를 흘겨보았다. 원룸이 밀집되어 있는 건물에서 너무 큰 소리로 운 것이다. 눈물이 멈추지 않아 울먹이며 말했다.

"미안해요. 나도 이러고 싶지 않은데. 이번 생은 이렇게 마무리하고 싶지 않았는데……."

더 큰 소리로 목 놓아 울자 여자는 눈을 한 번 더 흘기고 한숨을 쉬며 소리 나게 문을 닫았다. 성민은 그런 나를 부축해서 엘리베이터까지 데려다주었다.

"유현이 정말 집에 없어요? 저 한 번만 도와줘요. 성민 씨 저한테 빚도 있잖아요. 제발요."

"빚이요?"

"성민 씨 때문에 유현이랑 헤어졌잖아요."

말이 뇌를 거치지 않고 자꾸만 흘러나왔다.

"그게 무슨…. 저도 도와주고 싶지만 그럴 수가 없어요. 저도 정말 몰라요. 그리고 혹 안다고 해도 저는 유현이 편이에요. 미안해요, 여름 씨."

그는 조금 기분 나쁜 표정이었지만, 이내 평정을 되찾고서 나를 1층까지 데려다주었다.

"미안해요. 혹시나 유현이 돌아오면… 꼭 연락 좀 부탁드려요……."

그는 끝내 대답하지 않았다. 그저 "이제 더 이상 찾아오지 마세요. 건강하게 지내요, 여름 씨."라고 말할 뿐이었다.

열홀 남짓 남은 날을 어떻게 보내야 할까. 학교는 방학이고 아르바이트도 안 하니 우리 사이엔 접점이 없었다. 유현이 할머니 댁이라도 알면 좋았을 텐데……. 내가 생각보다 그에 대해 아는 게 없구나. 전화만 받지 않으면 이렇게 쉽게 인연이 끊길 사이였다니.

맞아, 가을 씨한테 물어보면 되잖아. 왜 진작 이 생각을 못 했지? 서둘러 연습실로 향하자 그곳에 있는 배우들과 스태프들이 모두 나를 바라보았다. 왜 지금까지 오지 않았냐는 걱정과 질책이 섞인 동료들의 말을 뒤로하고, 가을의 어깨를 붙잡고 말했다.

"가을 씨, 유현이 어디 있어요? 알고 있죠? 나 딱 한 번만 만나게 해 줘요. 제발, 한 번만 살려 줘요."

"언니, 여기서 왜 그래요. 나가서 이야기해요. 연출님, 죄송합니다. 잠시만요."

가을은 난처한 기색으로 내 팔을 잡은 채 문을 열고 계단으로 올라갔다. 뒤에서 웅성거리는 소리가 들렸지만, 조금도 신경 쓰이지 않았다.

"가을 씨, 그만 올라가고 이야기 좀 해요. 유현이, 유현이 어디 있냐고요."

유현이를 만나도 상황이 변하지 않을 거란 건 알고 있다. 하지만 이렇게 끝낼 순 없었다. 애원했지만 그녀는 내 팔을 세차게 놓으며 매정하게 말했다.

"언니. 미안하지만 말하기 싫어요. 누가 자기 남자 친구를 전 연인이랑 만나게 해 주겠어요? 그리고 저도 요즘 유현 오빠 못 만나요. 교환 학생 가기 전까지 마무리해야 될 일이 있다며 본가에 머문다고 했거든요. 저도 연극 마치고 나서 볼 수 있을 거예요."

"본가요? 할머니 댁에 가 있대요? 주소 알아요?"

"제 말 듣고 있는 거 맞아요? 가르쳐 주기 싫은데요. 언니, 이거 너무하다고 생각하지 않아요? 저 언니 연애할 때 호감은 표시했지만 이런 식으로 언니 힘들게 흔들어 놓은 적 없었어요."

"가을 씨야말로 뭐가 그렇게 떳떳해요. 내 남자 친구한테 연락하고, 나한테 미안하지도 않아요?"

"무슨 소리예요. 저 언니랑 유현 오빠가 사귀는 거 안 이후로 오빠한테 먼저 연락한 적 한 번도 없어요. 최근에 오빠가 먼저 연락온 거예요. 그게 제 탓이에요?"

할 말이 없었다. 가을이 따라다닌 게 아니라, 유현이가 먼저 다가간 거였다니. 힘겹게 잡고 있던 가느다란 끈이 탁 끊어졌다. 유현이에게 직접 들은 게 아니니 그녀의 말이 맞다고 확신할 순 없지만, 거짓말은 아닐 것이다. 내가 1년간 겪은 그녀는, 적어도 앞과 뒤가 다른 사람은 아니었다. 자신의 감정과 생각을 있는 그대로 표현하는 사람이었다.

그녀의 말을 듣자 머리가 깨질 듯이 아팠다. 내가 아무 말도 없자 가을은 한숨을 크게 뱉고선 쿵쿵 발소리를 내며 연습실로 내려갔다. 갈비뼈가 팽창하고 수축하기를 여러 번, 그를 놓아줘야 할 타이밍이 왔음을 직감했다. 지난 생의 그도 나에게 그랬듯이.

미련은 꼬리가 길어서 계속해서 이어지면 밟혀 넘어지기 마련이다. 아니다 싶을 땐 일찍 끊어 내는 것이 현명하다. 머리로는 알고 있지만, 마음은 쉬이 진정되지 않아 가슴을 부여잡고 주저앉았다. 그때 누군가 뛰어 올라오는 발걸음 소리가 들렸다.

"여름아, 그동안 어떻게 지냈어? 걱정 많이 했는데."

조연출의 목소리였다. 늘 내게 따뜻하게 말해 주는 그를 보니 서러움이 차올라 눈물이 핑 돌았다. 말없이 눈물만 뚝뚝 흘리는 나를 보고 그가 말했다.

"많이 힘들었나 봐. 얼굴이 많이 상했네. 마음 추스르고 같이 들어가자. 다들 많이 기다리고 있었어. 우리 그동안 열심히 했잖아. 무슨 일이 있는진 모르겠지만, 우리 같이 마무리하자. 응?"

그는 내가 대답하지 않아도 오래도록 내 옆을 지켜 주었다. 시간이 얼마나 흘렀을까, 눈에도 댐이 있다면, 모아 둔 물을 전부 다 소진해 버려서 더 이상 나올 물이 없을 정도였다. 눈물이 말라 벌겋게 따가워졌을 때, 차가운 목소리가 들렸다.

"이제 그만 들어오지."

홍미란 연출가였다. 그녀의 목소리에 홀린 듯 일어서서 계단을 내려갔다. 나를 보며 웅성이는 배우들을 뒤로한 채 대열에 맞춰 섰다. 첫 공연이 2주도 남지 않은 시점이었다. 물론 나는 연습에 집중하지 못했다. 대사를 까먹고 연주 실수가 이어지자 연출님이 나지막하지만 화난 목소리로 말씀하셨다.

"여름이는 앙상블로만 가고, 전 공연 가을이 단독 주연으로 하지."

"대표님, 여름이도 배희선 역 연습 많이 했는데, 더블 캐스팅이 맞지 않을까요?"

조연출의 말에 그녀는 날 선 얼굴로 언성을 높였다.

"여름이, 쟤 지금 하는 꼴 좀 봐. 저 상태로 무대에 서겠다고? 그것도 주연으로?"

"사연이 있는 것 같더라고요. 곧 털어 낼 거예요."

"여기 사연 없는 사람 어디 있나? 이 중 누군가는 몸이 아플 거고, 누군가는 사랑하는 사람을 잃었을 거고, 누군가는 생활고로 힘들 거야. 우리의 삶은 늘 불행과 후회의 연속이니까. 하지만 그걸 티 내는 건 프로가 아니지. 우리가 아마추어들 재롱 잔치하려고 일 년간 애쓴 건 아니잖아? 여름이, 할 말 있니?"

내가 주연을 하지 못한다는 사실보다, 우리 삶은 불행과 후회의 연속이란 말이 마음에 박혔다. 그래, 삶은 원래 그런 건데. 늘 그런 삶을 살았으면서 새삼스럽게 다시 주어진 1년은 아닐 거라고 굳게 믿은 건가. 그 사실을 자각하자 오히려 초연해졌다.

"아니요. 죄송합니다. 앙상블 연습에 매진하겠습니다."

"그래. 지금처럼 하면 앙상블로도 무대에 못 설 줄 알아. 대사가 적은 배역은 있지만, 작은 배역은 없어. 그런 생각으로, 그런 마음가짐으로 무대에 설 순 없어."

"네. 피해 가지 않도록 열심히 할게요."

연출님은 그제야 조금은 누그러진 표정으로, 하지만 여전히 높은 음역대로 말씀하셨다.

"그래. 지켜보지."

연습 후 쉬는 시간, 조연출이 다가와 물을 건넸다.

"여름아, 지금까지 해 온 게 있는데 무너지지 말자. 공연이 며칠 안 남아서 대표님이 많이 예민하셔. 네가 최선을 다하면, 대표님도 마음 바뀌실 거야. 그러니까 배희선 역할도 집에서 계속 연습해. 공연 직전에 다시 더블 캐스팅으로 갈 수도 있으니까."

"그럴게요. 늘 감사해요, 조연출님."

똑바로 서 있는 것조차 버거워 모든 걸 놓아 버리고 싶었지만 그럴 수 없었다. 내가 1년을 더 살게 되면서 얻은 건 유현이, 그리고 피아노와 연극이었는데. 그게 지난 생과 다른 이번 생의 기쁨이었는데. 전부 다 잃을 순 없었다.

D-day

2009년 8월 29일. 8일 동안 하는 연극의 마지막 날이자, 1년의 마지막 날.

8일 전 처음으로 무대에 섰을 땐, 연극 내내 팔과 다리가 떨렸다. 다행히 다른 배우들과 눈을 맞추고 관객들과 소통하며 무사히 공연을 마칠 수 있었다. 여러 번 무대에 올라 그새 익숙해진 걸까, 오늘은 긴장하지 않고 무대를 온전히 즐길 수 있었다.

6시 공연을 마치고 배우들과 함께 무대 뒤에서 소소한 잡담을 나누며 김밥 한 줄을 먹었다. 이게 내 마지막 식사라는 것이 믿기지 않을 정도로 평범했다. 꿈을 찾기 위해 연극을 시작했다던 20대 후반 휴학생은 앞으로 계속 무대에 서겠다고 다짐했고, 좋아하는 게 없다던 새내기 남학생은 휴학하고 글을 쓰겠다고 말했다. 오랜 기간 함께 땀을 흘리며 연습한 사람들, 그들의 소소하지만 확실한 목표를 들으니 내가 떠난 뒤의 나는 어떻게 살아갈지 궁금해졌다.

내일의 나는, 보다 나은 삶을 살아갈까. 내가 머문 시간은 고작 1년뿐이지만, 나를 바라보는 사람들의 시선과 몸에 밴 습관들은 여전히 남아 있을 것이다. 내일의 나는 오늘의 나보다 한 걸음 더 나아가기를 바라며 핸드폰을 열었다. 9시 공연까지 남은 시간은 30분, 어쩌면 마지막으로 누군가와 통화할 수 있는 시간이었다. 부모님과 혜지에게 전화를 한 통씩 하고 나니 20분이 남았다. 마지막으로 유현이에게 전화를 걸었지만, 아주 작은 기대조차 하지 말란 듯 그의 핸드폰은 꺼져 있었다. 무대에 서기 전, 옷을 갈아입으며 문자를 보냈다.

[유현아, 오늘 9시가 마지막 공연이야. 보러 와 줄래?]

답이 없는 핸드폰을 한참 바라보았다. 후회하고 싶지 않아서 돌아온 1년, 그래도 이전보다 나은 삶이었다고 자위했다. 그와 함께한 1년이 머릿속에서 한 편의 짧은 무성 영화가 되어 흘러나왔다.

그때 조연출이 급하게 뛰어왔다.

"여름아, 마지막 공연은 네가 배희선으로 올라가. 방금 대표님이 지시하셨어. 가을이랑 옷 사이즈 똑같지? 가을이한테도 말해 뒀으니 얼른 옷 갈아입고. 잘할 수 있지? 우리 후회 없이 하자."

"네? 갑자기 무슨……."

하지만 뒷이야기를 들을 시간조차 없었다.

무대 뒤, 의상실로 들어가자 가을이 말없이 배희선 옷을 건넸다.

"가을 씨, 진짜 미안한데… 나 진짜 마지막으로 물어볼게요."

그녀가 건네는 옷을 받아들며 말했다.

"언니, 마지막 공연인데 집중하는 게 어때요?"

그녀는 매일같이 물어보는 내가 진절머리 난다는 표정으로 쏘아붙였다.

"미안해요. 근데 난 이게 정말 중요한 문제라서. 물어보지 않으면 후회할 것 같아서요. 오늘이 마지막이거든요. 유현이… 잘 지내고 있죠? 공연 보러는… 안 오나요?"

울상이 된 내가 안쓰러웠던 걸까, 공연하며 미운 정이 든 걸까. 그녀는 한숨을 내쉬며 조금은 누그러진 표정으로 말했다.

"공연부터 잘 끝내고 이야기하죠. 이 공연, 저한테도 소중하거든요."

우리는 말없이 환복한 뒤, 머리 모양을 다듬고 무대 뒤에서 스탠바이했다. 조연출이 다시 와서 속삭였다.

"떨리지? 사실 홍미란 대표님이 너 무대에 올라갈 컨디션 될 때까지 계속 기다리셨어. 말은 안 해도 너 엄청 아끼셨거든. 대표님께서 마지막 곡으로 오디션에서 쳤던 곡 연주하면 좋겠다고 말씀하시더라. 기억나지?"

"네. 해 볼게요."

배희선 대사를 복기하던 중, 무대 옆에 서 있는 연출님과 눈이 마주쳤다. 연출님은 무표정한 듯, 그러나 차갑지 않은 얼굴로 나를 보며 고개를 한 번 끄덕이셨다. 그 전까진 내가 할 수 있을까 걱정됐지만, 그녀의 표정을 보자 왠지 잘 풀릴 것 같다는 막연한 확신이 들었다.

배희선으로 서는 무대는 처음이었지만, 오랜 기간 합을 맞춘 덕분에 극은 자연스럽게 흘러갔다. 무대는 벌써 막바지를 향해 흐르고 있었다. 드디어 마지막 신, 대사를 읊고 제인의 '그때 우리는' 연주를 하기 위해 피아노 앞 진갈색 나무 의자에 앉았다. 오디션 때 친 노래이자, 지금부터 몇 개월 뒤에 발매되는 곡. 유현이를 잊을 수 없어서 힘들 때 많이 듣던 곡. 이 곡을 마지막으로 연극도, 내 인생도 막이 내릴 것이다.

호흡을 가다듬고 손을 건반 위에 올린 채 무대를 바라보았다. 맨 뒷줄에서 익숙한 얼굴이 보였다. 유현이었다. 손이 떨렸다. 연극 중간중간 혹시 유현이가 오지 않았을까 살폈지만 방금 전까지만 해도 보이지 않았는데……. 당장이라도 연극을 멈추고 그가 있는 객석으로 달려가고 싶었다.

하지만, 내 뒤에 선 수많은 배우와 스태프들이 눈에 밟혔다. 내게 이 순간이 소중하듯 그들에게도 이 순간이 중요하겠지. 이 곡이 끝날 때까지만, 딱 3분만 기다려 달라고 빌고 또 빌며 연주를 시작했다. 나를 믿어 주는 연출님과 배우들, 나만 바라보고 있는 관객들을 위해서라도 연주에 집중해야 했다. 하지만, 생각과 달리 온 신경이 그를 향했다. 연주를 하며 유현이가 아직 그 자리에 있는지 확인하려고 고개를 돌렸다.

시간이 지나고 모두가 변해도

당신은 내가 알던 그때에 머물 수 있나요.

변한 우리가 되기 전에 마지막으로 눈에 담고 싶어요.

지금 모습, 이 느낌 그대로 간직하고 싶어요.

당신이 없는 이 길에서 추억을 만나는 나.

눈을 감으면 당신이 돌아올 것 같아요.

내 눈은 건반이 아닌 그의 입을 좇았다. 분명 그는 이 노래를 부르고 있었다. 손끝이 떨렸다. 그동안의 일들이 반주에 맞춰 머릿속을 스쳤다. 유현이 너도 이번 생이 두 번째구나. 너도 돌아온 거구나.

마지막 연주가 끝나자 박수갈채가 쏟아졌다. 그는 나를 한동안 응시하더니 일어나서 극장 밖으로 나섰다. 심장이 쿵쾅거렸다. 떨리는 손을 붙잡고서 관객들에게 고개를 숙였다.

"여름 씨, 수고했어요"

커튼콜 후, 인사를 건네는 동료들을 마다하고 그가 나간 곳으로 온 힘을 다해 달렸다. 그러나 그는 보이지 않았다. 시계를 보니 자정까지 남은 시간은 30분. 그가 보고 싶었다. 마지막으로 딱 한 번만 너를 내 두 눈에 담을 수 있다면 얼마나 좋을까. 대체 언제부터 돌아온 건지, 언제부터가 두 번째 너였는지 묻고 싶었다. 주저앉은 채 고개를 숙여 엉엉 소리 내어 울었다. 누군가 내 머리를 쓰다듬는 느낌이 들어 고개를 드니 아무도 없었다. 허탈한 마음에 눈이 벌겋게 달아오른 채 걷고 또 걸었다.

옆을 바라보니 우리가 자주 갔던 슈퍼가 보였다. 그와의 추억이 묻어 있는 장소라 무엇에 홀린 듯 발걸음을 옮겼다. 누군가와 말을 할 기분이 아니었지만, 단골이라 내 얼굴을 아는 사장님께서 말을 거셨다.

"어, 자주 오던 아가씨네. 총각 물건 가지러 왔어요?"

"네?"

"총각이 한 시간 전인가, 와서 이것저것 사서 저기 두고 사라졌지 뭐예요. 안 그래도 이상하다고 생각하고 있었는데. 혹시 올까 봐 안 치우고 놔뒀어요."

사장님이 뿌듯한 표정으로 말씀하셨다. 사장님이 가리킨 야외 탁자에는 따지 않은 맥스, 빨대 꽂힌 하이트와 떡볶이가 있었다. 그가 늘 들고 다니던 노란색 MP3도 함께.

눈물이 하염없이 흘렀다. 지난 생에 그가 내게 물었다. 인생 마지막 날, 어떤 걸 하고 싶냐고. 그때 내가 말한 모든 것이 그 앞에 있었다. 딱 하나, 안유현 너만 빼고.

그가 두고 간 MP3엔 딱 한 곡만 들어 있었다.

마음을 써 내려가 너에게 닿을까.

이 글을 읽는 너는 미소 지을까.

훗날 누군가 사랑을 묻는다면 일기장을 내어 줄게.

내 청춘을 떠올리면 네가 제일 먼저 생각날 거야.

더 이상 남아 있는 눈물이 없을 정도로 비워 냈는데, 아직도 마르지 않은 건지 다시 눈 아래가 축축해졌다. 그때 가로등이 비치는 탁자 위에 검은 그림자가 드리웠다. 고개를 드는 동시에 가슴속 뜨거운 것이 흘러내렸다. 눈물이 엉겨 붙어 다시 한번 눈을 깜빡였다.

*

눈을 뜨니 BCD 카페 안, 창문 너머 넓은 잔디밭이 보였다. 열려 있는 창문으로 들어온 바람이 눈가를 스치니 아직 덜 마른 볼 위의 눈물 자욱이 시렸다. 손등으로 눈물을 훔치자 짙은 녹색 원피스를 입은 백발의 여인이 걸어왔다.

"백여름 님, 후회 없는 1년 보내셨나요? 아주 특별한 경험을 하셨네요."

여인은 따뜻한 홍차 두 잔을 탁자에 내려 두었다. 울어서 코가 빨개진 채로 그녀를 올려다보았다.

"삶을 여러 번 사는 사람이 있다는 말은 들었지만, 제가 운영하는 BCD 카페 4호점에선 처음 있는 일이었습니다."

그녀는 맞은편 소파에 살포시 앉았다.

"그게 무슨……."

여인은 흔들리는 내 눈동자를 보며 빙그레 미소 지었다. 그녀의 고운 입에선 한 글자 한 글자 믿을 수 없는 이야기가 흘러나왔다.

"안유현 님, 이번이 세 번째 생이었어요. 두 사람이 같은 목적을 갖고서 같은 날짜, 같은 장소로 돌아가길 원한다면, 다시 한번 회귀할 수 있다. 계약서 1조 4항의 예외 조항입니다. 백여름 님과 안유현 님은 두 분 다 같은 시간, 같은 장소로 돌아가길 원하셨어요. 서로를 만나고 싶다는, 같은 이유로 말이죠."

"그럼 제가 첫 번째 생에서 기억하는 유현이는……."

"그때, 안유현 님은 두 번째 생을 살고 있었습니다."

눈앞이 아득해서 깊은숨을 들이마시고 내쉬기를 반복했다. 내가 기억하는 유현이가 두 번째 생이었다니. 나를 보겠다고 돌아온 생에서 왜 나를 떠난 걸까. 혼란스러운 생각들이 머리를 헤집었다. 앉아 있는데도 머리가 빙빙 돌아 휘청이며 넘어질 것 같았다. 여인은 차를 한 모금 마시며 말을 이었다.

"안유현 님이 두 번째 삶을 마치고 돌아온 날이 기억나네요. 23년간 아팠던 기억밖에 없었던 첫 번째 생엔 하늘을 원망했지만, 지금은 여름 씨를 만날 수 있는 기회를 줘서 고마운 마음뿐이라며 제 손을 꼭 잡고 말씀하셨어요."

"23년이요? 유현인 지금 23살인데… 아."

둔탁한 물건으로 머리를 한 대 맞은 듯 아득해졌다. 날 떠난 게 아니라 억지로 밀어냈던 거였나……. 그제야 왜 이별을 고하는 그의 눈빛에서 따뜻함을 느꼈는지, 왜 병원을 그토록 자주 갔는지 이해됐다. 켜켜이 쌓인 의문이 해소되었지만, 개운하지 않았다.

고개를 들어 옅게 미소 짓는 여인의 깊게 팬 보조개를 말없이 바라보았다. 나도 모르는 사이, 눈물이 볼을 타고 내려가 턱 끝에 고였다. 끅 하는 소리와 함께 정신이 몽롱해질 만큼의 눈물이 얼굴을 뒤덮었다. 혼자 얼마나 외로웠을까, 얼마나 아팠을까. 힘겨워했을 그를 떠올리니 가슴이 턱 막혀 숨쉬기가 버거웠다. 쓰라린 마음은 눈물이 되어 하릴없이 흘렀다.

여인이 달그락 찻잔을 드는 소리에 정신이 들었다. 목이 메어 잘 나오지 않는 목소리로 힘겹게 그녀에게 물었다.

"남아 있는 저는 어떻게 살게 되나요? 2009년에 남아 있는 과거의 저 말이에요."

"백여름b 님은 1년간의 경험이 본인의 것이라 여기고 사망 날짜까지 살아갈 겁니다. 단, 몸은 같지만 혼은 다르기에 1년간 느낀 감정과 BCD 카페에 관해선 기억하지 못합니다."

그렇다면, 유현이에 대한 내 기억은 어떻게 되는 걸까. 그와 연애했다가 헤어졌다는 것만 기억하는 걸까. 서로를 만나기 위해 과거로 돌아왔다는 것도, 서로의 생에서 가장 소중한 사람이라는 것도 잊은 채 살아가는 걸까. 혼란스러웠다.

"백여름 님, 이제 자리를 옮길 시간입니다. 함께 가시죠."

따뜻하지만 사무적인 그녀의 눈빛에 눈물을 훔치곤 비틀거리며 일어섰다. 수많은 사람이 소파에 기대어 저마다 다른 표정으로 눈을 감고 있는 것이 보였다. 그녀의 뒤를 따라 걷는 동안 같은 소리를 반복해서 중얼거렸다. 남겨진 백여름, 과거의 나에게 마지막 진심이 닿기를 바라며.

"백여름, 기억해. 기억해야 해. 유현이를 찾아야 해."

에필로그

안유현

태어날 때부터 심장에 작은 구멍이 있었다. 이 사실을 알아차린 건 축구를 하다가 쓰러진 10살 여름이었다. 보약을 먹어야 한다는 엄마의 손에 이끌려 찾아간 동네 병원에선 대학 병원 진료를 권했다. 정밀 검사 후 알게 된 병명은 아이젠멩거 증후군, 낯선 이름이었다. 발견이 늦어 완치가 어렵다는 의사의 말을 믿기 힘드셨던 부모님은 나를 데리고 전국을 돌며 검사를 반복했고, 좌절하셨다.

이후, 부모님은 치료비를 벌기 위해 이전보다 바쁘게 일하셨고 나는 할머니 댁에서 대부분의 시간을 보냈다. 결석이 잦아 학창 시절의 이렇다 할 추억은 없었지만, 할머니와 삼촌의 보살핌으로 공부에 정진할 수 있었다. 나처럼 아픈 사람들을 돕고자 해선대 약학과에 진학했지만, 대학 생활을 즐기지 못하고 병 휴학을 반복했다.

22살 초여름, 교수님께 생이 얼마 남지 않았다는 이야기를 듣고 눈앞이 깜깜해졌다. 부모님은 입원하라 하셨지만, 남은 시간만큼은 평범한 대학생처럼 살고 싶다고 고집을 부렸다. 학교에 다니며 친구들과 축구도 하고 아르바이트도 하면서 살아 있음을 몸소 느끼고 싶었다. 어렵게 부모님을 설득한 뒤, 성민의 도움으로 집을 구하고 카페 면접을 보게 되었다.

그리고 그곳에서 여름을 만났다. 맑은 눈동자와 친절한 목소리를 가진 그녀에게 첫눈에 반했다. 하지만 일하는 요일도 달랐고 몸 상태도 좋지 않았기에 다가갈 수 없었다.

시간이 지나고, 학교에서 멀리 떨어진 버스정류장에서 여름이를 다시 만났다. 한참을 머뭇거리다 입술을 꾹 깨물고 말을 건넸다.

"벽화 마을 가려면, 51번 버스 타면 되나요?"

날 알아보지 못한 눈치였다. 다음 대화를 고민하다 정류소 유리에 비친 초라한 내 모습을 보았다. 내 주제에 말을 걸어서 어쩌겠다는 건지…… 약하고 못났던 나는 두 번째 말을 건네지 못했다. 그저 그녀를 태운 버스가 멀어지는 모습을 바라만 볼 뿐이었다.

이후 건강이 악화되어 병원에 입원했다. 하얀 천장을 보니 왜인지 몇 번 보지 않은 그녀의 얼굴이 자꾸만 떠올랐다. 처음이자 마지막으로 두근거리는 감정을 느끼게 해 준 사람, 여름이 보고 싶었다. 더 이상 움직일 기력조차 없을 때 제인의 신곡 '그때 우리는'이 나왔다. 노래를 들으니 억울함이 밀려왔다. 좋아하는 사람에게 말 한 번 제대로 걸지 못한 내가 한심해서 화가 났다. 이런 게 인생이라면, 두 번 다시 태어나고 싶지 않았다.

*

후회로 가득한 내 삶에, 'BCD 카페'라는 기회가 주어졌다.

첫 번째 기회가 찾아왔을 때, 나는 빛나는 여름이를 향해 빠른 속도로 달렸다. 그러나 역설적이게도 빛을 좇느라 그늘을 보지 못했다. 성민이 커뮤니티에 글을 올린 날, 내 존재가 그녀에게 가시였다는 걸 알았다. 내 걸음이 그녀를 아프게 한다면, 멈춰야 했다. 그날부터 시선은 고정한 채 천천히 뒤로 걸었다.

매일 강변 산책로를 거닐고 금요일이면 벽화 마을로 향했다. 매서운 칼바람이 시리던 1월, 늘 조용하던 벽화 마을이 사람들로 북적였다. 사람들 뒤를 따라가니 '여름의 피자'가 있었다. 그 간판을 보자 마음이 녹아내렸다.

몇 달을 과거에 살던 중, 학교 커뮤니티에 나를 좋아한다는 글이 올라왔다. 익명이었으나 여름이가 쓴 글이라는 걸 단번에 알 수 있었다. 당장이라도 그녀에게 달려가고 싶었지만, 내게 남은 시간을 떠올리며 주저앉았다. 욱신거리는 심장을 부여잡고서 친구인 척 댓글을 달았다.

○○ㅎ 친구입니다. 여자 친구랑 같이 휴학했어요.

*

어린 날 생을 마감한 내게 자비를 베푸는 건지, 두 번째 기회가 주어졌다. 돌아온 이유는 알 수 없었지만, 그녀를 볼 수만 있다면 뭐든 상관없었다.

지난 생의 교훈을 떠올리며, 성급하게 달려가지 않으려 애썼다. 하지만 수많은 별 아래에서 미처 숨기지 못한 진심이 터져 나왔고, 내 인생에서 가장 큰 기적이 일어났다.

여름, 가을, 겨울, 봄, 다시 여름. 시간이 흐를수록 행복과 비례하는 고통이 쌓였다. 증상이 악화되어 조금만 걸어도 숨이 턱 끝까지 차올라서 힘에 겨웠다. 아프다는 걸 숨기기 위해 할머니 병문안을 간다고 거짓말을 하며 치료를 받았다. 그러던 6월 초, 약을 가져오신 할머니와 여름이가 마주쳤다.

"참 고운 아가씨네……. 사내는 제 사람을 책임질 수 있을 만큼 건강해야 해. 그러니까 우리 똥강아지, 학교 그만두고 치료에 집중하자. 할미 부탁이다."

할머니의 말에 머리가 띵했다. 내 죽음을 보면 여름이가 얼마나 힘들어할까…….

다시 그녀를 만나게 된 기적도 있었으니, 혹시 내 몸이 좋아지는 기적도 생길까. 가늘디가는 희망의 끈을 잡기 위해 정밀 검사를 받았으나, 결과는 형편없었다.

결국, 이번 생에도 그녀를 사랑하는 마음에서 이별이 피어올랐다. 내가 떠난 뒤에도 미련을 갖지 않도록 모질게 굴었다. 마음이 식은 듯 행동하는 것도 모자라, 가을 씨와 교환 학생을 떠난다는 모난 거짓말을 했다.

불쑥 다 모른 척하고 그녀를 안고 싶은 마음이 들 때면 아닌 건 아닌 거다. 더 이상 욕심내면 안 되는 거라고 되뇌었다. 너라는 빛을 가까이서 본 것만으로, 평생을 반복해도 좋을 만큼 만족스러운 인생이었으니.

D-day. 내게 주어진 두 번째 기적이 끝나는 날.

생애 마지막 날은 야외에서 떡볶이와 맥주를 먹을 거라는 여름이의 말이 떠올랐다. 그녀의 말대로 오늘을 보내기 위해 자정을 두 시간 앞두고, 자주 가던 슈퍼 앞 벤치에 앉았다. 빨대를 맥주 캔에 넣고 몇 모금 마시며 제인 노래를 들었다. 며칠간 꺼 둔 핸드폰을 켜니 여름이의 전화와 문자가 가득했다.

시간이 얼마 남지 않아서 먹던 것을 치울 새도 없이 극장으로 향했다. 지금까진 여름이를 위해 숨어 있었지만, 마지막 날만큼은 멀리서라도 눈에 담고 싶었다. 어두운 소극장 안, 눈에 띄지 않는 구석에 자리 잡고 앉았다. 피아노 앞에 앉은 여름이를 보자 심장이 뜨겁게 울렁였다. 고운 손을 건반 위에 올린 그녀가 연주를 시작했다. 제인 노래라 반주에 맞춰 입 모양을 움직였다.

어, 그런데 이 노래는… 분명 내가 죽기 직전에 발매된 노래였다. 겨울에 나올 노래를 아는 여름이. 왜 내가 한 번 더 과거로 돌아왔는지, 그제야 수수께끼가 풀렸다.

네가 나를 잊지 않고 살았다는 것이 행복해서, 마지막 1년을 나에게 쓴 것이 벅차서, 너를 보는 시간이 지금이 마지막이라는 것이 속상해서, 두 눈에 여러 감정이 고여 흘러내렸다.

백여름b

D+65

개강하고 두 달 뒤, 점심을 먹으러 가던 중, 혜지가 팔꿈치로 나를 툭툭 쳤다.

"여름아, 쟤가 개지? 가을인가 뭔가. 유현 씨 좋은 사람인 줄 알았는데 끝이 뭐 그렇게 되냐. 내가 가서 한소리 하고 올까?"

"됐어, 이제 남인데 뭐. 아무렇지도 않아."

"그럼 다행이고. 에이 그래도 기분 나빠."

혜지가 들으라는 듯 큰 소리로 말했다. 가을이 뒤돌아보더니 살짝 눈을 흘기고선 다시 걸어갔다.

"어? 저것 좀 보게. 여름아, 아무래도 가서 한마디 해야겠어. 네가 안 하면 내가 한다. 네가 할래, 내가 할까?"

"됐어, 정말 괜찮아. 근데 너 MP3 샀어?"

혜지 가방 밖으로 하얀색 이어폰 줄이 보였다.

"응. 주말에 하나 샀지. 들어 볼래?"

혜지는 가방에서 노란색 MP3를 꺼냈다. 이어폰에선 제인의 노래가 흘러나왔다.

마음을 써 내려가 너에게 닿을까.

이 글을 읽는 너는 미소 지을까.

"음질 장난 아니지? 어, 여름아 왜 울어?"

혜지의 말에 내가 울고 있다는 사실을 깨달았다. 뺨 아래로 뚝뚝 떨어지는 물방울을 닦으며 혜지에게 말했다.

"혜지야, 나 먼저 가 볼게, 미안."

그리곤 가을이 지나간 곳을 향해 힘껏 뛰었다.

"가을 씨, 잠시만요. 이야기 좀 해요."

가쁜 숨을 몰아쉬며 가을의 어깨를 잡았다. 그녀는 기분 나쁜 얼굴로 나를 바라보았다.

"제가 언니랑 무슨 이야기를 하겠어요?"

"미안해요. 그보다 꼭 물어보고 싶은 말이 있어서요. 유현이…

유현이는 잘 지내죠?"

"몰라요. 대답해 주고 싶지 않네요."

그녀는 퉁명스럽게 중얼거렸다.

"실례라는 거 알아요. 그래도 잘 있는지만 알려 주면 안 될까요? 이런 거 물어서 정말, 정말 미안해요."

머리칼이 바람에 흔들리는 동시에 내 두 눈에서는 감당 못 할 물이 흘렀다.

"지금 와서 이게 무슨 소용이에요. 그리고 저 정말 몰라요."

"모른다니요? 헤어졌어요?"

가을은 어이없다는 듯이 한숨을 크게 내쉬며 싸늘한 눈초리로 나를 바라보았다.

"당신들, 참 나쁜 사람들이야. 알아요? 대체 나한테 왜 그러는 거예요. 내가 뭘 그렇게 잘못했다고 둘 사랑싸움에 날 집어넣느냐는 거예요."

"네? 무슨 말이에요?"

소매로 눈물을 닦으며 그녀를 바라보았다.

"아직도 몰라요? 그 오빠도 진짜 독하네. 저 유현 오빠랑 사귄 적 없어요. 오빠가 같이 교환 학생 가는 척 연기해 달라고 부탁한 거예요. 그렇게 하면 오빠가 저한테 올 줄 알았는데, 오빠는 여전히 언니만 보더라고요. 더 비참하게."

그녀의 새하얀 예쁜 얼굴에도 눈물이 뚝뚝 떨어졌다. 그녀의 고운 입에서 나온 믿을 수 없는 말에 내 표정은 일그러졌다.

"그게 무슨……."

"더 이상 저 끌어들이지 마세요. 연락도 하지 마시고요. 이제 지긋지긋해요."

"그… 유현이 어디 있는 줄 알아요? 짐작 가는 곳은요?"

"모르죠, 전. 정말 교환 학생이라도 간 건지 전화도 안 받아요. 두 달 전에 마지막으로 연락이 닿았을 땐 뭐라더라……. 아, 카오산 로드에 간다고 했어요."

"카오산 로드……."

생각에 잠긴 나를 보고 가을은 뒤돌아 가려다 다시 한번 나를 째려보며 말했다.

"그리고 이건 자존심 상해서 말 안 하려고 했는데요. 제가 연극 끝나고 다시 한번 고백했더니 유현 오빠가 뭐라고 하는 줄 알아요? 자기는 영원히 여름에 살고 싶대요. 사계절 없는 곳에서, 여름에 살 거래요. 나 정말 자존심 상해서."